丹曾文化
人文・智识・进化丛书

虚无与开花
中国当代诗歌现代性重构

黄怒波 / 著

北京大学出版社

图书在版编目（CIP）数据

虚无与开花：中国当代诗歌现代性重构 / 黄怒波著 . — 北京：北京大学出版社，2021.11
（人文·智识·进化丛书）
ISBN 978-7-301-32666-4

Ⅰ. ①虚… Ⅱ. ①黄… Ⅲ. ①诗歌研究 — 中国 — 当代 Ⅳ. ① I207.22

中国版本图书馆 CIP 数据核字（2021）第 213906 号

书　　名	虚无与开花——中国当代诗歌现代性重构 XUWU YU KAIHUA——ZHONGGUO DANGDAI SHIGE XIANDAIXING CHONGGOU
著作责任者	黄怒波 著
责任编辑	刘　军　张亚如
标准书号	ISBN 978-7-301-32666-4
出版发行	北京大学出版社
地　　址	北京市海淀区成府路 205 号　100871
网　　址	http://www.pup.cn　新浪微博:@北京大学出版社
微信公众号	通识书苑（微信号：sartspku）
电子信箱	zyl@pup.pku.edu.cn
电　　话	邮购部 010-62752015　发行部 010-62750672 编辑部 010-62750539
印 刷 者	北京中科印刷有限公司
经 销 者	新华书店
	650 毫米 ×980 毫米　16 开本　20.5 印张　200 千字 2021 年 11 月第 1 版　2021 年 11 月第 1 次印刷
定　　价	88.00 元

未经许可，不得以任何方式复制或抄袭本书之部分或全部内容。
版权所有，侵权必究
举报电话: 010-62752024　电子信箱: fd@pup.pku.edu.cn
图书如有印装质量问题，请与出版部联系，电话: 010-62756370

前　言

近四十年的中国当代文学史研究，普遍重视从"朦胧诗"肇始的诗歌变革潮流与当代"政治抒情诗"及"颂歌"风格诗作的对话意义，强调其"拨乱反正"的历史价值和美学创新，却对其立足"今天"、自觉进行中国诗歌现代性重构的特色有所忽略。

本书把《今天》创刊（1978年12月）至今的中国诗歌概称为中国当代诗歌，以突出其立足当代问题、重构想象方式与审美趣味的追求。本书的目的是：研究中国当代诗歌自20世纪80年代以来在与中国的现代化建设保持同向的同时，遭遇了现代社会转型中出现的现代性风险——虚无主义文化危机。在这一危机面前，中国当代诗歌在生成审美救赎的精神、显现和对抗虚无主义的同时，成就了一批优秀诗人和文本。中国当代诗歌的时代性、传承性、艺术探索性和世界性由此得到确立。本书系统揭示虚无主义在中国当代诗歌中表征的文化危机特征，以及在诗歌写作及文本中的美学呈现，旨在通过诗歌文本分析，确认中国当代诗歌抵御和超越虚无主义的审美精神。

本书以一条主线展开研究，从两个层面深入探究。一条主线为在中国现代化进程背景下中国当代诗歌的生成路径及其时代特征研究分析，表明中国当代诗歌是现代社会转型的成果，具有强烈的艺术探索精神。两个层面即：第一层面是运用丰富的中国当代诗歌研究材料、学术成果，进入代表性文本，探寻出其中透射的虚无主义来源和影响，以及文本的对抗姿态和审美救赎的艺术特征；第二层面是参考西方现代主义文化理论和文学文本，对比研究其对中国当代诗歌写作的启发，其中尤其注重现代派所反映的虚无主义文化现象。从这两个层面的研究分析得到结论：虚无主义既是世界现代文化危机的重要表现形态，也有其本土久远的历史根源和当代土壤，它成为中国当代诗歌的幽魂，体现了开放时代一种"里应外合"的文化特征。

在一条主线、两个层面的研究分析中，本书充分重视历史语境与诗歌变革的关系，从社会、政治、经济、文化发展的综合角度进入文本分析。本书通过研究发现：在"文革"废墟上滋生、在市场经济里蔓延的虚无主义文化危机中，中国当代诗歌自朦胧诗开始，由于其先锋性及启蒙性，自觉承担了显现和抵制虚无主义的任务。从"在没有英雄的年代里／我只想做一个人"起步，中国当代诗歌文本一直体现着质疑、批判以及"相信未来"的积极姿态，发挥了审美现代性的救赎功能。这是针对现代社会的虚无主义文化危机的诗学反应，产生了独特的审美效果，也由此证明虚无主义的无法回避及不可估量的危害性必须得到重视及面对，中国当代诗歌已经发挥了作用。

本书力图对中国现代性风险作出诗学方面的自觉反应，从中国当代诗歌中的虚无主义角度观察自朦胧诗开始的当代诗歌变革，许多文本和理论问题将获得新的理解与阐述。

目 录

▌ 前　言 1

▌ 第一章　导　言 1
 1.1　为什么是虚无主义？ 1
 1.2　穿越虚无主义的迷雾 4
 1.3　中国当代诗歌的现代性视域 14
 1.4　寻找诗歌审美精神的"块茎" 24
 1.5　一种生成的结构 26

▌ 第二章　想象的主体："今天"的"在新的崛起面前"的"人" ... 29
 2.1　断裂的历史虚无与"预感快感"的失去 30
 2.2　"在新的崛起面前"与"人生的路呵，怎么越走越窄……" 39
 2.3　"在精神病院"的"疯狗"及其"回答" 45
 2.4　结语 80

▌ 第三章　一条没有桅杆的船："转变"的"烘烤"的"0 档案" ... 87
 3.1　变异的社会虚无与"双重束缚"的境地 88
 3.2　"现代性的风险"及其"坏蛋" 91

3.3 在"后现代主义"解构下，在非诗的时代展开的诗歌......111
3.4 结语......152

第四章 新世纪的幽灵：符号的咒语及"戈多"破门而入之后的"开花"......157

4.1 符号的咒语：所以，我们不想返回......157
4.2 "戈多"的破门而入：虚无主义的犬儒主义体现......161
4.3 "开花"......167
4.4 结语......229

第五章 与"上帝"和解：在存在追问后的"救赎"......233

5.1 "破坏性创新"下的"存在"......233
5.2 在虚无主义的面前"崛起"......236
5.3 对虚无的"救赎"......242
5.4 结语......278

第六章 结语：可写的现代化与可写的文本及可写的乌托邦——通过新浪漫主义......281

6.1 可写的现代化......282
6.2 可写的文本......282
6.3 可写的乌托邦......296
6.4 结语......311

后 记......315

第一章

导　言

近四十年的中国当代文学史研究，普遍重视从"朦胧诗"肇始的诗歌变革潮流与当代"政治抒情诗"及"颂歌"风格诗作的对话意义，强调其"拨乱反正"的历史价值和美学创新，却对其立足"今天"、自觉进行中国诗歌现代性重构的特色有所忽略。

实际上，所谓立足"今天"，就是自觉面向当代生活和精神症候，寻找救赎与革新之路。1978年12月创刊的《今天》之所以成为中国当代诗歌变革的起点，就是因为它呈现了"文革"废墟上开始滋生的虚无主义气息，以及青年一代的挣扎与抗争。现在看来，《今天》创刊号最大的特点就是能够主动面对当时的虚无主义语境，无论是诗歌《回答》（北岛）、《天空》（芒克），小说《在废墟上》（石默），还是评论《评〈醒来吧，弟弟〉》（林中），或者译作《谈废墟文学》（亨利希·标尔著，程建立译），都围绕着一个共同的主题：虚无主义已经成为呼吸的空气，我们该如何面对？

▌ 1.1　为什么是虚无主义？

"虚无主义"概念的来源是拉丁语中的"nihil"，意为"什么都没有"。"虚无主义"是关涉价值观的理论概念，与本体论意义上的"虚无"概念有区别。本体论上的"虚无",是人生的情绪体验。作为价值观理论的虚无主义是一种现代情绪和特殊文化体验,是一种体现现代性风险的文化危机。尼采最早系统研究虚无主义,认为这是人们意识到"上帝死了"导致的。尼采之后,在现代性理论框架中,几乎每一个重要的哲学理论及社会理论都身陷其中。丹尼尔·贝尔在他的《资本主义文化矛盾》开篇就提到了尼采的预见,表明了贝尔对虚无主义的担忧。贝尔认为,价值虚无成为时代特色的根本原因,在于现代性本身出了问题,价值虚无是经济高速发展中文化裂变的结果,是资本主义社会内部经济、政治、文化相互脱节断裂的结果。在现代社会,虚无主义体现为价值体系崩溃、信仰丧失,否定人生意义。这种文化危机随全球化的现代性已经普及为人类文化现象,在中国当下社会,则表现为历史虚无主义、道德虚无主义、民族虚无主义、文化虚无主义,等等。

对虚无主义的研究及克服途径的寻找,是西方社会自启蒙运动以来的重要题阈,也是现代西方马克思主义学派及其余各主流学派的主要课题之一。但以现代化为特征的中国社会进程尚未引起对虚无主义的警惕,理论研究相对滞后。然而,深受现代主义影响的中国当代诗歌,由于其先锋性及艺术敏感性,显现了今日中国在社会转型中虚无主义的存在和蔓延。因为对现代化的渴望及参与,中国当代诗歌自20世纪80年代起,对虚无主义是持抵制和解构姿态的,因而形成了独特的审美精神,属于审美现代性的重要艺术特征。当代中国由于现代化进程的需求,还没有形成对现代性风险的高度重视及批判,因而,对种种社会问题背后的虚无主义根源也未有总体性的系统的理论研究和对策,这已经显现出对中国社会健康发展的危害。从这一角度展开中国当代诗歌审美精神分析研究,可以体现中国当代诗歌的时代性及诗艺的救赎功能，也可以找到中国当代诗歌因此而形成的审美自律性和个性化的审美张力。这一研究成果既可以成为中国当代诗歌与现代性关系的文化史，也可以成为中国当代诗歌写作者的文本史及精神史；实际上，也能成为当代中国现代社会转型中的知识分子精神史。

最后，与日渐衰落的西方现代主义不同，由于中国当代诗歌生成于中国现代化蓬勃发展的时期，通过对虚无主义的显现与抵抗，中国当代诗歌的文本具有了全球化背景下的世界文本性和审美自律特征。

从本体论上讲，"虚无"是人生的情绪体验。海德格尔将其与"存在"相对。他指出：虚无产生于一种普遍厌烦的时刻，一种差别消失的时刻。海德格尔研究虚无的目的是要寻找人的存在，有积极的意向。而在中国的传统文化中，具有体系性的虚无理论，如老庄的"无"，佛教的"空"，都探讨了生命的意义和价值，成为源流性的传统文化资产。在艺术体现中，对生命的痛苦追问，对命运的迷茫倾诉，都是能起到心灵净化作用的审美活动，这也是中国当代诗歌审美精神的重要表现。优秀诗人及典范文本中的"乌托邦"倾向因而具有积极面向未来的审美特征，体现了面对世俗社会的艺术救赎功能。

总体上，围绕着虚无主义题阈，我们可以找到研究中国当代诗歌生成的新通道，可以确定中国当代诗歌的时代性、审美自律性及由此而确立的合理性和合法性。

1.2 穿越虚无主义的迷雾

虚无主义是人类文化的表征之一，是宗教和哲学意义上的终极命题。

在欧洲，我们既可以从诺斯替主义、犬儒主义中找到虚无主义的气息，也可以从尼采、海德格尔、萨特、福柯那里看到对虚无主义的疑问，当然，还可以回味叔本华的悲伤。在面对虚无主义的绝望意义上，我们应该理解西方的弥赛亚情结，以及为什么他们一直在"等待戈多"。

因为哥伦布等人的地理大发现以及马丁·路德的新教革命，人类社会拉开了"现代"的序幕，开始"启蒙"，并步入"现代性"进程。"人"成为主体的开始，也就是丧失自己的开始。到现在，我们都被"规训"着，并生活在海德格尔的"座架"上，马克斯·韦伯的理性"铁笼"里。

海德格尔指出："'虚无主义'这个名称表示的是一个为尼采所认识的、已经贯穿此前几个世纪并且规定着现在这个世纪的历史性运动。"[①]

尼采是以"后现代性的开端"的身份看到在他之前的二百年来的一位最可怕的客人（戈多？）正在叩门："我描述的是即将到来的东西：虚无主义的来临。……对于虚无主义即将到来这一事实，我在这里不加褒贬。我相信将有一次极大的危机，将有一个人类进行最深刻的自我沉思的瞬间；人类是否能从中恢复过来，人类是否能

---

① [德]马丁·海德格尔：《林中路》，孙周兴译，上海：上海译文出版社，1997，第219页。

制服这次危机,这是一个关乎人类的力量的问题:这是可能的。"①

特别重要的是"这是可能的"这个结论。因为尼采对虚无主义采取的是迎难而上、积极斗争的姿态。他认为现代性的后果是"最高价值的崩溃",是:"上帝死了,基督教的上帝不可信了,此乃最近发生的最大事件。……这事件过于重大、遥远,过于超出许多人的理解能力,故而根本没有触及他们,他们也就不可能明白由此而产生的后果,以及哪些东西将随着这一信仰的崩溃而坍塌。有许多东西,比如整个欧洲的道德,原本是奠基、依附、植根于这一信仰的。断裂、破败、沉沦、倾覆,这一系列后果即将显现。"②尼采的这段警言,意味深长,足以让我们在21世纪的当下警醒,这也是本书的核心目的,这就是,尼采之后该轮到我们面对虚无主义、抵抗虚无主义了。因为尼采还说:"此在,如其所是的此在,没有意义和目标,但无可避免地轮回着,没有一个直抵虚无的结局:'永恒轮回'。此乃虚无主义的最极端形式:虚无('无意义')永恒!"③

尼采是首先从激进历史主义角度出发诊断西方现代性命运的哲学家。之后,哲学界大都接受了他的观点。尼采把虚无主义又分为积极和消极的两种形态:"A)虚无主义作为提高了的精神权力的象征:作为积极的虚无主义。……B)虚无主义作为精神权力的下降和没落:消极的虚无主义。"④这为后人克服虚无主义打开了一条

---

① [德]尼采:《权力意志(下卷)》,孙周兴译,北京:商务印书馆,2007,第732页。
② [德]尼采:《快乐的科学》,黄明嘉译,桂林:漓江出版社,2007,第215页。
③ [德]尼采:《权力意志(上卷)》,孙周兴译,北京:商务印书馆,2007,第249页。
④ 同上书,第401页。

通道。

马克思、恩格斯通过对施蒂纳的批判，表明了鲜明的反对虚无主义的立场，并提出了克服途径。马克思主义理论体系是现代性理论系统的重要构成部分，具有强烈的实践性和历史性。马克思和恩格斯在《共产党宣言》中写道："生产的不断变革，一切社会状况不停的动荡，永远的不安定和变动，这就是资产阶级时代不同于过去一切时代的地方。一切固定的僵化的关系以及与之相适应的素被尊崇的观念和见解都被消除了，一切新形成的关系等不到固定下来就陈旧了。一切等级的和固定的东西都烟消云散了，一切神圣的东西都被亵渎了。"[①] 这是马克思对现代性的深刻批判。

1845年，青年黑格尔派的代表人物施蒂纳出版了《唯一者及其所有物》。从虚无主义的角度，施蒂纳宣称"我是高于一切的"，"我把无当作自己事业的基础。……我……是创造性的无，是我自己作为创造者从这里面创造一切的那种无。让那种不完全属于我的事业滚开吧！你们认为我的事业至少必须是'善事'？什么叫善，什么叫恶！我自己就是我的事业，而我既不善，也不恶。两者对我都是毫无意义的"[②]。为了点明核心主题，施蒂纳总结道："我是我的权力的所有者。如果我知道我自己是唯一者，那么而后我就是所有者。在唯一者那里，甚至所有者也回到他的创造性的无之中去，他就是从这创造性的无之中诞生。每一在我之上的更高本质，不管它是神、是人都削弱我的唯一性的感情，而且只有在这种意识的太阳

---

① ［德］马克思、恩格斯:《马克思恩格斯文集（第二卷）》，中共中央马克思恩格斯列宁斯大林著作编译局编译，北京：人民出版社，2009，第34-35页。
② ［德］麦克斯·施蒂纳:《唯一者及其所有物》，金海民译，北京：商务印书馆，1989，第4-5页。

之前方才黯然失色。如果我把我的事业放在我自己,唯一者身上,那么我的事业就放在它的易逝的、难免一死的创造者身上,而他自己也消耗着自己。我可以说:我把无当作自己事业的基础。"①然而,"一个随心所欲的风骚少女抵得上一千个在道德上始终循规蹈矩的老姑娘!"②这句名言不正是证实了施蒂纳道德、价值虚无主义的态度吗?

马克思、恩格斯在《德意志意识形态》一书中反驳批判了施蒂纳的虚无主义思想,从政治经济学的角度论证了"现实的人"的客观社会存在,指出血淋淋的资本是造成虚无主义的根源。"资本经历了几个世纪,才使工作日延长到正常的最大极限,然后越过这个极限,延长到十二小时自然日的界限。此后,自18世纪最后三十多年大工业出现以来,就开始了一个像雪崩一样猛烈的、突破一切界限的冲击。习俗和自然、年龄和性别、昼和夜的界限,统统被摧毁了。甚至旧法规中按农民的习惯规定的关于昼夜的简单概念,也变得如此模糊不清,……资本则狂欢痛饮来庆祝胜利。"③

一百多年后,马歇尔·伯曼选用《共产党宣言》中的一句话"一切坚固的东西都烟消云散了"作为其著作的名称。他感慨地说:"当马克思、尼采和他们的同代人体验着一个整体的现代性时,世界上只有一小部分是真正现代的。一个世纪之后,当现代化的进程

---

① [德]麦克斯·施蒂纳:《唯一者及其所有物》,金海民译,北京:商务印书馆,1989,第408页。
② 同上书,第67页。
③ [德]马克思、恩格斯:《马克思恩格斯文集(第五卷)》,中共中央马克思恩格斯列宁斯大林著作编译局编译,北京:人民出版社,2009,第320-321页。

撒下了一张网，使得任何人乃至世界上最远角落里的人都逃脱不了它时，我们仍然能够从最初的现代主义者那里学到很多东西，这与其说与他们的时代有关，不如说与我们自己有关。"① 是的，今天我们正是应该从马克思、尼采和他们的同代人那里学习抵抗和批判虚无主义的态度。

现代主义的鼻祖波德莱尔以《恶之花》对发达资本主义的时代进行"审丑"，证明审美现代性对启蒙现代性的抵制和批判力度。"波德莱尔相信基督教的原罪说，认为人生而有罪，他的本性已经堕落，他唯有顽强地与自己的本性作斗争，才有希望获得拯救。在这种情况下，自然，即一切顺乎本性的、未经人的努力改变过的东西，无论是自然界还是社会，无论是物质的还是精神的，对他来说，都是恶活动的领域或者结果。他说：'恶不劳而成，是天然的，前定的；善则是某种艺术的产物'。"② 因此，对现代社会与人的审丑、绝望成为现代主义的艺术特征。这是一种解构和回应虚无主义的艺术通道，正是施蒂纳所主张的"唯一者"的放弃道德、价值的虚无主义态度，才导致了现代社会的丑和恶，揭示这类丑和恶的真实存在，是对美和善的一种召唤。

后现代主义是反叛的、垮掉的、荒诞的、解构的思想潮流。也许是因为现代主义越来越丧失对虚无主义文化危机的抵抗批判能力，后现代主义以"颓废欣快症"的心情去媚俗、去先锋、去大众。这表明后现代性的社会已被彻底解构，人彻底消失，被"抹

---

① ［美］马歇尔·伯曼：《一切坚固的东西都烟消云散了——现代性体验》，徐大建、张辑译，北京：商务印书馆，2003，第45页。
② ［法］波德莱尔：《恶之花》，郭宏安译，桂林：广西师范大学出版社，2002，第61–62页。

去",变成了鲍德里亚的符号、象征交换物。这是一种后历史主义意义上的"黑色幽默"。"超真实"时代的虚无主义更为可怕,因为人不但被规训了,更被彻底符号化,被控制了。鲍德里亚忧心忡忡地说:"所有这一切都在朝着社会控制扩大化的方向发展。因为在所有表面矛盾之下,目标是确定的:巩固对生命和死亡的全部控制。从计划生育到计划死亡,不论是把人处死,还是让人活下去(禁止死亡是宽容的进步形式,是漫画的但也是逻辑的形式),关键在于自己没有决定权,自己永远不能自由地支配生命和死亡,只能在社会批准下死亡和生存。"① 讲到此处,鲍德里亚想说明的是自由的彻底丧失。实际上,作为后现代主义的艺术主张,可以从恢复"人"的"本体性""本真性"来理解,这也是一种对现代主义的超越,也是回到现代性的启蒙之初的文化资源的理论表述。实际上,鲍德里亚的"仿真""符号"概念直接揭示的是"人"的失去,讨论的是现代性的无解。因为:"人们甚至不能将自己托付给偶然的生物学死亡,因为这仍然是一种自由。如同道德发出命令:'你不能杀人',它今天又发出命令:'你不能死'——至少是不能随便死,只有在法律和医学允许时才能死。即使是让你死,这也仍然是根据决定。总之,纯粹的死亡被废除了,代之以计划死亡和安乐死:这甚至不再是本义的死亡,而是另一种完全中和的东西,它记录在规则中,记录在等价关系的计算中。"②

如果说鲍德里亚"象征交换"的概念有价值的话,那么,死亡作为一种自由的"让渡"交换,也是现代社会"人"的生存的一种

---

① [法]波德里亚(鲍德里亚):《象征交换与死亡》,车槿山译,南京:译林出版社,2006,第271页。
② 同上。

状态。至此，施蒂纳的"唯一者"不可能存在了，马克思的"社会的人"也彻底消失了，在现代主义和后现代主义文学领域中哀声一片、鬼哭狼嚎，我们似乎可以召唤尼采的超人强者来一扫虚无。但，可能吗？

现代主义是随着现代性一起进入中国的，现在又跟后现代主义纠缠不休。马克思、尼采的时代，现代化正在展开；而在中国成为世界经济大国的今天，现代性已经成了中国的现代性，在全球化的体系中，以中国的现代化为代表的第三次世界现代化进程正在改变历史。现代性的困境也毫不例外地在中国显现，西方现代主义、后现代主义带来的虚无主义色彩也在中国社会文化的背景板上显现。在很短的四十年内挤进国门来的西方理论在影响中国的同时，也遭遇了"中国可以说不""中国不高兴"这样的民族主义、民粹主义情绪的抵抗。在中国当代诗歌的范式里，则在"民间写作"还是"知识分子写作"的争吵中把是否受到西方诗歌资源的滋养问题放在了后殖民主义的祭台上。总之，现代性困境下的虚无主义文化危机完全具有了中国色彩。

历史尚未掩面远去，"文化大革命"造成的价值崩塌的"废墟"尚未得到彻底清理，即使广场舞大妈的音乐中也能听得出"革命"的味道，况且她们的舞姿怎么看都有点像是"忠字舞"。这一切让历史的虚无来不及填补，似乎一夜之间进入后现代的日常生活世界，让重建价值的可能性微乎其微。阿里巴巴成了世界上最大的电商，财富和物欲成了日常生活审美的对象。一句话，我们真的面临一头可怕的野蛮的闯进瓷器店的公牛——虚无主义。

在后现代的新儒学、新国学热的社会理论资源再发现的热浪中，我们突然发现无法剔除老庄的"无"，佛家的"空"，以及"白茫茫一片大地真干净"的悲情诗意的文化传承。因而,在进行生命的终极思考时,我们一不留神就会堕入虚无主义的泥坑里。

一位叫杨金华的青年学者写了一篇题为"当代中国虚无主义思潮的多元透视"的文章,认为中国当下表现出来的虚无主义有五种模式:历史虚无主义、民族虚无主义、文化虚无主义、道德虚无主义、信仰虚无主义。他认为要注意到回应虚无主义思潮的迫切性,因为:"对当代中国社会而言,虚无主义呈加剧之势,产生各种形式的虚无主义,并明显侵蚀和同化主流价值观。当代中国虚无主义问题的多元化与复杂性,其现象本身的存在及其严峻程度无法回避。事实上,当代中国种类繁多、流派纷呈的社会思潮,诸如自由主义、享乐主义、悲观主义、无政府主义……也都与虚无主义思潮有着种种复杂关联。而且,从精神实质上讲,虚无主义也是其他社会思潮症结之所在。"① 杨金华的虚无主义分析有现实性及预见性。现代中国的社会转型是负重而行的,但我始终相信存在着一种对历史资源召唤的可能,因为在一个快速变动的社会结构中,不同的利益体及个体都有可能从各种文化遗产中找到一个对比答案。

既然虚无主义也无例外地成了我们当下的文化危机及精神危机,中国当代诗歌肯定自陷其中。在主要的中国当代文学史体例中,"当代文学"通常指 1949 年以来的文学史,本书为了论述的集中和思想的整体性,把"当代"的时段限定于 20 世纪 70 年代末期以来的中国当代文学史,更严格地说也就是"文革"结束后的 20 世纪 80 年代以来的当代文学史/诗歌史。

---

① 杨金华:《当代中国虚无主义思潮的多元透视》,《马克思主义研究》2011 年第 4 期。

从我自身的诗歌写作来看，中国当代诗歌是在审美现代性的哺育下生成、成熟的，一方面表现着虚无主义的存在，一方面又以"相信未来"和"开花"的态度与世俗社会保持距离，对现代性怀有批判抵抗情绪，从而在中国现代化进程中保持了积极建构的角色。"纯诗""诗到语言为止"等审美修辞的艺术形式写作，则通过文本的确定、诗人主体的明示凸显了人的自由、本真、存在的历史性和坚定性。这是中国当代诗歌对人的主体的一种积极的建构态度和方式，也是寻找到诗歌的时代张力之美的世界行动。

此外，在虚无主义文化危机这一历史课题前，"中国当代诗歌"的概念确立具有多重意义。

首先，强调了当下性。相比"新诗""现代汉诗"这些概念，中国当代诗歌概念意味着与现代化中国的关系、与现代性困境的联结、与全球化色彩的相适应。从而，中国当代诗歌不仅从属于现代主义、后现代主义文学流派，而且具有中国特色，因此必须处理虚无主义这一审美主题。

其次，宜于发掘时下性、时代性的中国当代诗歌的审美特质，找到西方现代主义诗歌资源因为当代的特性而与中国当代诗歌的滋养关系。在这一层面上，中国当代诗歌超越了后殖民主义之嫌。恰如"企业家精神"经市场经济全球化变异为中国社会经济发展的重要文化资产一样，中国当代诗歌已经经由现代主义而具有了世纪、世界含义。

更为重要的是，自朦胧诗肇始的中国当代诗歌是中国现代化的伴生物，是其审美表征。自20世纪80年代集体写作的启蒙想象，到90年代后的个人叙事都呈现了与虚无主义抗争的美学含义。面对西方马克思主义的新批评及激进理论，中国当代诗歌采取了更为接受的姿态。

在面对虚无主义文化危机时,中国当代诗歌的厚度与日俱增,形成了自身的主体性、世界性,证明中国当代诗歌有一个线性的向上向未来的积极生成过程,与西方现代主义趋向的终结形成反差。这应该是中国传统文化的传承力、凝聚力的证明,也是中国现代化进程健康快速的证明。

最后,像中国的现代化进程是一个开放包容的历史事件一样,中国当代诗歌从20世纪80年代一开始就找到了定海神针。这就是,谢冕先生以他的《在新的崛起面前》一文为中国当代诗歌打开的生成大门。他这样鼓励:"一些老诗人试图作出从内容到形式的新的突破,一批新诗人在崛起,他们不拘一格,大胆吸收西方现代诗歌的某些表现方式,写出了一些'古怪'的诗篇。越来越多的'背离'诗歌传统的迹象的出现,迫使我们作出切乎实际的判断和抉择。我们不必为此不安,我们应当学会适应这一状况,并把它引向促进新诗健康发展的路上去。"①

这是中国新诗史上的一次重大"立法"事件,促使中国当代诗歌与当代中国的现代化进程共同成长并始终健康发展。因为一个正在快速复兴的民族,一个迅速现代化、全球化的国家是克服虚无主义文化危机的强大力量,因为有民族复兴的共识,有全球化的胸怀,有吸纳消化西方文化资源的能力,以第三代诗歌为象征的中国当代诗歌"弑父"而生。

这应该是中国当代诗歌的"合法"来历。

我们还是让北岛来作一次总结吧:

---

① 谢冕:《在新的崛起面前》,《光明日报》,1980年5月7日。

> 也许最后的时刻到了
>
> 我没有留下遗嘱
>
> 只留下笔，给我的母亲
>
> 我并不是英雄
>
> 在没有英雄的年代里
>
> 我只想做一个人①

是与虚无主义战斗的最后时刻了吗？

真的没有英雄了吗？

我们能只做一个人吗？

让我们在中国当代诗歌的四十年中寻找答案吧。

1.3 中国当代诗歌的现代性视域

中国当代诗歌是一个新题阈。可以查阅到的国外研究资料很少。具体到诗人文本，有美国学者奚密等人的少量文章；德国汉学家顾彬有一些较为"当代性"的研究成果。但涉及本书论题——虚无主义与中国当代诗歌的审美精神，几乎没有资料可以引用。

本书关于虚无主义的论述引证和批判，主要是局限于西方现代性理论体系之中。从"新诗"的发生开始的学术研究，成果丰富。其中，现代主义流派得到极大关注。20世纪80年代"朦胧诗"的出现，具有断裂性和新生性意义。至今，大量研究成果仍集中在20世纪80年代及90年代的诗歌文本。21世纪以来的作品受到较少的

---

① 唐晓渡、张清华选编：《当代先锋诗30年：谱系与典藏》，南京：江苏文艺出版社，2012，第3页。

关注。其实，这恰恰是中国当代诗歌自20世纪80年代以来的成熟时期。

对"新诗"及"朦胧诗"的研究，谢冕、孙玉石、洪子诚、程光炜、王光明、吴思敬、孙绍振、刘登翰等人的研究成果颇为丰硕。这些研究从史学意义上着重诗歌与时代的关系，看到了诗歌发展史中的前后继承关系。对于20世纪初"新诗"发生时的研究是最为透彻的，几无争论。重要流派、诗人作品都得到了悉心观照。尤其是对于"新诗"发生时的现代主义流派影响研究，孙玉石先生的学术成果极具权威性。谢冕先生对于"朦胧诗"的研究具有史学和现场的切入角度，因其深厚的学术功力，他在20世纪80年代初期发表的《在新的崛起面前》一文，引起极大反响，推动了中国当代诗歌的生成与发展。随后，孙绍振先生又发文支持，进一步阐明对"朦胧诗"的开放态度。这是中国当代诗歌发展中的极其重要的文化资产，呼应了现代社会转型及中国的现代化进程。洪子诚先生在"朦胧诗"研究领域辛勤耕耘，文本分析细致到位。经他扫视过的史学领域、文本，几无可补释之处。王光明一直在"新诗""现代汉诗"研究中采取另辟蹊径的方法，以独到而冷静的观察处理文本，具有现代理论体系框架，因而其史学研究、文本分析时代感很强。吴思敬先生对时代性文本关注很多，他的视阈有当下性及现实性。孙绍振先生的文本分析方法非常生动，得益于知识的渊博，他的具体分析都有很宽很广的展开，极具启发意义。程光炜的《中国当代诗歌史》是很好的教学材料，他对现代性知识体系有很好的把握，因而他的文本分析一步到位，切中了"朦胧诗"及"先锋诗"的要点。这些学术研究者是"新诗"以来的诗歌护佑者，每一位都有大量论著，在此不能一一列举。本书大多将其作为学习研究的重要资料。

此外，刘福春的文本资料研究、孙琴安的现代诗学研究成果也对本书有参考价值。

陈超、唐晓渡、张清华、耿占春的学术研究着重于"朦胧诗"以来的中国当代诗歌领域。陈超是一位典范性的现代主义诗人，也是一位能贯通现代性、现代主义与中国当代诗歌文本分析的优秀学者，在他的成果中，中国当代诗歌四十余年的生成被给予了史学性定位评价。唐晓渡、张清华、耿占春是研究中国当代诗歌文本的重要学者，他们的研究视角具有当下性、时代性。西川、臧棣、吴晓东、姜涛、张桃洲关于中国当代诗歌的论述观点有着现代主义角度和主张，有学理性特色。

陈晓明具有扎实丰硕的关于现代性及现代主义与后现代主义的研究成果，尤其对于中国当代文学主潮的观察整饬具有很强的学术价值。本书的许多观点受益于此，可惜的是，他未对中国当代诗歌进行专题论述。实际上，中国当代诗歌审美精神是中国当代文学主潮中的重要文化资产，也是具有突破可能性的学术领域。

在国外文献范围，本书主要是围绕现代性理论框架进行参考。由于"新诗"及中国当代诗歌深受现代主义影响，因而必须回到现代性题阈，回到现代主义中去寻找"影响的焦虑"。因而，主要在下述领域引证。

马克思主义。涉及马克思、卢卡奇、本雅明、巴赫金、詹姆逊等。马克思、恩格斯在《德意志意识形态》一书中以大篇幅批评了施蒂纳的虚无主义观点，为后来的西方马克思主义对人的异化问题的批判奠定了基础，也对虚无主义的历史批判表明了姿态。卢卡奇文章《现实主义辩》对现实主义文学的真实性、人民性的问题作了定论性的阐释，具有史学性的参考价值。本雅明在《机械复制时代的艺术作品》中以马克思主义理论分析艺术生产问题，研讨复制对艺术的影响，研究了复制对于艺术经验和表达手段的转型的重要性。我们从该思想中看到了一种新的艺术时代的到来。巴赫金的《长篇小说的话语》提出了复调理论，他对克里斯蒂娃的互文性理论产生了直接影响。他的狂欢化理论影响深远，他的文艺理论成功地将马克思主义和形式主义结合起来。詹姆逊的《后现代主义，或晚期资本主义的文化逻辑》在中国影响至今。他把资本主义分为市场资本主义、垄断资本主义和晚期资本主义。市场资本主义，对应的文学流派是现实主义，其特征是金钱；垄断资本主义，对应的文学流派是现代主义，其特征是时间；晚期资本主义，对应的文学流派是后现代主义，其特征是空间。他在《文化与金融资本》一文中指出大众文化是晚期资本主义的一部分；消费主义的视觉文化取代了上帝；碎片是后现代文化形象的基本形态。这些观点对于我们分析当下的消费社会文化现象有重要意义。

现象学、存在主义、阐释学。涉及萨特、海德格尔。萨特的存在主义理论在中国有着极大影响。在文学研究中他主张存在的精神分析法，他的存在主义文学理论对马克思主义文艺理论的发展作出了重要贡献。他在《为何写作》一文中认为文学是作者与读者互动交流的结果，交往是文学的本质。他的长篇小说《恶心》是他的存在主义文学理论的极好实践。海德格尔是德国著名的现象学及存在主义哲学家。他的《存在与时间》《林中路》《荷尔德林诗的阐释》等著作在中国影响深远。他延伸了尼采对虚无主义的批判力度和广度。

精神分析。涉及弗洛伊德、拉康。弗洛伊德的《创作家与白日梦》是其直接探讨文学创作论的一篇文章，指出作家和诗人的创作实际上来自不便直接说出的幻想，而幻想则受潜意识驱动。他的主张影响了20世纪文学，意识流小说、超现实主义诗歌、荒诞派戏剧等都应运而生。实际上，也对中国的现当代文学艺术发展产生很大影响。拉康的镜像理论引出了关于个性或人格的"想象""象征""现实"三界理论，影响到后现代的"符号""仿像""仿真"等概念的确立。当下，也是本书研究"日常生活审美化"现象文本分析的重要资源。

形式主义。涉及什克洛夫斯基、艾略特、索绪尔、罗兰·巴特等。什克洛夫斯基在23岁时就提出了陌生化理论，他的观点是：要让石头看起来像石头。他因此是俄国形式主义的创始人，他在文学上的观点是"技巧论"，把文学性看作各种技巧的综合效果。他的《作为手法的艺术》(一译《作为技巧的艺术》)一文影响巨大，是俄国形式主义的宣言。他的文学主张对中国现当代文学有重大影响，"陌生化"成为被普遍接受并使用的艺术手法。《俄国形式主义文论选》由什克洛夫斯基等著，是一本了解俄国形式主义的好书。

艾略特的《荒原》对中国文学影响巨大，他提出的非个性论是现代文学的重要命题。他属于新批评派的创始人之一，对文学持文本中心主义立场。这应该是中国当代文学的重要文化参考资源。他的《传统与个人才能》一文很早就由卞之琳先生翻译引进中国。

索绪尔的符号学是当代中国文学研究中必须要了解的理论。他提出的概念：共时/历时，语言/言语，能指/所指，深受现当代中国文学界欢迎。他的《语言符号的性质》对中国20世纪80年代的语言学研究发展产生了重大影响。本书在文本分析中，时时处处会触及他的词语概念。

罗兰·巴特的"作者之死"几乎成为现当代中国文学文本分析

者的口头禅。他的当代符号学理论颇具"原创写作"风格，把文学批评与理论探索本身变成了写作艺术。更重要的是，他把文学理论很自然地转化为文化理论。他的《作者之死》一文提出"作者死而后读者生"，契合了当代文学理论把重点从作者转向读者的趋势。应该说，他的影响在中国当代诗歌的文本中无处不在。

后结构主义。涉及福柯、德里达。福柯提出的"人的终结"，是对尼采的"上帝之死"的回应。他的规训理论是研究现代性风险的重要节点。他认为，人和人性并不是一个本质性的既定概念，而是学科和知识编织的对象，也是权力控制、规训和生产的对象。这在他的《词与物：人文科学的考古学》著作中有深刻的阐释。他说："人会像海边沙滩上的一张脸，被轻轻抹掉。"既富有哲理，又寓有诗意。福柯影响了中国的文化和理论界，也对中国当代诗歌文本的生成风格有着举足轻重的作用。

德里达是陈晓明的重点研究对象。陈晓明的《德里达的底线：解构的要义与新人文学的到来》是到目前为止关于德里达、关于解构主义、关于后现代主义的权威性著作。他对德里达的"延异"概念及对德里达影响至深的列维纳斯的他者伦理学观点，作了开拓性阐释。由此，我们从以德里达为代表的后结构主义理论中找到了一种"解放"和"救赎"的弥赛亚性。德里达的《论文字学》是他解构主义思想的奠基之作。该书认为，书写对意义的延宕和含混，以及多义性产生本身就是语言的内在特质，语言意义的产生就是从能指到所指的不断推延的过程。在解构一个文本时，这是对我们的极好启示，也是中国当代诗歌写作中的一个无形的但在场的影响要素。

后现代主义。涉及德勒兹、利奥塔、鲍德里亚。德勒兹的"千高原"及"块茎"观点众所周知。他提出有三种类型的文本。一是树根之书,是线性思维的产物,树隐喻了主宰西方的思想。二是胚根系统或是簇根之书,它作为现代社会的写照,潜伏着对中心、统一性的依赖。三是块茎之书,没有中轴,没有源点,呈现出无序、多产、非线性的特点。他以这种"块茎"隐喻,回应了他的"千高原""解辖域化""游牧""逃逸线"等独特的反现代性人本主义、本质主义的思想隐喻。他与加塔利合作出版的《资本主义与精神分裂(卷2):千高原》隐喻"千座高原"上思想的骏马可以恣意驰骋在变化万千的高原和原野。他的激进思想一开始就受到质疑,但对中国当代诗歌文本分析来说,有极大参考价值。

利奥塔的《后现代状态:关于知识的报告》指出:现代性知识分子以揭示总体性"元叙事"或"宏大叙事"为主,把自己置于人类、人性、民族、人民、无产阶级、创造物等超越性地位,自视为禀赋普遍性价值的主体。后现代知识将击碎现代性知识营造的神话般的知识分子主体。他的后现代的"崇高美学"——"表现不可表现之物"的美学思想极大影响了现代理论界。他把崇高定义为"某物将要发生的感情",将要发生而未发生,因而是不确定的,是"不可表现之物"。崇高就是在"不可表现"与"表现"之间的鸿沟中产生,在这个意义上崇高意味着固有形式的破碎。既然真实是难以表现的,那么对真实的表现就只能是消极的、否定的,先锋艺术以禁止人们看的方式来使人们看。

鲍德里亚是罗兰·巴特的学生、列斐伏尔的朋友。他在《象征交换与死亡》及《类像与仿真》等著作中,认为以"生产"为中心的时代已经转向复制"符码"的时代。符码与真实之间不再有指称关系,真实在摹本不断被批量复制的过程中被彻底挥发和遗忘。世界变得拟像化了,从而进入仿真和类像时代。在这样的概念下,意义就终结、死亡了。本书在文本分析中使用了他的观点,得到了新的审美感受。

后殖民主义。涉及萨义德。萨义德的"东方学"使他成为后殖民批评理论的开拓者。他认为:西方对东方的文化再现必须被重新置于帝国主义、殖民主义和后殖民主义多重关系中来审视,西方关于东方的知识或学术也必须再语境化。他的《东方学》在第三世界中富有深远影响,开拓了后发达国家对发达国家的文化再审视。在中国的文化建设中具有现实的参考价值。本书引证他的观点和视角分析关于现代主义建筑在中国的被接受问题,并就此将其引入文本分析。

女性主义。涉及伍尔夫、巴特勒。20世纪六七十年代兴起的女性主义批评,至今方兴未艾,它是女权主义社会运动在文学和文化领域的延伸。女性主义批评者从理论和实践诸多层面,以"性别"为基点穿行并吸纳诸多现代主义和后现代主义的认识论和方法论成果,继而动摇菲勒斯中心主义对文化经典、传统的扭曲和压抑,质疑权威话语中的男性霸权,瓦解传统主体的本质论述,将性别和阶段、种族等范畴相结合,呈现那些无法再现自己的女性"贱民"的生存与经验。弗吉尼亚·伍尔夫的文字给予后来者丰富的灵感和深刻的观念影响。她更强调性别之间的差异,认为两性应该在更深入的心理和文化层面寻求新的和解。

朱迪斯·巴特勒是当代性别理论家。她深受法国后现代哲学影响,在某种意义上,她的性别反思可以被视为法国后结构主义思想在性别领域的"接着说"。她指出,性别是表演性的,没有先于社会表征的生物性身体。她认为"常识不具有革命性",犀利的思想是对常识的颠覆,而超越常识的思想拒绝清通透明的文风,它只能作为"可读性文本"在不断被重读的过程中获得意义再生。

酷儿理论。涉及葛尔·罗宾、罗丽蒂斯、李银河等。酷儿理论是20世纪90年代在西方兴起的一种新的性理论思潮。"酷儿"是queer一词的音译,该理论涉及历史学、社会学、文学、经济学、哲学等多种学科,关注的是在文化中所有非常态的表达方式。美国著名女权主义者罗丽蒂斯发明了"酷儿理论"概念。著名社会性学研究者李银河评价:"酷儿理论是一种具有很强颠覆性的理论。它将会彻底改造人们思考问题的方式,使所有排他的少数群体显得狭隘,使人们获得彻底摆脱一切传统观念的武器和力量。酷儿理论因此具有强大的生命力,它为我们昭示了21世纪的曙光。"这是李银河在她翻译出版的《酷儿理论》(文化艺术出版社,2003)译者前言中所说的话。本书使用"酷儿理论"这一概念的目的是想尝试超越女性主义局限进入"女性"诗歌文本分析,召唤出被性别限制所掩盖的美学元素来,也想提示文本分析中的未来应该是开放的、异质的。

必须声明,上述学者的简介及概念陈述参考了由赵毅衡、傅其林、张怡编著的《现代西方批评理论》。本书在文本分析中涉及时已作注释。

此外,重点研究引证了尼采、吉登斯、哈贝马斯、马尔库塞、鲍曼、列斐伏尔、阿格妮丝·赫勒、伊格尔顿、霍布斯、汉娜·阿伦特、丹尼尔·贝尔以及克里斯蒂娃和克尔凯郭尔、维特根斯坦、里尔克、波德莱尔等人的著作及观点。尤其重点涉及了关于自由、知识分子题阈。对霍布斯的社会契约论及法兰克福学派的乌托邦主张也有引述。

上述的重点引证涉及学者和观点众多，本书在文本分析中涉及时均有注释，限于篇幅不再一一复述。上述学者的观点是西方文论中的重要文化资产，均具代表性、权威性、历史性。在中国当代诗歌的生成过程中有重要的影响。

国内的学术著作在审美现代性方面，本书主要引证周宪的《审美现代性批判》一书。此书具有教科书的性质，系统而创新。刘森林关于马克思主义与虚无主义的论述成果价值性强，具有权威性。张旭东的两部著作——《改革时代的中国现代主义：作为精神史的 80 年代》《全球化与文化政治：90 年代中国与 20 世纪的终结》有独特的批评视角，可作为中国当代诗歌文本的批评理论背景。许纪霖、资中筠关于启蒙反启蒙与中国社会转型的著作和观点也是本书的参考重点。汪晖的《当代中国的思想状况与现代性问题》及甘阳的《自由主义：贵族的还是平民的？》文章亦对本书有益。

此外，王岳川关于后现代主义的观点本书也作了参考。陈晓明的《德里达的底线：解构的要义与新人文学的到来》及其一系列关于后现代主义的论述文章，厘清了现代主义及后现代主义与中国当代诗歌审美精神的关系，非常有助于我们进行文本分析，打开了中国当代诗歌审美的新通道。

马立诚的《交锋三十年：改革开放四次大争论亲历记》、吴晓波的《激荡三十年：中国企业 1978—2008》、杨继绳的《中国当代社会阶层分析》、张维迎的《论企业家：经济增长的国王》《企业的企业家：契约理论》及库恩的《科学革命的结构》以及兰仁巴大师著、多识仁波切译的《菩提道次第心传录：一位西藏著名修行者的笔记》等著作亦为本书重要参考文献。

以上文献的选用主要是考虑到中国当代诗歌的生成过程与中国

的现代化进程同步同向，作为现代性风险的文化危机产生根源及显现方式为论述重点。依此，我们可以找到一种新的通道进行审美分析，从而解决中国当代诗歌作为现代主义流派的审美精神的文化资产的价值性确立问题。这种总体性概念的文献范围能够凸显中国当代诗歌在面对虚无主义时的文化史、精神史价值，也可以论证中国社会转型中作为"新人"的企业家所具有的企业家精神是与中国当代诗歌启蒙有关系的成果。

最后，要说的是唐晓渡、张清华选编的《当代先锋诗30年：谱系与典藏》及王家新、孙文波选编的《中国诗歌　九十年代备忘录》具有很强的史料文献意义，本书受益匪浅。

▍1.4　寻找诗歌审美精神的"块茎"

本书试图在研究方法上采取一种新的创作姿态，找到一种新视角。中国当代诗歌的写作与研究正面临着滞呆困境，似乎正在脱离时代。所以，本书认为应该在研究中注重与时代的总体性关联而不局限于单一学科，注重当下性而不是纯粹史料性，注重文本性而不是"手艺性"，注重审美救赎性而不是典范性，注重生成环境而不是个体历时性，注重现代主义性而不是西方性或是民族性，注重现代性风险和文化危机性而不是"民间写作"及"知识分子写作"性。

本书研究的主线为：中国现代化进程当中中国当代诗歌的生成路径。主要是说明中国当代诗歌与中国现代化进程保持一致同向。引证的文献资料以现代化数据及改革开放的思想论争为背景，注重在此条件下的社会转型中显现的虚无主义及其在中国当代诗歌框架内的表征与被抵制。

有两个理论侧面：一是现代主义流派的理论影响，主要是证实中国当代诗歌具有"影响的焦虑"与"弑父"性；二是本体论的现代中国转型中与传统资源的纠结及"新诗"以来的诗歌的传承与突破。在文本分析中，注重现代主义艺术风格的解析，主要是考虑到中国当代诗歌的语境及与传统诗歌的断裂性。

本书将引不同的理论工具进入文本，敲打文本中虚无主义的卵壳，问询其"父母"基因。例如，20世纪80年代的"朦胧诗"的集体写作对"人"的呼唤，实际上是信仰体系崩溃后的一种未来建构冲动，具有启蒙意识。20世纪90年代的"个人叙事"实际上反映了重大历史事件后，中国进入现代化进程时，宏大叙事消解、知识分子边缘化的存在虚无体验。

上述分析使用了西方现代批评理论观点，有助于在现代性的总体性下，使文本具有当代性及时代性，从而激活中国当代诗歌的生命意识及生成能力。这样，题阈更大了，视野更广了。

现代中国社会的转型具有某种断裂性，因而在进行文本分析时应将写作置于不同时期单独分析，强调共时性、块茎性。在历时性和生成性上则突出互文性。例如，分析西川的文本时，应注意到20世纪80年代的启蒙性和作家本人写作的古典性，所以《在哈尔盖仰望星空》并不能生成为90年代的《坏蛋》，因为后者已具有伪哲理性、伪叙事性和伪反讽性，是另一种写作。到了21世纪的《开花》等作品，我们不能找到其生成来源了，它就是后现代主义下的一朵罂粟，妖艳而无赖，具有无法形容的时代魅力。时代是跃进的，这是中国社会发展的特点，因而，文本是块茎性的，这是中国当代诗歌的审美自律性特征。

在文本分析中，笔者忽略了"为艺术而艺术""纯诗""诗到语言为止"的观点，而把文本归置于现代主义对现代社会拒绝及与现代社会作对的此岸，分析出这是一种把自己"玩死了"的现代主义艺术的困境。这等同于点明了中国当代诗歌面临的生成迷局。

最后，本书引入了法兰克福学派的乌托邦理论，进而提示：对抗现代性风险——虚无主义文化危机的途径可能是新浪漫主义。通过与"上帝"的和解，回到"人"的神性，找到与自然相处（包括社会关系及与"他者"的重新相处）的新模式，找到中国当代诗歌与现代性盛期中国社会相处的新模式，体现出中国当代诗歌的审美救赎功能，从而使中国当代诗歌走向世界。

本书的研究方法在谢冕、陈晓明指导下具有试验性和独创性。创作的色彩浓于研究的色彩。主要是囿于国内学术理论的有限性以及中国当代诗歌的现代主义特征，所以，笔者选择了实用的方法，尽可能尝试在西方现代批评理论的线索下，与关涉中国现代化进程的多学科理论结合，找到一种新的可生成的中国当代诗歌的研究模式。

1.5　一种生成的结构

本文共分为六章。

第一章导言总论本书的目的及研究方法和期望结论。

第二章以论述20世纪80年代中国当代诗歌的成立为主，阐释了其启蒙的主体意义及"集体写作"特征。尤为关注其对"文革"暗夜"人"的被忽视的痛心，及对"文革"进行历史否定的积极虚无主义表现。

第三章以20世纪90年代中国当代诗歌进入沉郁期,转向"个人叙事"的特征选择文本,解释了由立法者变为阐释者的知识分子角色转型形态。也表明现代社会的转型,引起关于存在虚无的思考。此时的文本,具有放弃的虚无主义倾向,但也孕育了指向未来的乌托邦突破冲动。

第四章以21世纪以来中国当代诗歌面临的后现代主义的大众审美挑战为主题,论述了被控制在消费社会下的人的主体性的解体。在这种"仿真"社会,中国当代诗歌表现出两种特征:一种是"日常生活"的文本企图表现和突破虚无主义的存在模式,寻找人的本体性及本真性;一种是无路可走后产生了现代性反抗的"开花"行动及其对主体性、神话、古典性的召唤。

第五章以文本对生存意义的再思考、对生命痛苦的再发问为主线,找到虚无体验再度被显白的原因,歌颂通过文本体现的一种人类与生俱来的终极追问的高贵品质,及其反映出来的净化心灵的文本审美救赎。

第六章为结语,试图探讨在普遍认为现代性无解之后的审美出路。主张在现代中国可写的现代化背景下应提倡一种可写的文本,要与时代精神同向而行,试图探讨文本是否可建构具有可多层次拆解性及可多重进入性的审美框架。目的是最后进入一种可写的乌托邦指向,提供一个可突破虚无主义围城的天梯,表明未来的文本性是明朗的、健壮的、古典的、浪漫的和审美的。这样,中国当代诗歌有可能在世纪和世界的意义上找到一条通往未来的人的彻底解放的秘密通道。其所搭乘的"船",就是新浪漫主义。

/ 第二章 /

想象的主体:"今天"的"在新的崛起面前"的"人"

20世纪80年代是中国新的历史时期开启的重要时代。从现代性的视角来看,20世纪80年代是一个现代性重建的时代;从社会理论的视阈来看,它又是一个社会重新整合凝聚的时段;从当代文学史的角度来看,20世纪80年代是一个值得称为"新时期"的岁月;而从诗歌的审美意义上评价,它可以称作"当代性"重新确立的时期。虚无的"文化大革命"宏大叙事结束后,另一种时代想象被描述出来:现代化脱颖而出。从革命战士回到人的身份,足以带来关于未来的无限美学童话憧憬。从政治史的角度作出断裂式的时代划分,从经济学的角度推进改革开放、融入市场经济的怀抱,从思想文化的角度持一种争论下的宽容态度,确保与在指向未来意义上的社会达成一致与共识。这些历史因素,让"人"松了口气,让人们陷入一种倾诉式的时代哀怨,祥林嫂般讲述"狼"的故事;当诗人写出"中国,我的钥匙丢了"时,文本之中弥漫的是深深的虚无。20世纪80年代末的广场在被傍晚"穿越"后,20世纪80年代结束了。启蒙者藏进了寓言,想象的主体被解构了。

在此背景下作一次审美的时代文本分析,有助于我们发现20世纪80年代中国当代诗歌未言说的或是不可言说的精神。

2.1 断裂的历史虚无与"预感快感"的失去

1978年11月27日,中国科学院计算所34岁的工程技术员柳传志按时上班,走进办公室前他先到传达室拎了一把热水瓶,跟老保安开了几句玩笑,然后从写着自己名字的信格里取出了当日的《人民日报》,一般来说他整个上午都将在读报中度过。20多年后,他回忆说:

"记得1978年,我第一次在《人民日报》上看到一篇关于如何养牛的文章,让我激动不已。自打'文化大革命'以来,报纸一登就全是革命,全是斗争,全是社论。在当时养鸡、种菜全被看成是资本主义尾巴,是要被割掉的,而《人民日报》竟然登载养牛的文章,气候真是要变了!"①

这是吴晓波在他的研究中国企业的著作《激荡三十年:中国企业1978—2008》中开篇之语。这一篇章的题目就是"1978中国,回来了"。题目非常有意思,反面的话应该是问:"中国,您去哪了?"背后的含义是对过去虚无的一种否定。十年"文革",被定性为一场浩劫,彻底摧毁了人的尊严,导致虚无主义在各个层次上蔓延,对它的积极否定是重要的历史事件。

中共十一届六中全会通过的《关于建国以来党的若干历史问题的决议》对"文化大革命"是这样认定的:"一九六六年五月至

---

① 吴晓波:《激荡三十年:中国企业1978—2008(纪念版)(上)》,北京:中信出版社,2014,第3页。

一九七六年十月的'文化大革命',使党、国家和人民遭到建国以来最严重的挫折和损失。这场'文化大革命'是毛泽东同志发动和领导的。……'文化大革命'的历史,证明毛泽东同志发动'文化大革命'的主要论点既不符合马克思列宁主义,也不符合中国实际。这些论点对当时我国阶级形势以及党和国家政治状况的估计,是完全错误的。"

作为政治认定,"文革"是被否定的,但历史性的伤害并没有完成心理清算,这需要几代人的时间来反思。

实际上,围绕着"文革"的思想较量一直纠缠到现在,也许,今后还会存有不同方式的反思、争论。但无论如何,在思想史的意义上,20世纪80年代在否定"文革"思维、进入改革开放的历史进程方面取得了民族发展意义上的突破。其中,最重要的是关于"真理标准"和"两个凡是"的大争论,为20世纪80年代的思想解放、文化宽容创造了氛围,也为朦胧诗的出现和中国当代诗歌审美精神的形成提供了意识形态的松动背景。关于这一段,可以参考马立诚的总结:"粉碎'四人帮'将近一年,1977年8月召开十一大,要求全党'一定要遵照毛主席的教导,把无产阶级专政下的继续革命进行到底'。然而,'无产阶级专政下继续革命'与改革开放,是性质完全相反的治国方略,将主流翻转过来,把改革开放推上主导地位,难度之大,可想而知。正因为如此,'真理标准'和'两个凡是'展开的斗争,就成为第一次大争论的关键一役。这场争论的真正内核就是,要改革开放,还是要'无产阶级专政下的继续革命'?'真理标准'获得最终胜利,是中国之福,整个中国正是从这里摆脱了旧时代的束缚。我们今天的非凡成就,其源头也来自'真理标准'在 1978 年取得主导地位"。① 马立诚一直关注中国的改革开放进程,从社会学、政治经济学的意义上,他的观点具有实证价值,顺着他的研究路径可以找到中国当代诗歌生成的时代背景和审美脉络。他用了"旧时代"这个词,表明了历史的断裂,以及用新时代的含义对不堪回首的旧时代的批判性处理,这应该是一种积极地反思历史虚无主义态度。因此,马立诚认为:"第一次大争论带动的 80 年代,是一个理想主义高歌猛进的年代。……中国仿佛突然进入了一个青春启蒙期,改革燃烧着人们的激情,改革就是生命的价值。尽管今天要比那个时候富裕得多,但不少人回忆起那个年代,仍然心向往之。"② 吴晓波则从社会经济的角度印证:"1978 年以前,中国是一个封闭自守的经济体,与世界经济体系基本'绝缘'。高度集中的经济列车在运行了 20 多年后,终于在 20 世纪 70 年代末陷入了空前的泥潭。从 1958 年到 1978 年,20 年间中国城镇居民人均收入增长不到 4 元,农民则不到 2.6 元,全社会的物资全面紧缺,企业活力荡然无存。"③

之后的中国,整个 20 世纪 80 年代都在巨大的变动中前行。"1982 年,十二大提出'计划经济为主,市场调节为辅';1984 年,十二届三中全会提出'有计划的商品经济';1987 年,十三大提出'国家调节市场,市场引导企业'。每前进一步,都要付出艰巨代价。到 1987 年十三大之后,似乎就要有一个突破了,可是一场政治风波中断了这个进程。在风波之后,对计划和市场的不同看法进一步上

---

① 马立诚:《交锋三十年:改革开放四次大争论亲历记》,南京:江苏人民出版社,2008,第 1 页。
② 同上。
③ 吴晓波:《激荡三十年:中国企业 1978—2008(纪念版)(上)》,北京:中信出版社,2014,第 34 页。

纲成为'姓资'和'姓社'的重大原则问题。用吴敬琏的说法,双方'针锋相对,面红耳赤',支持市场经济的'86岁的薛暮桥因为情绪太激动,连话都说不清楚了'。"①20世纪80年代的结束是一个充满低沉气氛的社会场景。吴晓波回忆道:"1989年的中国是困难的,12年改革所积累出来的变革形象及成长锐气遭到了挫折。美国政府宣布对中国进行制裁,《财富》杂志观察到:'大多数在中国的西方公司已经停止运行,只是静观其变。一位美国商人说,那种感觉就像在参加一场大游戏之前被锁在屋子里。我们的确认为我们能够通过重开合同并且利用新的杠杆来作更多有利的交换。但当我们走出去,我们发现其实无处可去。'"②

上述是20世纪80年代中国社会的政治经济大体变动过程,是我们进行中国当代诗歌在20世纪80年代的"诞生"及变异研究的文本参照。

我的观点是:以新历史主义的态度和方法把20世纪80年代作为一个整体文本进行审美分析,可以找到中国当代诗歌的时代精神,从而,反过来把它又还回历史,作为20世纪80年代中国思想变革、社会发展的思想史、文化史、精神史及文本史意义上的资源体系。这其实是确立中国当代诗歌的历史合法地位的新途径。

张旭东从精神史的角度研究20世纪80年代,出版著作《改革时代的中国现代主义:作为精神史的80年代》。在他的视阈中,"现代"是20世纪80年代的主词。他说:"在'现代'的器物层面仍然

---

① 马立诚:《交锋三十年:改革开放四次大争论亲历记》,南京:江苏人民出版社,2008,第135页。
② 吴晓波:《激荡三十年:中国企业1978—2008(纪念版)(上)》,北京:中信出版社,2014,第281页。

显得遥不可及的时候,'现代'的观念、表述、审美形态就提供了一种替代性满足,让 80 年代的社会主体急剧扩张,去尽快地、尽可能地进入、填充那个叫作'现代'的空间,为这个'现代'的秩序作好种种心理和语言的训练和准备。那时候什么名称前面都要加个'现代',现代科技、现代文化、现代心理学,或者现代电影语言、现代社会,包括现代文学、现代诗、现代文学理论,好像不加'现代'就意味着'前现代',就等于陈旧、落后、封闭、保守。……在 80 年代初期,这种似乎属于纯粹形式领域上的新的空间想象,同一种集体性的历史冲动密切相关。这种冲动就是尽快摆脱一个落后封闭的社会,去拥抱、拥有和创造一个真正现代的生活,包括它的技术、制度、观念和文化。"① 这一论点,对我们研究 20 世纪 80 年代中国当代诗歌现象有很重要的参考价值。"现代主义"及"后现代主义"文学流派问题,在中国的文学、文化研究中一直纠结不浅。关于"朦胧诗""先锋诗"及"第三代诗歌"的"现代"性质,直到今天都没有说清楚。唐晓渡是从"现代性"的追求角度观察 20 世纪 80 年代诗歌的,他这样说:"首先是追求'现代性'的冲动。这种冲动自'五四'前后就从内部紧紧攫住了中国诗人,并在历经坎坷后导演了从'朦胧'到'后朦胧',贯穿了整个 80 年代的先锋诗运动。现在,当历史由于恶性变故又一次显得暧昧不明时,它也又一次站出来申明自身,申明一个与社会的现代转型既彼此平行又互相颉颃的、独立的现代化进程。"② 唐晓渡的诗学批评一直是紧扣

---

① 张旭东:《改革时代的中国现代主义:作为精神史的 80 年代》,崔问津等译,北京:北京大学出版社,2014,"访谈:从'现代主义'到'文化政治'(中文版代序)"第 3-4 页。
② 唐晓渡:《九十年代先锋诗的几个问题》,《山花》1998 年第 8 期。

现代性意识的,他与王光明、陈超、耿占春、张清华等"现代"派诗学批评者一起多年护佑中国当代诗歌的生成。从他们的视阈里可以窥视到中国当代诗歌的美学核心,也因此可以"延异""互文"到一个到现在为止依然令人困惑的问题:中国当代诗歌四十年的审美精神是什么?"现代"不是一种解答,审美与审丑都可以是现代的,那么"朦胧""先锋"的所指是什么?我们是不是把"朦胧""先锋"本身当成了所指,陷入单纯的修辞诡辩中?唐晓渡批判历史主义的诗歌审美倾向:"顺便说到,长期以来的诗歌史研究在方法上多受被简单化以至被扭曲了的黑格尔—马克思历史观的支配,太偏重历时性,且有意无意地让诗总是跟在历史的屁股后头,忽视乃至无视诗有其自身的依据,诗歌艺术在更大程度上是一种共时的存在。"①这段话是有前前后后的语境的,但作为一个靶子挑出来引发疑问也未尝不可。那么多诗歌批评者,那么多诗歌研究文本在中国当代诗歌审美精神上达不成共识,或者说都有意无意避开了这一题目。为什么呢?我以为恰恰就在于大家都害怕回到历史主义的传统思维方法论中,而把注意力集中在了共时性上,结果,造成文本研究的碎片化、诗人的面孔单一性。我没有能力提出一个中国式的"既如何又如何"的折中方式,我起码感觉到这是个问题,值得探讨。我的做法是在社会理论、批判理论的框架下,以新历史主义的方式回到时代背景中对文本进行与诗歌相对的社会资源、文化资源互文分析,找到我的主体性进入和退出的一种方式,体会新的发现之美。

其实,唐晓渡下面的这一段话,也表明了他对诗歌文本的历时

---

① 唐晓渡、陈超、何言宏、张清华:《对话三十年新潮诗歌:追忆与评说》,《钟山》2010年第3期。

性与共时性的客观观点:"不管怎么说,八十年代整个的人文气候极大地激励着诗人们的雄心。……这种现象除了反映个人的梦想之外,也体现了普遍的'现代性'焦虑。一方面是要追上现代的世界潮流,另一方面,又要不断地确立自身。这里有一个自我身份界定的问题,要求既是世界的,又是中国的、民族的、本土的。这种雄心和五四精神有某种内在的相通,其中包含着对历史传统的现代想象。对一个诗人来说,这既是一种强大的精神资源,又可能是一种迷途,一种虚妄。"①

唐晓渡的观点涉及一个问题,即弗洛伊德的潜意识分析所指涉的"超我"人格形成的矛盾:当20世纪80年代的诗人群体以集体写作的方式扮演"启蒙"角色时,内化的道德规范,内化的社会及文化环境的价值观念出现了崩塌或是缺位。"文革"的阴影在潜意识中发生作用,"我不相信"及什么都不再信的气息滋生于文本中,对于过去的厌恶驱之不去,健全的"超我"人格难以建立。本能驱动追求"现代",很大目的是尽快遗忘过去。但过去是无法遗忘的,虚无感无处不在,这就是唐晓渡所说的陷于"迷途""虚妄",一种白日梦式的时代悲情就成为20世纪80年代诗歌的一种美学气质。弗洛伊德如此评论:"白日梦者小心地在别人面前掩藏起自己的幻想,因为他觉得他有理由为这些幻想感到害羞。现在我还想补充说一点:即使他把幻想告诉了我们,他这种泄露也不会给我们带来愉快。当我们知道这种幻想时,我们感到讨厌,或至少感到没意思。……最根本的诗歌艺术就是用一种技艺来克服我们心中的厌恶感。这种厌恶感无疑与每一单个自我和许多其他自我之间的屏

---

① 唐晓渡、张清华:《关于当代先锋诗的对话》,《2009第二届青海湖国际诗歌节特刊》,2009年8月。

障相关联。我们可以猜测到这一技巧所运用的两种方法。作家通过改变和伪装来减弱他利己主义的白日梦的性质,并且在表达他的幻想时提供我们以纯粹形式的、也就是美的享受或乐趣,从而把我们收买了。"[1]弗洛伊德的心理分析中很重要的一个方面是研究人的两种最基本的本能,一种是生存的本能,另一种是死亡本能。这些本能会导致压抑、冲动。而文学艺术可以在类似梦的"虚构"下,放纵幻想,从而释放和表达无法言语之物。弗洛伊德的学说极大地刺激了20世纪的文学,出现了意识流小说、超现实主义诗歌、荒诞派戏剧等,超出了他的医学家本我的影响。所以,当我们阅读下面的话语时我们会得到一种文本之魂的体验:"我们给这样一种乐趣起了个名字叫'刺激品',或者叫'预感快感';向我们提供这种乐趣,是为了有可能得到那种来自更深的精神源泉的更大乐趣。我认为,一个创作家提供给我们的所有美的快感都具有这种'预感快感'的性质,实际上一种虚构的作品给予我们的享受,就是由于我们的精神紧张得到解除。甚至于这种效果有不小的一部分是由于作家使我们能从作品中享受我们自己的白日梦,而用不着自我责备或害羞。"[2]

这是多么有快感的一段话!应该当作20世纪80年代"朦胧诗""先锋诗"的解读新论。在20世纪80年代,诗人们都显得悲情而亢奋,在"文化热""启蒙热"的大潮中,诗人们怀着英雄般的自我解放的渴望(白日梦),打开了新时期中国文学/新诗的大门,以"相信未来"的气概指明中国社会的一种乌邦托前景,具有时

---

[1] 赵毅衡、傅其林、张怡编著:《现代西方批评理论》,重庆:重庆大学出版社,2010,第99页。
[2] 同上。

代特点的"预感快感",应和了时代,也自娱了中国当代诗歌。正如陈晓明所说:"但在'文革'后的 80 年代初期,朦胧诗的个人声音,带着中国文学从未有过的思想情感和新奇语汇呈现于世,给予中国人对自我的认识以强烈的震撼,对时代具有不可阻挡的开启性意义。朦胧诗冲决了历史禁锢,它也必然面向未来,这样的未来恰恰标示着新时期文学变异的方向。"① 这是不是昭示中国当代诗歌的白日梦气质呢?是不是让我们体味到弗洛伊德所说的"预感快感"呢?陈晓明以辨析的语气回答说:"把朦胧诗看成新时期中国文学的起点,这可能是一种暧昧而吊诡的做法。新时期是一次主流文学的命名,而朦胧诗在其萌芽阶段,却是产生于对主流思想文化的怀疑与潜在反抗,经历过'自我'与'时代精神'之冲突的论争,朦胧诗又一度成为新时期主流文学最有力的前卫。"②

一语成谶,20 世纪 80 年代中国当代诗歌以《今天》开始的白日梦在虚无主义氛围中于 80 年代末破灭了。作为一种象征,海子的自杀让他的"面朝大海,春暖花开"的白日梦有了时代的破灭特点。欧阳江河的总结十分中用:"对我们这一代诗人的写作来说,1989 年并非从头开始,但似乎比从头开始还要困难。一个主要的结果是,在我们已经写出和正在写的作品之内产生了一种深刻的中断。诗歌写作的某个阶段(白日梦?——作者语)已大致结束了。许多作品失效了。就像手中的望远镜被颠倒过来,以往的写作一下子变得格外遥远,几乎成为隔世之作,任何试图重新确立它们的阅读和阐释努力都有可能被引导到一个不复存在的某时某地,成为对阅读

---

① 陈晓明:《中国当代文学主潮(第二版)》,北京:北京大学出版社,2013,第 271 页。
② 同上。

和写作的双重消除。"①

　　虚无主义从"文革"后的迷茫、痛苦弥漫到了20世纪80年代末的失望、无助,中国当代诗歌像一匹年轻的骆驼承载了它。

2.2 "在新的崛起面前"与"人生的路呵,怎么越走越窄……"

　　《诗刊》1980年8月号刊登了章明的文章《令人气闷的"朦胧"》,对"看不懂"的诗歌予以批评。他说:"少数作者大概是受了'矫枉必须过正'和某些外国诗歌的影响,有意无意地把诗写得十分晦涩、怪癖,叫人读了几遍也得不到一个明确的印象,似懂非懂,半懂不懂,甚至完全不懂,百思不得一解。……为了避免'粗暴'的嫌疑,我对上述一类的诗不用别的形容词,只用'朦胧'二字;这种诗体,也就姑且名之为'朦胧体'吧。"②这里,尚是在诗歌美学的范式中讨论问题,但后来到了虚无主义研究者的笔下,朦胧诗变成了颓废主义的中国原始形式。李本祥在《当代中国虚无主义》一文中表述:"文化领域中,当代中国新颓废主义文化的兴起和流变表明虚无主义在中国文化领域中有着广泛的影响。吴家荣教授在《颓废主义文学思潮与新理性主义》中指出颓废主义的原始形式是'文化大革命'时期青年们在刊物《今天》所写的'晦涩难懂'的朦胧诗,通过朦胧诗,他们'发泄着内心的苦闷、宣泄着受骗的愤怒、

---

① 王家新、孙文波编:《中国诗歌 九十年代备忘录》,北京:人民文学出版社,2000,第182页。
② 章明:《令人气闷的"朦胧"》,《诗刊》1980年第8期。

斥责着丑类们卑劣的伎俩'。"①这是一段"不幸"的描述，首先，把《今天》算成了"文化大革命"时期的青年刊物。真实的情况是："1978年12月，由北岛、芒克和黄锐等人主编的《今天》以手抄本的形式在诗人之间流传，后来以蜡纸油印的形式出版，1980年被有关部门叫停，前后共出了9期。《今天》除刊登诗外，同时发表译诗、小说和评论文章。主要撰稿人都是后来朦胧诗的中坚分子：北岛、顾城、江河、舒婷、芒克、多多、严力、万之、赵一凡、林莽、方含等人。白洋淀派演变为'今天派'，标志着中国新诗正在酝酿着一场深刻的革命。"②这是陈晓明的准确判断，我想这足以澄清《今天》诞生于"文化大革命"被宣布结束的十一届三中全会之后。其次，陈晓明的另一段话是对朦胧诗的一种正面肯定："从总体上来说，80年代的诗歌的历史敏感性是由朦胧诗表达出来的，而这一历史敏感性，也是中国其他任何时期的诗歌所不具有的意识，它如此真切而深刻地把个人的内在精神世界，与社会的巨大变动紧密联系在一起。"③这样的历史定位符合中国当代诗歌的生成路径，也说明从"朦胧诗"出现起，就存有对其合法性的质疑，而这种质疑，与本书已叙述的思想大争论有着意识形态上的紧密关系。但无论如何，吴文是把朦胧诗当作工具批判使用的，也从另一面指出了朦胧诗反映了时代的悲情。

实际上，中国当代诗歌从朦胧诗开始转向时，修辞的解放催生

---

① 李本祥：《当代中国虚无主义》，《河北理工大学学报（社会科学版）》2009年第1期。
② 陈晓明：《中国当代文学主潮（第二版）》，北京：北京大学出版社，2013，第273页。
③ 同上书，第272页。

了新的文本范式,其中的重要精神内涵是文本的主体性回归。诗人们集体走向了对生命的终极发问,思索个人的命运,与现代主义一下子就契合了。象征、隐喻被召唤出来,表达对荒诞、痛苦、绝望的复杂思考。这既为现代主义在中国的再回归搭建了平台,也建构了与主流意识形态话语系统相悖的言说方式,怎么能被立刻读懂呢?

谢冕先生有着知识分子的天下情怀,在历史面前他准确发现了时代的进步趋向。他的判断是"坚决扬弃那些僵死凝固的诗歌形式,向世界打开大门吸收一切有用的东西以帮助新诗的成长,这是五四新诗革命的成功经验。可惜的是,当年的那种气氛,在以后长达半个世纪的时间里,没有再出现过。我们的新诗,六十年来不是走着越来越宽广的道路,而是走着越来越窄狭的道路。……在刚刚告别的那个诗的暗夜里,我们的诗也和世界隔绝了。"① 这是一次时代性的阐释,表明了一代知识分子甚至一个民族的无奈虚无心情,更重要的是否定过去的暗夜情绪,透射出与时代相符的思想解放的光芒。这需要马丁·路德式的勇气以及西西弗斯式的坚定。在随后而来的争论中,经孙绍振、徐敬亚的后续文章推动,中国当代诗歌的成果变成了社会的历史的事件进入公众视野,与20世纪80年代的思想解放运动、新启蒙运动相呼应,从审美解放的角度共同构建了中国社会的文化进步。

"接受挑战吧,新诗。"这蕴含着一种英雄悲情式的"预感快感",也是在为中国当代诗歌"立法"。从此,中国当代诗歌就一直处于生成的挑战中,直到今天,面临着后现代社会的虚无主义文化

---

① 谢冕:《在新的崛起面前》,《光明日报》,1980年5月7日。

危机。也正是在挑战中，中国当代诗歌踏入了现代主义河流，承载了伴随现代化而生的现代性困境的审美批判。

现代主义一进入中国，就因其悲情的、反抗的艺术特征与中国的新诗相契合。在思想解放的大争论中，它受到了尖锐指责。"理迪撰文《〈现代化与现代派〉一文质疑》对徐迟的观点进行批驳。他指出，徐迟认为西方现代派文艺反映了西方发达社会的'物质生活关系的总和的内在精神'这种看法是站不住脚的"，在这些反对现代派的人看来，西方现代派是西方精神混乱、悲观失望的反映，因为在西方资本主义社会里，"社会矛盾十分尖锐，物质生活虽然有相当程度的发展，在精神生活上，却充满着危机和混乱，人与人之间的关系往往是钩心斗角，尔虞我诈。很多人精神空虚，对生活前途悲观绝望，丧失信心，如此等等。现代派文艺就是这种社会条件和社会背景下的产物"。[1]陈晓明总结道："80年代终究还是改革派的思想占了上风，实现现代化成为中国不可动摇的方针政策，中国进入全球化体系开始成为不可扭转的历史大趋势。年轻一代的作家普遍寻求新的文学观念和表现手法，现代主义预示着文学新的可能性，它给作家提示了创新的经验，因而文学借鉴西方现代派也就成了难以压制的新生力量。"[2]

分析一下，首先，陈晓明的出发点是历史主义的总体原则，从进步、解放的角度肯定了现代主义进入中国的合法性。当然，这是他的一种后现代主义的"前理解"及"预感快感"。他的著作《德里达的底线：解构的要义与新人文学的到来》表达了一个很重要的

---

[1] 陈晓明：《中国当代文学主潮（第二版）》，北京：北京大学出版社，2013，第318页。
[2] 同上书，第320页。

观点:"我们需要进一步探讨的问题在于,德里达的思想不只是构成后现代的一部分,重要的是要认识到,在尼采的道路上只有德里达的拓进才打开了后现代的未来面向:后现代从德里达那里获得了新的思想起点。"① 被赋予现代主义的中国性也就为后现代主义中国化扫净了庭堂,这是一种现代性的理性态度。其实,如果使用"延异"的概念去"预设"或"预肯定"一种解构虚无主义生成范式的话,也许我们能找到一条与"上帝"和解的重归精神的主体性之路。但是,我想说的是:现代主义的虚无性都被理迪说中了,是资本主义社会难以克服的现代性困境。当它来到中国时,几个关键的历史时刻都是在中国社会的危机或者是变革关头。民族尚未富强,伤痛记忆犹新,这种虚无悲观的时代情绪可不是正好可以被现代主义所表征吗?现实是荒谬的,人生是痛苦的,这些被注入了中国现代主义诗歌体内,这是现代主义进入中国的秘密通道,可以从"20年代的象征诗派、30年代的现代诗派、40年代的九叶诗派、50至60年代的台湾现代诗派、70与80年代之交的朦胧诗派和80年代后期崛起的后朦胧诗[派]"② 中得到印证。

陈晓明还描述:"中国作协机关报《文艺报》曾经组织了一系列文章对现代派进行系统批判。1981年,《文学评论》发表郑伯农的文章《心理描写和意识流的引进》一文。……作者认为,……文艺家不能只是靠直觉去创作,不能把生活写得一片恍惚。如果那样的话,文艺还怎么能帮助群众正确地认识生活、认识时代

---

① 陈晓明:《德里达的底线:解构的要义与新人文学的到来》,北京:北京大学出版社,2009,第15页。
② 罗振亚:《现代主义诗歌:中国对西方的精神接受》,《文艺理论研究》2002年第5期。

呢?"① 这里记录了当时自以为处于正统马克思主义地位表达的权威观点,坚持文艺的工具论、教化论。这种观点与当时解放思想的潮流不合拍,也不符合当时社会要求变革、寻找未来的现实状况,分明是"文革"思维的遗留物。陈晓明的批判态度由此一目了然。

作为中国当代诗歌自朦胧诗起对中国社会变革的美学呼应背景陈述,我们已经从社会理论的角度作了考证。在此,我以一篇文章引发的社会大讨论,来再次揭示虚无主义危机在 20 世纪 80 年代的中国社会的反映。

1980 年 5 月,谢冕先生《在新的崛起面前》引发社会文化大讨论的同时,一个署名潘晓的女子来信《人生的路呵,怎么越走越窄……》在《中国青年》杂志发表。"这封信吐露的彷徨、苦闷、迷惘和怀疑,一下子打中了刚刚经历'文革'的亿万青年的心。短短数月,竟然引发 6 万封来信,紧接着掀起了一场人生观讨论的大潮。在这场讨论过去近 30 年之际,有学者指出:如果说 1978 年的真理标准讨论标志着政治思想的重大转折,那么 1980 年关于人生观的大讨论,则标志着价值观和人生态度的重大转折。在一次纪念潘晓来信的研讨会上,有学者说,这场人生观大讨论所引发的怀疑精神和批判意识,深深地渗透到新一代人的精神骨髓当中。这场充满了感性的泪水和激动的情绪的思想解放,在今天看来似乎有些幼稚,但是那种带血的纯真的呐喊,那些在精神桎梏中痛苦挣扎的自由心灵,实在具有振聋发聩的意义。人类史上每一次思想解放运动,都伴随着人生观的讨论与突破,欧洲文艺复兴时期关于人性脱离神性的讨论,俄国废除农奴制之前关于新人生活的讨论,不都是

---

① 陈晓明:《中国当代文学主潮(第二版)》,北京:北京大学出版社,2013,第 317 页。

这样吗?"①这是一次社会学、政治学、历史学意义上的虚无主义的社会反映。潘晓这样哭诉:我求助于人类的智慧宝库,拼命读书。我读了黑格尔、达尔文、欧文、巴尔扎克、雨果、屠格涅夫、托尔斯泰……大师们像刀子一样犀利的笔把人的本性一层层揭开,让我更深刻地洞见了人世间的一切丑恶。我惊叹现实中的人,竟和大师们所写的如此相像……没有一个人真正虔诚地服从平日挂在嘴上的崇高的道德和信念。我体会到这样一个道理:任何人,不管是生存还是创造,都是主观为自我,客观为别人。②

当时的《中国青年》共发行325万份。社会共鸣之深,足以证明当时社会的虚无主义文化危机之引人注目。其中"主观为个人"的观点不是颇具被马克思、恩格斯长篇批判的施蒂纳的"唯一者"的色彩吗?

作为同时代诗人的"潘晓"们是不是也有着如此的悲哀呢?在他们的诗句里会涌动着什么呢?

2.3 "在精神病院"的"疯狗"及其"回答"

如上所述,由于中国现代性的复杂性,中国当代诗歌具有丰厚的美学内涵以及鲜活的生成范式。鲜明的主体性和打开的修辞体征使其具有强烈的时代文本性。在大争论、大变动、大启蒙的20世纪80年代,"现代"是主题。以朦胧诗为开端的中国当代诗歌是以一

---

① 马立诚:《交锋三十年:改革开放四次大争论亲历记》,南京:江苏人民出版社,2008,第91页。
② 同上书,第92页。

种忧伤、悲哀的姿态来开始服丧哀悼的。对启蒙主义的追求让朦胧诗围绕"人"的再生形成主题,因为成为"人"了,荒诞、痛苦、绝望、怨恨、孤独、死亡、悲怆就形成了虚无的体验与拒绝的诉说方式。这些词在"现代"的层面上有着永恒性和陌生性,有着虚无的"元诗"性,也有着虚无的异质性;有着生成和突破的"双重束缚"("生存还是毁灭"——作者语),也有着随遇而安的"反讽"。这些"原词"①在中国当代诗歌中互文性增长,让20世纪80年代的诗坛独具风格。从虚无主义存在中,存在者开始启蒙,让20世纪80年代变成了一个寓言文本。"'朦胧诗',一班年轻的诗人对黑暗的时代充满愤懑和憎恨,对被浪费的青春岁月无限痛苦和伤感,对刚刚露出曙光的未来交织着期望和失望。正是这些复杂的情绪,才使得朦胧诗人抛弃了传统的诗歌表达形式,而采用了以朦胧而鲜明的意象表达内心体验的方式。他们不仅表达社会关怀,更表达了自我实现的追求,这也是启蒙立场的表现。尤其是北岛、舒婷的启蒙立场最为鲜明,江河的前期创作倾向启蒙,还有梁小斌、徐敬亚、芒克、傅天琳等人的部分创作也带有启蒙倾向。从思想倾向上看,朦胧诗也可以算作伤痕文学的诗歌表现。总之,伤痕文学在改革开放的前夜,冲破了'左'的思想禁锢,首先控诉了'文革'造成的社会灾难和心灵创伤,发现了被政治理性所抹杀了的人的价值,从而成为新时期启蒙主义文学的第一声呐喊。"②杨春时的论点有很强的双面性,或者说商榷性很强。唐晓渡的观点则是鲜明的:"八十年代的总体氛围是启蒙主义精神的高扬,诗歌领域内的大事则是个

---

① 原词,指的是中国当代诗歌中那些具有永恒性的词汇。
② 杨春时:《现代性与中国文学思潮》,北京:生活·读书·新知三联书店,2009,第137页。

体主动性和诗歌本体意识的自觉。'今天'之所以影响卓著,固然和那场持续两年的'朦胧诗'论争有关,但也离不开他们的作品和有关的诗歌主张。"① 唐晓渡指出的个体主体性和诗歌本体意识点到了朦胧诗的现代主义性质,而我们也明白现代主义是用来干什么的,尤其是在一个启蒙的中国年代。张清华更进一步作了阐释:"朦胧诗在思想上和启蒙主义是一致的——虽然他们强调的是现代主义的艺术理念;而第三代诗则表现了对具有颠覆性的现代主义文化精神的向往和认同,反映了对启蒙主义思想的不满足。这有似五四时期的鲁迅,既写了《呐喊》《彷徨》,又写了《野草》,既强调启蒙与疗救国民,但同时也更想表达个人的绝望与愤懑。这种矛盾既是内心化的,同时也是时代病。"②

太有趣了,我们以回望的眼光看,能不能把 20 世纪 80 年代中国当代诗歌的哀怨也说成是一种时代病呢?因为从隐喻的角度,我们都是潘晓,都是福柯的被规训的社会病人。

让我们从"在精神病院"开始,探寻我们的"病人"食指的疯狂与荒诞吧。

"夜晚,马蒂厄站在桥上,看到一切都是压抑的。房间里什么也没有。……他慢慢地发现,自己什么也不是,什么也没有,因而自言自语地说,'我是自由的','我就是我的自由'。一方面,自己像阳光一样不能与宇宙分割,因为脱离宇宙就是脱离过去,脱离自我;另一方面,自己也像阳光一样是被流放的,自由就是一种流放,

---

① 唐晓渡、张清华:《关于当代先锋诗的对话》,《2009 第二届青海湖国际诗歌节特刊》,2009 年 8 月。
② 同上。

因而提出'我是被判处为自由的'"。① 这是魏金声《评马塞尔对萨特虚无主义的批判》文中的一段话。萨特写了《存在与虚无》，论证人的存在的偶然性、荒诞性和虚无性，认为"他人即地狱""我是被判处自由的"。马蒂厄是他的小说《延缓》中的主人公。被北岛称为"我的启蒙老师"的食指（郭路生），是朦胧诗的先行者、前主人公。萨特的存在主义在20世纪80年代深深地影响着中国的青年知识分子，其中的虚无主义被隐蔽得无声无息。朦胧诗中对"人"的"我"的渴望与确定，是对存在主义对于虚无的"隐微"的"显白"，是一种诗意的关于人的生存思考的哲理回应，致使20世纪80年代的中国当代诗歌具有强烈的揭示虚无主义存在与通过对"人"的命运和主体地位的思索展现出与虚无主义对抗的启蒙特征。食指的《疯狗》《在精神病院》可以被解读为象征的文本，具有时代经典的地位。这些诗歌被选编入《当代先锋诗30年：谱系与典藏》，这同时也证明了选编者的深厚功力。相比《这是四点零八分的北京》这首作于1968年12月20日的传世之作，《疯狗》《在精神病院》可以被视为前者的一个寓言性的生成后果。由朦胧诗开始的中国当代诗歌的20世纪80年代写作，也由此被归类为"集体写作"。但我的理解是：相对于之前的意识形态工具化诗歌写作的"解放"姿态来说，这种"集体写作"的指涉应该超越形式主义。就是说，对过去的写作的合法性的质疑是共识的、一致的，对回到写作的主体性、"人性"及命运性的"归来"态度是积极的、同向的，对写作的美学突破、寻找多样化的写作模式的尝试是集体的、先锋的，我以为这样的总结是给20世纪80年代"集体写作"的主语概念以

---

① 魏金声：《评马塞尔对萨特虚无主义的批判》，《中国人民大学学报》1991年第1期。

一个客观解释。程光炜对此有非常概括的学理解释:"我们这里叙述的本时期诗歌,是指1978—1989年这一阶段的诗歌创作现象。从一般的历史进程看,它大约经历了'恢复期''重建期'和'变异期'等三个基本的时间段落。1978年5月到1979年2月,是诗的创作的恢复期。……但它们除政治态度有所变化外,基本没有触动50年代以来'诗与政治'关系的基本格局。因此,所谓的'恢复'即是与以人为基本主题的中国新诗传统的衔接,是一次人生和艺术的选择。……艾青的《鱼化石》……等,以'过来人'的眼光审视历史极端的荒谬,通过一己的悲欢浓缩时代的曲折,达到了当代新诗从未有过的思想的深度……它的意义首先是让新诗突破思想禁锢,重新回到正确的轨道上来。"①

"文革"的结束,是中国当代历史上的一种政治反思,它带来一种可期待的未来。这种期待所掩盖的悲伤,是对命运的哀痛。以艾青的"付出"为表征的"归来"的一代诗人,具有现代主义写作的史学经验。因而,他们在文本的尺度"解放"方面,有着本我的突破性。从时代的意义上,应可以计入中国当代诗歌的题阈。当然,在现代主义的修辞方面,存有潜在的可召唤性。这一观点,可以算是对程光炜的补充理解。"1979年3月至1983年底是诗的'重建期'。……这一阶段,从白洋淀和《今天》走来的朦胧诗人大有取代'归来'的诗人之势,……1979年3月,《诗刊》在一个不很引人注意的位置刊出北岛的诗《回答》;不久,又刊出舒婷的《致橡树》和《祖国啊,我亲爱的祖国》。……如果可以把'归来'的诗人的诗歌态度概括为'历史—美学'的模式的话,那么可以说,

---

① 程光炜:《中国当代诗歌史》,北京:中国人民大学出版社,2003,第175-176页。

朦胧诗和其他青年诗人的审美观念则饱含了怀疑、叛逆和自省的现代精神。这是一个既与历史、美学的文学传统相衔接，同时又贯穿了20世纪世界文学焦虑、自审的现代主义主题的新鲜的诗歌现象。"①舒婷的文本也可以从浪漫主义方向分析。在20世纪80年代中国当代诗歌的启蒙期，普遍具有一种质疑暗夜、指涉未来的乌托邦情绪。这个时期是现代主义混掩于浪漫主义风格之中的文本生成期，应和了现代社会转型的未来期待及宏大叙事的意识形态。"1984—1989年是诗的'变异期'。……朦胧诗所突现的人道主义情怀和英雄主义精神，受到一批更年轻的青年诗人的质疑。……1986年，新一轮具有反传统倾向的诗歌浪潮，在南京、云南、四川等地展开。例如，南京与云南青年诗人成立的《他们》诗歌团体，四川青年诗人掀起的'整体主义''新传统主义''非非主义'的运动，等等。从这年秋天至1988年春夏之交，这场被称为'第三代诗人'的诗歌运动达到了高潮。"②20世纪80年代现代主义进入中国当代诗歌主流时，已带有西方现代主义显现的衰落性。波德莱尔、里尔克、马拉美、兰波等诗人创作的西方诗歌文本由于巨大的时代情绪差异，在暗合了启蒙之时的伤感悲痛之外，与现代化开始的中国社会氛围有所不同。此时，带有后现代主义色彩的"现代性需求"应运而生，也是不自觉地回应了现代化进程的需求。从历史性来看，这种"变异期"具有一定的"进步性"。所以，"它具有以下几个基本特征：一是，他们宣布放弃朦胧诗所坚持的社会责任感和历史使命感，坚称诗歌表现的生活应该是'日常生活'和'凡人

---

① 程光炜：《中国当代诗歌史》，北京：中国人民大学出版社，2003，第176-177页。
② 同上书，第177-178页。

的心态'。……二是,他们对诗人的社会身份表示怀疑,尤其是被体制'圈定'的诗人的职责和义务难以认同。……三是,在艺术追求上,他们反对隐喻、象征、深奥等后期象征主义的诗歌观,主张用现代人明白、婉曲、充满诙谐感和讥讽感的口语来写诗。……在此期间,朦胧诗人先后移居国外,标志着现代主义诗歌运动暂告一个段落"①。程光炜的判定具有诗歌史意义上的"立法性"。但这是中国当代诗歌研究批评中约定俗成的历时/共时的归类法,是回溯性的类聚。依照这种范式,中国当代诗歌作为一个文本是不能被打开翻页的;它不再生成了,是断面的、断裂的,因而具有范式对抗味道,例如,我们可以从第三代诗歌与朦胧诗的关系上感知到。在这个意义上,食指与韩东、于坚就不可能有互文和家族相似的可能性。那么,20世纪80年代的"集体写作"的概念还能成立吗?当然,我指的是前文我所阐释的"集体写作"含义。他们在20世纪80年代诗歌中的"人"的主题下的虚无主义显现与解构的"集体性"的时代特点就自然被"隐微"了。从这个意义上看,我们有必要以食指的前述诗作作为范本探讨虚无主义的显现形式及演化性。

《这是四点零八分的北京》写于1968年12月20日,署名"郭路生"。曾经是"白洋淀诗群"成员之一的宋海泉如此评论:"有人评论郭路生为'文化大革命'诗歌第一人,应该说这是一个恰当的评价。是他使诗歌开始了一个回归;一个以阶级性、党性为主体的诗歌开始转变为一个以人为主体的诗歌,恢复了个体的人的尊严,

---

① 程光炜:《中国当代诗歌史》,北京:中国人民大学出版社,2003,第178-179页。

恢复了诗的尊严。人性在现实中丧失了合法的生存权利,但在诗歌的王国里,它却悄然诞生。肉体可以被消灭,思想可以被禁锢,但是,被麻木的感情、被压抑的欲望、对幸福的追求总是会复苏会觉醒。郭路生的诗歌所反映的,就是这种复苏和觉醒"。① 帕斯卡尔认为人是被突然抛到这个世界上来的,像一根芦苇一样孤独无助。食指是被一个时代遗弃的一员,在雄伟的汽笛长鸣时,他"剧烈地抖动",在高大的建筑下,"我的心骤然一阵疼痛","终于抓住了什么东西,/管他是谁的手,不能松,/因为这是我的北京,/这是我的最后的北京"。每当我读到这里时,一种时代的绝望气息就如清新刺骨的珠峰之巅的晨风透心而来。那是一种生不如死的绝望之感,直接从心理上把人"消灭"了。从词义上考察,绝望指的是通常因周边环境令人无路可走,失望达到顶点时产生的极端情绪。绝望可能伴随着心率改变、血压升高、盗汗、颤抖等生理上的应急反应,有时甚至发生心脏骤停、休克等更强烈的生理反应。一个突然的、强烈的绝望时刻可能导致猝死。所以,食指的心会骤然一阵疼痛,因为"这时,我的心变成了一只风筝,/风筝的线绳就在母亲的手中。/线绳绷得太紧了,就要扯断了"。从四点零八分起,命运被改变了,像帕斯卡尔的芦苇不知飘向何方,绝望之下"我再次向北京挥动手臂,/想一把抓住她的衣领,/然后对她大声地叫喊,/永远记着我,妈妈啊北京!"这就是时代的情绪,绝望至极。从社会心理学角度解释,绝望是个人对可被他人观察到的公众场合感到的持久而非理性的情绪,是个人对若干特殊类型的物体或情境感到的恐惧。绝望后往往是疯狂,以往压在心底的欲望会不断地放大,

---

① 程光炜:《中国当代诗歌史》,北京:中国人民大学出版社,2003,第245页。

以往受到的自认不公的待遇会不断在眼前回放，理智会被灼烧，产生持续的暴躁、亢奋和强烈的破坏欲。在这个角度上，我们是不是可以"前理解"了食指之后的作品《疯狗》《在精神病院》呢？

克尔凯郭尔把绝望看作是"致死的疾病"，与"致死疾病"意味着结果为死亡不同，克尔凯郭尔的"致死的疾病"恰恰相反地指出，人死于这种疾病或这种疾病会导致肉体的死亡是绝不可能的。"当死亡是最大危险时，人希望生；但当人认识到更恐怖的危险时，他希望死。所以，当危险如此之大，以至于死亡成为人的希望时，绝望就是那求死不得的无望。"① 食指把这种"致死的疾病"诗化得令人心惊，这也是这首诗成为经典的重要原因。我之所以以食指为开端论证中国当代诗歌的 20 世纪 80 年代审美特征，就是看到了其所反映出的时代的虚无表征。也由此引出了 20 世纪 80 年代中国当代诗歌的"集体"审美精神：面对"致死的疾病"。

萨特从"存在先于本质"的意义上解释"绝望"，"如果上帝不存在，一切都是允许的，因此人就变得孤苦伶仃了，因为不论是在自己的内心里或者在自身以外，都找不到可以依赖的东西。他会随机发现他是找不到借口的，因为如果存在确实先于本质的，人就永远不能参照一个已知的或特定的人性来解释自己的行动。换言之，决定论是没有的——人是自由的，人就是自由的"②。萨特是从人的孤苦伶仃存在这一突破角度论述对绝望的克服的。克尔凯郭尔希望通过信仰走出绝望，而萨特强调的是行动！"它［存在主义］不是向人类的行为泼冷水，因为它告诉人除了采取行动外没有任何希

---

① 孙凤娟：《信仰与抗争：绝望走向希望之路——克尔凯郭尔、萨特绝望理论分析》，《哈尔滨学院学报》2010 年第 6 期。
② 同上。

望,而唯一容许人有希望的就是靠行动"。①

食指的抗争行动是创作诗歌。他以自讽的形式表达内心绝望后的虚无情绪:

疯狗②

受够无情的戏弄之后,
我不再把自己当人看,
仿佛我成了一条疯狗,
漫无目的地游荡人间。

我还不是一条疯狗,
不必为饥寒去冒风险,
为此我希望成条疯狗,
更深刻地体验生存的艰难。

我还不如一条疯狗!
狗急它能跳出墙院,
而我只能默默地忍受,
我比疯狗有更多的辛酸。

假如我真的成条疯狗
就能挣脱这无形锁链,
那么我将毫不迟疑地,

---

① 孙凤娟:《信仰与抗争:绝望走向希望之路——克尔凯郭尔、萨特绝望理论分析》,《哈尔滨学院学报》2010年第6期。

② 唐晓渡、张清华选编:《当代先锋诗30年:谱系与典藏》,南京:江苏文艺出版社,2012,第64页。

放弃所谓神圣的人权。

这首诗有着具格式塔之美的文本结构,也有着格式塔完形的心理构成。修辞上"向内"倾斜,"疯狗"始终是核心词,作者手中的牵引绳紧紧套住"疯狗"的脖子,不让词跳出语言的院墙,昭示了词语对结构的依赖与张力,作者内心的紧张、不安、痛苦、绝望、虚无的情绪得到了生理和心理的美学表征。这是一首对"四点零八分的北京"回应的诗作。有着前理解的读者,可以想象到1968年至1978年间作者的人生煎熬。被遗弃的孩子在艰难的人间流浪,暗夜的无助的灵魂拷问让自己人狗不分,这不是一种彻底的虚无之感吗?这不是一种时代的"致命的疾病"吗?作为读者,因为言语的本真性,在这首诗被打开时或许是拒绝接受的。仿真或是超真实地把情绪从言语的性质直接刻画成语言,需要一种重新提炼情结和思想的能力。或者说只有诗歌才能以言语的直接说或是喊的方式穿透情绪的池塘,变成一条忧伤的草鱼,成形了,生成了,然而在审美的辖域里被看护住,由时代和读者来饲养。问题是读者极有可能拒绝饲养,因为这条鱼是由疯狗"异质"而成的,岁月是腌菜汁,读者可能体味不到那种当下性的虚无之感,人变疯狗的寓言失去了审美吸引力。而读者在接受的那一刻,有着一种把自己写进寓言的味道,在掂量自己愿做人或变疯狗的阅读写作过程中,实质上产生了历时/共时的美学体验。

正如桑塔格的《疾病的隐喻》所喻示的,食指终将关"在精神病院"。这是风筝的线绳被母亲松开了的隐喻,也是诗人以命运的归宿完成的一个时代的隐喻:

在精神病院[1]

为写诗我情愿搜尽枯肠
可喧闹的病房怎苦思冥想
开粗俗的玩笑，妙语如珠
提起笔竟写不出一句诗行

有时止不住想发泄愤怒
可那后果却不堪设想……
天呵！为何一年又一年地
让我在疯人院消磨时光！

……

……

……

……

当惊涛骇浪从心头退去
心底只剩下空旷与凄凉……
怕别人看见噙泪的双眼
我低头踱步，无事一样

　　从"四点零八分的北京"开始，诗人就染上了"致命的疾病"——忧郁、绝望。诗人在10年后要变成疯狗，"挣脱这无形锁链"，为此"将毫不迟疑地／放弃所谓神圣的人权"。很令人悲伤

---

[1] 唐晓渡、张清华选编：《当代先锋诗30年：谱系与典藏》，南京：江苏文艺出版社，2012，第66页。

的是诗人并没有挣脱锁链,因为它是无形的,是虚无的。结局呢?"在精神病院"。至此,文本与本体共同完成了时代的美学隐喻生成。此刻我们不能不想到福柯。

福柯的《疯癫与文明》之后,人们有一百个理由怀疑关于启蒙、现代、进步的宏大叙事的完整性。在对这首诗进行审美想象时,我首先想到立身而起,指窗四望,看看我是不是也在疯人院里。窗外高楼大厦,灯火辉煌,人来人往。然而,谁又能说这不是疯人院呢?在规训的现代社会层面,我们都是马克斯·韦伯铁笼里的疯子[①],都在一年又一年地以存在的名义消磨时光。这是一首具有跨时代意义的隐喻诗作。尼采杀死了上帝,福柯抹去了人,所以留下来的不是疯狗就是疯子,要么想挣脱锁链,要么低头踱步,无事一样。一首诗放在"启蒙""现代"的大词之中审美,居然如此令人惊心动魄,魂不守舍,不就证明中国当代诗歌的审美应该找到一条历时与共时的文化批评通道吗?

回到福柯。他是对启蒙持进步性看法的。在食指的诗中,人是没有出路和归宿的。但福柯不甘心于此,他在寻找"未崩溃的"现代性的合理性:他"是在摒除了近现代哲学有关人的预设,即一些先验的、超历史的人的观念,而通过对疯癫、监禁、性等历史事件的考古学调查与谱系学研究,来揭示现代社会的规训性质,以及人为权力所造就的现实,从而给出一个真实的现代社会与真实的'主体'。人被理解为一个处于历史的、社会的,尤其是权力的关系网络中的存在,是被社会通过知识话语、道德话语等权力话语,以及包括从医院、学校到监狱等各种手段所规训、控制的。福柯以这样

---

① 参见马克斯·韦伯的《新教伦理与资本主义精神》末章。铁屋为"理性铁笼"(iron cage)?

的画面展现现代性的现状，讲述启蒙并未使人类步入'成年'的道理，并以继承启蒙运动的质疑与批判的精神为己任，坚持对现实社会的批判，以此来探寻、追求自由的'新的原动力'"[1]。

当我们回到鲍德里亚《象征交换与死亡》中人被控制的场面，心中会怎样想呢？只能说从启蒙的福柯到后现代主义的鲍德里亚，人的问题并没有解决。启蒙还在路上吗？我们还会跳"忠字舞"（眼下我的动作还很熟练，经常不由自主地跃跃欲试）？虚无主义必定是我们的宿命吗？中国当代诗歌无法绕过这些难题。

通过对食指上述三首作品的分析，我们可以从文本生成角度看到诗人的"纹章"："人"的被解构的痛苦、绝望之虚无主义色彩，被作为20世纪80年代朦胧诗的主题提示出来。除了探讨时代的审美外，我还想就食指上述三首作品及朦胧诗的艺术审美特征作分析探讨。

首先是三首作品的"互文性"。

当代法国著名文学理论家和批评家朱莉娅·克里斯蒂娃是法国符号学研究领军者。她在研究文本与词语方面，发展了巴赫金的对话概念，提出"互文性"这一概念。她认为，文本与作者和读者有关联，还和历时意义上的先前和共时意义上的邻近的众多文本有着重要关系，并保持意想不到的真实联系。文本是能指的系统产物，不可避免地与社会、时代的语言关联，作为话语的文本因而也参与社会的发展。她在《词语、对话与小说》一文中说："在不同文类或者文本内部不同的观念模型中，作为能指的话语具体态的定性，将诗歌分析置于现代人文学科敏感的中心，词语的具体位置要在语言与空间的交叉点上去寻找。研究词语的状态，需要研究在句子中词

---

[1] 陈嘉明：《现代性与后现代性十五讲》，北京：北京大学出版社，2006，第187页。

语间的分节,然后在更宽泛序列连接的层面上需找到同样的功能和关系。针对诗歌语言实践的空间概念,首先需要界定文本空间的三个维度:写作主体、读者和外在文本。从横坐标看,文本中的词语是既属于写作主体,又属于读者的。从纵坐标看,文本中的词语指向先前或者同时代的语言素材。"①

我们可以用这一"互文性"理论来分析具有现代主义特征的中国当代诗歌。毕竟,我们的"新诗"和"朦胧诗""先锋诗"都是移植而来的,用西方的当代文学批评理论进行分析也不无益处。何况,除此之外,我们能用什么呢?

通过使用这一理论,我们对20世纪80年代诗歌的审美有了整体文本概念。由于带有启蒙色彩,由于对"人"的主题的关注,由于身陷虚无主义的时代处境,"朦胧诗""第三代写作"既有本体内部的相互影响、关联、指涉、互文,又有不同诗歌写作主张间的影响、关联、指涉、互文。这应该是20世纪80年代中国当代诗歌"集体写作"概念出现的至关重要的原因。

回到食指的三首作品分析,我们也可以说明作品前后历时性的词语关联和审美指涉:"疼痛""吃惊""辛酸""凄凉"体现了词语的前后关联及意义生成。"这是我的最后的北京""我不再把自己当人看""让我在疯人院消磨时光",这样的时代处境,则以"我"为重复出现的本体生成了时代的悲情。在对构成食指悲剧人生的诗性存在进行去蔽后,我们看到的人生是苦的虚无主义命运,我们不得不在阅读中思索,并拒绝这样的暗夜,企盼"人"的光明时代到来。

---

① [法]朱莉娅·克里斯蒂娃:《词语、对话与小说》,张颖译,《符号与传媒》2011年第2期。

这就是食指对中国当代诗歌的价值，其作品也昭示着时代的虚无主义生成的过程及危机程度。

用"互文性"的理论看，20世纪80年代诗歌的面目清晰起来，超越了不同写作主张的纷争，也超越了不同风格的比较。同时这一视角让20世纪80年代中国诗歌与之前的意识形态主流写作有了革命性的断裂互文，有了解放意义上的诞生；与20世纪90年代至今的中国当代诗歌有着生成意义上的互文，其审美精神一直扣住"虚无与开花"这种不同表征的时代文本形成和显现。

朦胧诗人北岛则是从抵抗的角度面对时代的暗夜的虚无。他以"站起来"的文本姿态宣告"人"的新时代到来：

告诉你吧，世界，
我——不——相——信！
纵使你脚下有一千名挑战者，
那就把我算作第一千零一名。①

这是一种对食指的"回答"，是一种互相唱和。在时代的牢房里，北岛以敌者的口吻和身份表征与对手的关联和英雄生成的途径：

宣告
——献给遇罗克②

也许最后的时刻到了
我没有留下遗嘱

---

① 唐晓渡、张清华选编：《当代先锋诗30年：谱系与典藏》，南京：江苏文艺出版社，2012，第2页。
② 同上书，第3页。

> 只留下笔,给我的母亲
>
> 我并不是英雄
>
> 在没有英雄的年代里
>
> 我只想做一个人

这是一个英雄的"人",这是尼采要找到的时代强人:

> 宁静的地平线
>
> 分开了生者和死者的行列
>
> 我只能选择天空
>
> 决不跪在地上
>
> 以显出刽子手们的高大
>
> 好阻挡那自由的风
>
> 从星星的弹孔里
>
> 将流出血红的黎明

  利用互文概念,我们可以把这种历时性很强、共时性很弱的文本放在诗歌史、精神史的视阈中进行审美。从中我们能体会到文本的生成性,而不再简单地把诗人和文本以历史定义的态度定位。陈超为此很遗憾地说:"北岛是'朦胧诗'的首席人物。80年代初他的一些作品被广泛争议。对其诗歌的细读和阐释,每每使敏感的社会问题一触即发。《北岛诗选》以其冷峻的怀疑主义和不妥协的批判精神,深刻的悲剧风格与荒诞感的扭结,精审的措辞和独立的要点,既使思想上比较开明的知识分子又使庸众和权力主义者震惊。虽然作者后来力图在诗歌形式上向'纯粹的诗'锐意进取,但他巨大的人格形象给读者造成的阅读期待,还是在社会批判方面。北岛成为被不同时期的诗学家作为参照物的存在。眼下复杂的社会压力，迫使人们难以将他还原成一位纯粹的诗人论述。这是历史压迫造成的遗憾"。①陈超的期望在于还北岛以一个纯粹的诗人面目。但回头想，一方面，是不是因为影响的焦虑促使人们对北岛的文本解读陷于历史主义？——意思是说，好吧，你挺伟大，但你的时代过去了，你的政治宣言过时了。另一方面，是不是与我们的诗学批评理论的进化生成缺陷有关？因为意识形态的潜影响，西方现代主义和后现代主义理论不能理直气壮地为我所用。其实，误读有什么可怕呢？西方的现代性已经变成了中国的现代性，西方的现代化已经成为中国的现代化，我们为什么不能以现代主义的文学理论来阐释现代主义的中国当代诗歌呢？其实，回到现代性视阈，把北岛的作品看成是一个具有浓厚悲情色彩的现代性文本也未尝不可。这是一种历时和共时的文本，具有和时代的互文性，具有时代的审美气质。因此，我们就能理解陈超与陈晓明、王光明及唐晓渡、洪子诚、吴晓东、程光炜对北岛的评价了。

陈晓明指出："他的诗最突出的特点在于具有鲜明的怀疑与否定的精神，以及那种毫不妥协的拒绝与超越的批判意识。对于从'文革'的极左路线阴影底下走出来的一代中国青年来说，北岛的诗歌表达了他们的内心愿望。"②

陈晓明的总结突出了北岛诗歌的对抗性。对抗的背后掩藏着一种召唤，那就是对未来的期望。从这层意义上延伸，北岛的修辞具

---

① 陈超：《打开诗的漂流瓶——现代诗研究论集》，石家庄：河北教育出版社，2003，第287页。

② 陈晓明：《中国当代文学主潮（第二版）》，北京：北京大学出版社，2013，第275页。

有一种乌托邦精神潜质。

王光明认为:"北岛诗歌最重要的意义,是把个人英雄主义转变成了一种具有现代主义想象风格的诗歌英雄主义,创造了象征经验世界又与这个世界抗衡的诗歌世界。"①

王光明的诗学批评含有现代性批判色彩。他的评价提出了现代主义的象征风格问题,无疑指涉了北岛的诗歌从一开始就具有的与传统诗歌断裂意义的现代主义色彩,这实际上也解放了北岛的文本,使其具有了历时的生成效果。

唐晓渡认为:"在被归入'朦胧诗'的一代诗人中,北岛从一开始就是最为耀眼的一个,但或许也因此注定成为受成见侵害最深的一个。"②

"而在众多论者的笔下,你[北岛]确实被描述为一个'有信念'的诗人。……在我看来你从一开始就是一个内心充满困惑、疑虑,并坚持在诗中对世界和自我,包括诗本身进行种种质询的诗人,你是否认为这是一个有信念者的基本表征?"③

也许,对"朦胧诗"的成见来源于20世纪90年代诗人"影响的焦虑"。但放在20世纪90年代出现的"启蒙"与"反启蒙"的大争论背景,可以得知这实际上是面对现代社会转型时的心性反应:否定者需要政治术语作为资源或是习惯于形而上的否定方式,如果不是以这样的方式显现,否定者需要使用现代主义的理论术语,而他们恰恰没有。

---

① 王光明:《艰难的指向:"新诗潮"与二十世纪中国现代诗(修订本)》,北京:社会科学文献出版社,2013,第224-225页。
② 唐晓渡:《北岛:没有幸福,只有自由和平静》,《当代作家评论》2004年第3期。
③ 唐晓渡:《传统就像血缘的召唤——北岛访谈录》,《诗潮》2004年第3期。

洪子诚指出："在'朦胧诗'论争中，他的作品最具争议。七八十年代之交的诗，主要表达一种怀疑、否定的精神，以及在理想世界的争取中，对虚幻的期许，对缺乏人性内容的生活的拒绝"。①

洪子诚的评价具有时代的鉴定性。其实，在谈论北岛作品的争议时，文本已经被打开了，反而让其有了生成机会。我们看到文本的虚幻性时，也就体验了被否定的精神的不存在性。

吴晓东和程光炜的观点有不同视阈。

吴晓东指出："尼采强调'上帝死了'，反而能够使人获得真正的自由和创造力。北岛正是从旧的价值体系中挣脱出来，带着无希望无目的的失落开始他的怀疑他的否定他的探索的。只有否定了外在的权威，才能建立起自己内在的权威，也才有自己的自由意志和新的创造。……也许还有问题的另一方面。如果我们深入到诗人的心理深层次，就会发现诗人灵魂深处的悲凉意识。否定的过程是一个痛苦的过程，尤其当'生命的湖'尚看不到闪光的时候。诗人不得不经受这种无目的的人生之旅中的一切孤独、一切苦恼、一切失望，而且，诗人有时候无意识地装扮成一个众人皆醉我独醒的形象，于是便更加感觉到自己格外承担着整个人类和历史的重荷：'如果海洋注定要决堤，/就让所有的苦水都注入我心中'。(《回答》)我们从中可以体验到诗人的胸怀，同时也感受到一种强烈的悲剧色彩。"②

里尔克的悲情色彩反而使文本具有了历史的召唤性，他在"哀歌"时，也许是在期待一种毁灭。之所以选择俄耳甫斯致敬，恰恰是因为里尔克通过死亡建构一种悲剧审美，体现了本我对生活的恐

---

① 洪子诚：《中国当代文学史》，北京：北京大学出版社，2010，第309页。
② 吴晓东：《漫读经典》，北京：生活·读书·新知三联书店，2008，第227-228页。

惧与失望。吴晓东正是在这层意义上对北岛进行评价。

程光炜认为:"在北岛的作品中,波德莱尔的影子无所不在。这固然像有的人所说,波德莱尔身上具有一个哲学家和一个现代诗人的双重特征,'一方面,它带有一个注重普遍性和历史规律的哲学家的思辨力量、分析的技巧以及批判的严厉;另一方面,却带着一个注重个体的内在经验、陷于存在的困扰的现代诗人的敏锐的直觉式的感受、透悟以及想象的热情'。这一双重特征,同样也存在于北岛的身上。"①

程光炜对中国当代诗歌生成熟门熟路,他所分析的文本都会被召唤出现代性的困境色彩。北岛与波德莱尔是不同的"块茎",但对时代的反应都是迟疑的。他们既渴望现代社会,又恐惧于对其无法把握,难以保持本我。这是两者都身处现代性的初期显现,因而具有了历时与共时的互文性。

从上述论述中我们可以看到:北岛的文本是一个现代主义诗性文本,具有时代的悲剧色彩,表现了怀疑、否定的精神,体现了启蒙内容。从互文性分析,以他为代表的朦胧诗派具有鲜明的透过虚无主义反对虚无主义的文本性质。

20世纪80年代中国当代诗歌中,舒婷、翟永明的文本则丰富了时代审美表征。

舒婷的文本中常出现"峭壁""峻岩""险峰""悬崖""滚石"之类险峻、沉重、压抑的名词,使她的文本具有了不安的情感。她的《流水线》,比人们熟悉的其他作品更加表现出20世纪80年代朦胧诗的忧郁色彩:

---

① 程光炜:《中国当代诗歌史》,北京:中国人民大学出版社,2003,第259页。

流水线[①]

在时间的流水线里

夜晚和夜晚紧紧相挨

我们从工厂的流水线撤下

又以流水线的队伍回家来

在我们头顶

星星的流水线拉过天穹

在我们身旁

小树在流水线上发呆

星星一定疲倦了

几千年过去

它们的旅行从不更改

小树都病了

烟尘和单调使它们

失去了线条与色彩

一切我都感觉到了

凭着一种共同的节拍

但是奇怪

我唯独不能感觉到

我自己的存在

仿佛丛树与星群

或者由于习惯

[①] 唐晓渡、张清华选编:《当代先锋诗30年:谱系与典藏》,南京:江苏文艺出版社,2012,第71页。

>　　或者由于悲哀
>
>　　对本身已成的定局
>
>　　再没有力量关怀

　　这首诗的文本性是不能低估的。我们可以摆脱"女性主义"来探讨文本内在的审美特质。

　　"酷儿理论"的倡导者莫尼克·维蒂格在《女人不是天生的》一文中宣布:"我们的历史任务在于,用唯物主义的术语来定义我们所说的压迫,明确认识到女人是一个阶级。也就是说'女人'这个类别像'男人'这个类别一样,都是政治和经济的类别,而不是永恒的类别。我们的斗争的目标在于攻击作为阶级的男人,这一斗争的途径将不是种族灭绝,而是政治斗争。一旦'男人'阶级消灭了,'女人'作为一个阶级也会消亡,因为主人没有了,奴隶也就不复存在了。我们的首要任务看来应当是把'女人们'(我们在其中战斗的阶级)同那个'女人'的神话彻底地区分开来。"[①]这是一种女性主义的告别仪式,实际上,在面对现代中国的社会转型时,由于智识的同一同质性,女性所需要解析的社会文本具有通约条件。因而,再以"女性主义"的视角看待"女性",就成为一种社会"误读"。"流水线"让所有的人成为同一的机器劳动力,所以,以无性别的审美进入文本解释,可以解放文本与解释者本我。为什么?"因为'女人'对于我们来说并不存在,它仅仅是一个假想的形式,而'女人们'却是社会关系的产物。我们强烈地感到,无论在何时何地,我们都应当拒绝被称为'女人的解放运动'。……为了意识到我们是一个阶级并成为一个阶级,我们首先必须消灭关

---

① [美]葛尔·罗宾等:《酷儿理论》,李银河译,北京:文化艺术出版社,2003,第371页。

于'女人'的神话,包括其中最诱人的部分(我在想弗吉尼亚·伍尔夫,她曾说过,女作家的首要任务是消灭'家中的天使')。"[1] 这一段关于"女人"的论述发人深省。也许,我们一直都是从"主人""男人"的角度出发阐释"奴隶""女人"的文本。如此,把"女人"的诗歌文本纳入审美体系时,得到的仅仅是关于"女人"的那一面,关于"奴隶"的审美观念,而同处时代的"女人"阶级的社会性则丧失了。如果能重新出发,从真正平视的角度入手,我们极有可能从"女人"文本中发现以前没有想到或无法发现的审美意义。例如"流水线"文本是可以与同时代的朦胧诗中"男人"的文本互文的:变成"疯狗"的食指"在精神病院"里,得了"致死的疾病";舒婷的"小树都病了",而她自身"再没有力量关怀"。为什么?因为在"流水线"上,我们都是时间和时代的工具,"男人"或是"女人"都不再具有意义。这种虚无是"男人"与"女人"共同经历和面对的,在这个意义上,"男人"和"女人"都在20世纪80年代反思和召唤"人"。我想,从新的角度阐释舒婷,把她作为一个"人"来进行文本分析,一定会突然发现她的独特的美学特色。

法国著名思想家和数学家帕斯卡尔的孤独、伤感,具有跨越时空的虚无之美。托马斯·莫里斯在《帕斯卡尔与人生的意义》中吃惊地描述:"想象自己患了失忆症,在一片广袤的大森林里突然从沉睡中顿然醒来的情形。你环顾四周,似乎自己是在某个旅行的中途,但令你吃惊的是,你对自己从哪里来,怎么来到这里,你现在究竟在哪里,又到哪里去,却一无所知。你没有地图,也没有指南

---

[1] [美]葛尔·罗宾等:《酷儿理论》,李银河译,北京:文化艺术出版社,2003,第371-372页。

针。周围的环境无论如何看起来，都非常陌生，甚至危机四伏。"[1]
这种预感在翟永明的《预感》里进一步阐释了：

预感[2]

穿黑裙的女人夤夜而来
她秘密的一瞥使我精疲力竭
我突然想起这个季节鱼都会死去
而每条路正在穿越飞鸟的痕迹

貌似尸体的山峦被黑暗拖曳
附近灌木的心跳隐约可闻
那些巨大的鸟从空中向我俯视
带着人类的眼神
在一种秘而不宣的野蛮空气中
冬天起伏着残酷的雄性意识

我一向有着不同寻常的平静
犹如盲者，因此我在白天看见黑夜
婴儿般直率，我的指纹
已没有更多的悲哀可提供
脚步！正在变老的声音
梦显得若有所知，从自己的眼睛里
我看到了忘记开花的时辰

---

[1] ［美］托马斯·莫里斯：《帕斯卡尔与人生的意义》，李瑞萍译，北京：北京大学出版社，2006，第1页。
[2] 翟永明：《翟永明的诗》，北京：人民文学出版社，2012，第1—2页。

给黄昏施加压力

鲜苔含在口中，他们所恳求的意义
把微笑会心地折入怀中
夜晚似有似无地痉挛，像一声咳嗽
憋在喉咙，我已离开这个死洞

　　这体现了一种帕斯卡尔式的悲伤、虚无情绪，是一种终极性的生命发问。这样的虚无有着净化心智的感人情绪，构成了20世纪80年代朦胧诗的另一方面。在文本的建构上有着我所期待的"可多层次拆解性"及"可多重进入性"。其词语的丰富色彩和平缓而又稳固的结构可以被任意拆解开来阅读，既可以调整段落顺序，又可以重新置放词语。我们可以从生命的终极发问进入"虚无"，亦可以从"酷儿理论"中对同性恋的探讨入手："超越性别角色这一社会潮流中的另一个重要形式是男角的女同性恋者和女角的男同性恋者，他们的存在使生理性别、社会性别和性倾向的全部定义都成了问题。这两种人的自我社会性别认同与生理性别不符，他们的生理性别是男性或女性，而他们的社会性别认同是另一种性别。他们的性倾向也与生理性别不符；在心理上是异性恋的，而在生理上却是同性恋的。"[①]

　　经典文本应该是随时代再生的，因此，具有可多层次拆解结构、词语安置和可多重进入的审美可能性十分重要。我之所以要提出这一概念，是因为大部分朦胧诗及中国当代诗歌无法多层次拆解及多重进入。这需要作者有浑厚的哲学、宗教等知识储备，天生的审美

[①]［美］葛尔·罗宾等：《酷儿理论》，李银河译，北京：文化艺术出版社，2003，"译者前言"第9页。

敏感以及构建词语座架的能力。当我们从"她秘密的一瞥使我精疲力竭"入手审美时,就打开了中国当代诗歌审美的新通道。

20世纪80年代中期,朦胧诗开始被"绞杀"。按陈晓明所说,"80年代中期,文学界还沉浸在对现代派的欢呼中,诗歌界却有一批小人物开始胡作非为","总之,被称作'第三代诗人'的现象,是一些五花八门的团伙鼓捣起来的一个混乱不堪的诗歌变革传奇,作为一场狂热冲动的诗歌革命,它留下激进而含混的虚名,以短暂而暧昧的姿态悬搁于中国当代文学史的边缘地带。但文学史最终要留下这些激进者的印记,它们是中国文学史上最激烈的团伙,也是最后的团伙"。① 启蒙应该就此退场了,因为来到诗坛的是"莽汉""非非主义"和"他们"。王光明指出:"这是一种与'朦胧诗'相连接,接受过'朦胧诗'的影响,又基于新的个人经验和时代感受,有新的艺术要求的诗歌运动。它出现在'朦胧诗'处于生存的焦虑('三个崛起'受到严峻的批评)、影响的焦虑(在西方现代主义诗歌中认出个人经验的远亲之后重临的艺术选择)、自我的焦虑(如何面对新的个人经验和完成自我超越)三重焦虑交织下,'重聚自身的光芒'向上一跃前的'平静'时刻。它继承了'朦胧诗'的许多原则,但又带着新的心理机制和艺术选择。"② 这个判定是非常到位准确的,它看到和承认了中国当代诗歌在20世纪80年代的生成现象,这不是一种断裂,也不是革命和解放,而是"胡闹"和"为非作歹",是从诗歌内部"弑父",在审美精神上从现代主义向后现代主义的形式主义跃进,把虚无的体现从启蒙转向了拒绝。

---

① 陈晓明:《中国当代文学主潮(第二版)》,北京:北京大学出版社,2013,第428、431页。
② 王光明:《艰难的指向:"新诗潮"与二十世纪中国现代诗(修订本)》,北京:社会科学文献出版社,2013,第176页。

有关大雁塔[①]

有关大雁塔

我们又能知道些什么

有很多人从远方赶来

为了爬上去

做一次英雄

也有的还来做第二次

或者更多

那些不得意的人们

那些发福的人们

统统爬上去

做一做英雄

然后下来

走进这条大街

转眼不见了

也有有种的往下跳

在台阶上开一朵红花

那就真的成了英雄

当代英雄

有关大雁塔

我们又能知道些什么

我们爬上去

[①] 唐晓渡、张清华选编：《当代先锋诗30年：谱系与典藏》，南京：江苏文艺出版社，2012，第128页。

看看四周的风景

然后再下来

韩东的这首诗并不是一个"诗到语言为止"的文本，当他试图在文本中为海德格尔"语言是存在的家"作注释时，他掉入了海德格尔的虚无陷阱。

"忘在"被海德格尔视为形而上学之所以是虚无主义的根本原因所在。忘记存在，亦即不关心人的本质、不关心存在的根据与意义的结果，表现为一种"无家可归"的状态。因此，海德格尔写道："……无家可归的状态实基于存在者之离弃存在。无家可归状态是'忘在'的标志。"并且这种无家可归的状态成为了普遍的"世界命运"。①

韩东的"大雁塔"是不可知的，来此爬上爬下的人也转眼不见了。"在没有英雄的年代里／我只想做一个人"的时候，"人"却飞身而下，成了"当代英雄"，是死了的当代英雄。在此，"英雄"被解构了，"人"也死了，一切"在"都不在了，形成一种"无家可归"的状态。文本以后现代去主体的范式抵制了现代主义，陷入了更深的虚无主义之中。韩东只能爬上去，然后再下来，又能知道什么呢？海德格尔为韩东作了"补救"，"他思存在思了一辈子，最后除了对天道的认命，仍然留下的无奈，是喟叹'只还有一个上帝能够救渡我们'。在他看来，哲学家们所唯一能够做的事情，不过是'在思想与诗歌中为上帝之出现作准备或者为在没落中上帝之不出现作准

---

① 陈嘉明：《现代性与后现代性十五讲》，北京：北京大学出版社，2006，第178—179页。

备'"①。

如果"上帝"出现了,韩东会再爬上大雁塔去吗?如果"上帝"不出现,他会跳下来做当代英雄吗?海德格尔的"语言之家"已经"忘在"了,语言"无家可归"了,而韩东呢?他的诗要到哪里为止呢?当我们从北岛的"人"互文到韩东的"英雄"时,我们还是无家可归的,这不是虚无吗?

西川有一条诗歌文本生成的秘密通道。关于此,在20世纪80年代诗学批评中,他显现得不多,因而似乎被判定为于90年代生成。其实,《在哈尔盖仰望星空》这首作品,已经表明他在20世纪80年代的诗歌体系中有了稳固的构架。

在哈尔盖仰望星空②

有一种神秘你无法驾驭

你只能充当旁观者的角色

听凭那神秘的力量

从遥远的地方发出信号

射出光来穿透你的心

像今夜,在哈尔盖

在这个远离城市的荒凉的

地方,在这个青藏高原上的

一个蚕豆般大小的火车站旁

我抬起头来眺望星空

---

① 陈嘉明:《现代性与后现代性十五讲》,北京:北京大学出版社,2006,第182页。

② 唐晓渡、张清华选编:《当代先锋诗30年:谱系与典藏》,南京:江苏文艺出版社,2012,第425—426页。

> 这时河汉无声，鸟翼稀薄
> 青草向着群星疯狂地生长
> 鸟群忘记了飞翔
> 风吹着空旷的夜也吹着我
> 风吹着未来也吹着过去
> 我成为某个人，某间
> 点着油灯的陋室
> 我像一个领取圣餐的孩子
> 放大了胆子，但屏住呼吸

星空的神秘感在于无垠、虚无，感受者需要有一种前理解或者说前文本。在此，我们假定西川是一个诺斯替主义者，相信外在于我们本体的精神存在。所以，他是向上看的主体。他似乎是要得到一种印证，也许，是自身存在的印证。他想在"鸟群忘记了飞翔"的时候，成为某个人。这个"人"，是合法的存在，是北岛想成为的"人"，不是韩东变成"当代英雄"的人，也不是波德莱尔的"浪荡子"、爱伦坡的"人群中的人"、西美尔的"都市人"。"一个自由存在物的合乎目的的做法对于所有其他自由存在物就会同时也是合乎目的的，一个自由存在物的解放就会同时也是所有其他自由存在物的解放。"① 这是德国古典哲学家费希特以自由为原则的行动伦理学概念所体现的思想。在这个意义上，西川的某个人合乎目的的存在就是所有其他人的存在，在他获得解放的同时，所有其他的人也就获得了解放。因此，在"我像一个领取圣餐的孩子"领到

---

① ［德］费希特：《费希特著作选集（第三卷）》，北京：商务印书馆，1997，第239页。

了圣餐时，其他所有的孩子也必定都领到了圣餐。这个领取圣餐的过程，何尝不是"人"的确定生成的过程。我们可以认为，在20世纪80年代中国当代诗歌中的"人"就此"完形"。获取神秘感应的能力是西川的秘密。我们看看臧棣对里尔克的评价，以作印证："里尔克的神秘主义还表现在他对人类感受力的信仰上。人类感受力不只是一种前提性的东西，比如对艺术创作来说，它不仅是一种艺术家必须具备、必须加以显示的条件，它更是一种生存的目的。其他的诗人运用人类感受力来追求艺术，而里尔克则用艺术来追求人类感受力，追求它的丰富、深邃、隐秘和自由。很少有人能够像里尔克那样获得一种专注的领悟，把人类感受力作为诗歌艺术的主题。"[1]西川应该是中国当代诗人中具备了里尔克一样的能力的诗人。我们应该引用里尔克的"恐惧"策应西川的对神秘事物的感应把握能力：

恐惧[2]

凋萎的林中响起一声鸟鸣，

它显得空虚，在这凋萎的树林。

可这鸣声又这般地圆润，

当它静止在那创造它的一瞬，

宽广地，就像天空笼罩着枯林。

万物都驯顺地融进鸣声里，

大地整个躺在里面，无声无息，

---

[1] 臧棣：《汉语中的里尔克》，载〔奥〕里尔克著、臧棣编：《里尔克诗选》，北京：中国文学出版社，1996，第6页。

[2] 〔奥〕里尔克著、林克编选：《里尔克诗选》，武汉：长江文艺出版社，2013，第26页。

> 飓风好似也对它脉脉含情；
>
> 那接下去的一分钟却是
>
> 苍白而沉默，它仿佛知道，
>
> 有那么一些东西
>
> 谁失去了都会丧失生命。
>
> 杨武能译

哪些东西谁失去了都会丧失生命呢？圣餐！这就是西川对里尔克的致敬。在如此神秘又神圣的时刻，里尔克是透过显得空虚（虚无？——作者语）的凋萎的树林，发现万物都驯顺地融进鸣声里。西川则是听凭那神秘的力量，从遥远的地方发出信号，然后，射出光来穿透你的心。由此推论，20世纪80年代的中国当代诗歌在虚无主义的重压下终于领到了圣餐，"放大了胆子，但屏住呼吸"。

2014年11月30日下午，北京师范大学举行了驻校诗人西川入校仪式。张清华说："西川是一位'令人生畏、难以把握'的诗人，在他的诗歌里，思想的复杂性和文本的复杂性、语言的复杂性和技术的复杂性都是显在的。诗人在诗和思、破和立、庄和谐、雅和俗、表达和消解之间穿梭摇摆，非常丰富，是一位在探索之路上开拓前进、从不停歇的诗人，特别值得我们敬佩。"

是的，我也很敬佩西川，因为他领到了"圣餐"。

但是，我不得不以欧阳江河的《傍晚穿过广场》来结束对20世纪80年代中国当代诗歌的文本阐释。因为在欧阳江河的"广场"上，孩子们领不到圣餐了。这个广场怪异、空旷，以语词的形式铺展。

> 一辆婴儿车静静地停在傍晚的广场上，

> 静静地，和这个快要发疯的世界没有关系。
> 我猜婴儿车与落日之间的距离
> 有一百年之遥。
> 这是近乎无限的尺度，足以测量
> 穿过广场所经历的一个幽闭时代有多么漫长。①

那辆婴儿车里的孩子是谁的呢？是领圣餐的孩子，还是没有出生的孩子？文本以傍晚为限，目的是等待落日——是中国当代诗歌在20世纪80年代的落日吗？拥有多重的隐喻。

> 一个无人离去的地方不是广场，
> 一个无人倒下的地方也不是。
> 离去的重新归来，倒下的却永远倒下了。
> 一种叫作石头的东西
> 迅速地堆积、屹立，
> 不像骨头的生长需要一百年的时间，
> 也不像骨头那么软弱。②

又是一百年！令人窒息，这可是一百年的虚无时光！

> 究竟有谁在天使的阵营倾听，倘若我呼唤？
> 甚至设想，一位天使突然攫住我的心：
> 他更强悍的存在令我晕厥，因为美无非是
> 可怕之物的开端，我们尚可承受，

---

① 唐晓渡、张清华选编：《当代先锋诗30年：谱系与典藏》，南京：江苏文艺出版社，2012，第217页。
② 同上书，第214—215页。

> 我们如此欣赏它,因为它泰然自若,
> 不屑于毁灭我们。每一位天使都是可怕的。
> 所以我抑制自己,咽下阴暗悲泣的召唤。①

林克译

这是摘自里尔克《杜伊诺哀歌》的诗句,用以对应欧阳江河的广场之"美"。"因为美无非是/可怕之物的开端","因为它泰然自若,/不屑于毁灭我们"。这是"现代"的可怕之处,它是如此巨大强悍,以至于我们需要一百年才能穿越它的广场。跟里尔克的哀歌一样,当虚无无垠得足以令人无助时,我们只能抑制自己,咽下阴暗悲泣的召唤。所以,在20世纪80年代中国当代诗歌低潮中:

> 我不知道一个过去年代的广场
> 从何而始,从何而终。
> 有的人用一小时穿过广场,
> 有的人用一生——
> 早晨是孩子,傍晚已是垂暮之人。
> 我不知道还要在夕光中走出多远才能
> 停住脚步?②

在现代性的迷雾中,我们停得下脚步吗?

里尔克的俄耳甫斯是一个有着美妙歌喉的竖琴手和诗人。他从地狱带回妻子欧律狄刻,但在见到大地的光明时,他违背誓言,回

---

① [奥]里尔克著、林克编选:《里尔克诗选》,武汉:长江文艺出版社,2013,第73页。
② 唐晓渡、张清华选编:《当代先锋诗30年:谱系与典藏》,南京:江苏文艺出版社,2012,第214页。

头一瞥，欧律狄刻化作一缕轻烟，消失在地狱的黑暗中。里尔克为他写了《致俄耳甫斯的十四行诗》：

> 切莫畏惧受苦，沉重之苦，
> 把这沉重归还给大地之重；
> 沉重是大山，沉重是大海。
>
> 甚至你们幼时手植的树木，
> 早已太沉重；你们不堪承载。
> 可是那微风……可是那空间……①

冯至译

沉重吗，20 世纪 80 年代中国当代诗歌，20 世纪 80 年代中国当代诗歌的虚无？

可以回头吗，20 世纪 80 年代中国当代诗歌？！

2.4 结语

20 世纪 80 年代是当代中国的重要年代，之后的中国发生了历史性的巨大变化。中国当代诗歌也是从 20 世纪 80 年代生成并在今天日臻成熟。本书不是从诗歌史的角度阐释 20 世纪 80 年代中国当代诗歌的，而是以对虚无主义的彰显和回应为线索，采取实用主义态度阐释文本。在本章结束时，有必要从两个方面作一种反思与回溯。

---

① ［奥］里尔克著、林克编选：《里尔克诗选》，武汉：长江文艺出版社，2013，第 126 页。

首先，20世纪80年代诗歌的生成与发展是"革命"的、"进步"的、"解放"的；与当代中国的改革方向是同向的、互文的；其对作为时代的文化遗留及反应——虚无主义有历史作用的清理和遏制的功劳。正是因为参与启蒙，召唤"人"的回归，确保了民族复兴、现代化任务的前线色彩，20世纪80年代诗歌令人欣慰与自豪。我们在回顾时，应采取历史性的致敬态度和谢意。

陈超认为："的确，对于保持着冷静的人们来说，80年代初期发展到成熟的涌流阶段的'朦胧诗'（其文脉滥觞可上溯到60—70年代后期的'X小组''太阳纵队''白洋淀诗群'《今天》诗群'），并不是准确意义上的先锋派诗歌，而是曾被中断了的五四运动以来，启蒙主义、民主主义、浪漫主义诗歌的变革形式。……在他们的'隐喻—象征，社会批判'想象力模式内部，有着明显的价值龃龉现象。但也正是由于这种龃龉所带来的张力，朦胧诗得以吸附［有着］不同历史判断及生存和文化立场的读者，［作出］不同的诠释向度。所以，在80年代初期，虽然朦胧诗受到那些思想僵化的批评家的猛烈抨击，但这反而扩大了它的影响力，使其站稳了脚跟。其原因就是由于它在社会组织、政体制度、文化生活方面，与中国精英知识界'想象中国'的整体话语——'人道主义''走向现代化'——是一致的。"① 实际上，20世纪80年代是中国当代诗歌的"千高原"，是启蒙运动总体性的"圣婴"或是"块茎"，具有与时代同构的特性，也构建了一个文本摆放的时代座架。我们还可以看到一大批创作出优秀作品的优秀诗人，可惜的是在本书中无法一一分析。但无论如何，从历时的角度分析，朦胧诗的发生，是一

---

① 陈超：《先锋诗歌20年：想象力方式的转换》，《燕山大学学报（哲学社会科学版）》2009年第4期。

次诗歌断裂生成的集体历史性活动。"20世纪80年代中期至末期广泛涌流的'新生代诗歌',只是对朦胧诗之后崛起的不同先锋诗潮的泛指,也可以说,它是'整体话语'或曰'共识'破裂后的产物,其内部有复杂的差异。但是,从诗歌想象力范式上看,它们约略可以分为两大不同的类型:日常生命经验型和灵魂超越型。……对日常生命经验的表达,主要体现在对朦胧诗的'巨型想象'的回避上。……1985年之后,引起广泛关注的'他们''非非''莽汉''女性诗''海上''撒娇''城市诗人''大学生诗派'等等,都具有这一特性。……与这种日常生命经验想象力方式不同,几乎是同时或稍后出现的新生代诗歌另一流向是'灵魂超越'型想象方式",其代表人物有"北大三诗人""四川五君"等,以及"某种程度上的'整体主义''极端主义''圆明园''北回归线''象罔''反对'等诗人群"。①

其实,我们宁愿把这些诗歌流派当作后现代主义对现代主义的挑衅。20世纪80年代是现代西方批评理论伺机进入中国的活跃时代。在主流意识形态以开放的姿态迎接现代性的时候,也打开了现代性的潘多拉魔盒,现代性与后现代性、现代主义与后现代主义同时充斥于文本,造成中国当代诗歌的乱象,这段时期其实应该称作是有张力的生成期。不带恩怨色彩地让它们各自归位,应该是当下诗学批评的功课。陈超看到了这一趋势,他的观点是:"这些诗人虽然从措辞特性上大致属于隐喻—象征方式,但从想象力维度上却区别于朦胧诗的社会批判模式。他们也不甚注重琐屑的日常经验和社会生活表达,而是寻求个人灵魂自立的可能性;把自己的灵魂作为一个

---

① 陈超:《先锋诗歌20年:想象力方式的转换》,《燕山大学学报(哲学社会科学版)》2009年第4期。

有待于'形成'的、而非认同既有的世俗生存条件的超越因素,来纵深想象和塑造。……在我看来,上述的诗群和个人,其佼佼者的想象力范型已经基本上具备了自成一'元'的条件,考虑到当时具体的写作语境和诗人们心智发展的早期阶段,'相对'来看,这种成就的取得的确是十分珍贵的。"①

陈超是中国当代诗歌要向他致以深深的谢意和敬意的学者和诗人。上述的论断代表了他对中国当代诗歌的深厚情意和希望,表现了他必将伴随中国当代诗歌继续生成的精神存在方式。

谢冕先生有观点称,从传统诗到新诗潮,再从新诗潮到后新诗潮,人们为这样迅速的演进感到了接受的困难。这是由从诗观到诗艺都经历了大跨度的跳跃所致。更为重要的是,这一艺术巨变的"三级跳",都是在短短的几年内完成的。谢冕先生可能没有料到,从他的"在新的崛起面前",中国当代诗歌有如此"过渡、短暂、偶然"的"三级跳"。这里的奥秘在于前文所述的现代性带来的冲击。但正是从这一角度,我们看到了谢冕先生的历史眼光和勇气。门是他打开的,放进来的都是如饥似渴的"人"。他认为:"新诗潮开始之后的艺术变革之所以让人震惊,在于后者表现出来的彻底性,它并不以局部目标的达到为其目的——在新诗潮是诗歌情感的真实性以及它原先负有的时代和社会使命的修复——应当说,这一较新的更为彻底的变革承担着双重的历史使命。首先是作为被异化的革命诗歌性质的纠正和优秀传统的修复,其次则是接续与五四新诗革命的联系。而以此为起点,重新开始与之相一致的诗艺的二度革命。这一革命的性质,在于修正新诗单向发展的歧变。特别是

---

① 陈超:《先锋诗歌 20 年:想象力方式的转换》,《燕山大学学报(哲学社会科学版)》2009 年第 4 期。

对诗的黏着于政治、最后成为政治附庸这一事实的纠正,使之最后复归于诗质自身以及诗自有的生态——创式、自由、多元和竞争的生态。"①

谢冕先生是中国当代诗歌的立法者、护佑者,为此,他承担了责难与重压。他的论述敏锐而具有时代性地指出了"新诗潮"的"革命"和"解放"意义,召唤了中国当代诗歌审美自律性的到来。从历史的回顾这一意义上来讲,谢冕是担得起"不可替代"这一评价的。

陈晓明所述可以当成20世纪80年代中国当代诗歌精神的总结:"从总体上来说,80年代的诗歌的历史敏感性是由朦胧诗表达出来的,而这一历史敏感性,也是中国其他任何时期的诗歌所不具有的意识,它如此真切而深刻地把个人的内在精神世界,与社会的巨大变动紧密联系在一起。时过境迁,我们再说朦胧诗在艺术上如何简陋,在思想情感方面如何夸张,都不是客观的态度。只有在具体的历史语境中去理解这种诗歌,才能看到中国当代文学主潮生生不息的艺术精神和它所昭示的未来方向。"②

这是到此为止非常有意义的评判,20世纪80年代诗歌的框架内所有的文本都因此而具有了生成意义。他准确地看到了20世纪80年代诗人们精神世界的"集体性",因为只有拥有这种"集体性",20世纪80年代的中国当代诗歌才能具备与社会巨大变动紧密联系在一起的条件和可能性。而正是因为这种紧密联系,20世纪80年代的中国当代诗歌才具备了典范意义。

---

① 谢冕:《论新诗潮》,《中山大学学报(社会科学版)》2002年第5期。
② 陈晓明:《中国当代文学主潮(第二版)》,北京:北京大学出版社,2013,第272页。

在对 20 世纪 80 年代中国当代诗歌作简要概述后，我不禁想：中国当代诗歌究竟获得了什么？我想说的是：获得了诗歌的尊严，获得了人的尊严。这种尊严是从虚无主义文化危机中寻找回来的，应该说靠的是改革开放的时代背景和中国现代化进程，其中的道理不言自明。费希特认为正是为自由而争自由的精神冲动使人普遍能够超乎自然万物之上，成为具有尊严的有生命的东西。这是中国当代诗歌在 20 世纪 80 年代的生成精神写照。

大量的文本和诗人没有被分析。不管其为何种流派，也不论他们持什么样的写作观点，都是值得回顾的。

尼采这样说：

> 人们口中的伟人，既是伟人，人格又杰出。其实并没有任何证据支持这种判断。
>
> 那些伟人，也许只是迟迟没有长大的人。也许正因为他们如同孩童一般，才能留下丰功伟绩。
>
> 也许，他们能够根据时代大潮与年龄不断改变自己，仿佛变色龙一般，所以才能完成符合时代潮流的工作。
>
> 他们也许是被施以魔法的少女，活在无穷无尽的虚幻梦境中，所以才会如此独特。①

谨以此献给 20 世纪 80 年代中国当代诗歌的创作者和研究者。

---

① ［德］尼采著、［日］白取春彦编：《尼采的心灵咒语》，曹逸冰译，南京：江苏文艺出版社，2011，第 122 页。

/ 第三章 /

一条没有桅杆的船:"转变"的"烘烤"的"0档案"

20世纪90年代是中国改革开放大规模推进的年代,是中国企业家"92派"①诞生的年代。在20世纪90年代中国当代诗歌陷入低潮的时候,中国的现代化运动大力推进。企业家作为"新人"出现,形成中国几千年历史上的第一个企业家阶层。不再以追求潮流为特征的中国当代诗歌,当其独自向隅,以"深刻的中断"和"个人写作"为特点时,中国当代诗歌真正踏上了告别启蒙和青春期写作的生成之路。此时,在政治体制、经济制度方面,主要是围绕市场经济还是计划经济展开了大争论,邓小平的"南方谈话"解决了方向性问题,中国的现代化建设在改革开放的大旗下加快了速度。围绕着人文精神,展开了启蒙与反启蒙的争论,而在这之前,则主要是激进与保守的主义之争。"1997年底,汪晖在《天涯》杂志上发表的《当代中国的思想状况与现代性问题》,点燃了自由主义与新左派之间为时三年多的大论战,大分化由此进入了第三阶段。两派在现代性、自由与民主、社会公正、经济伦理、民族主义等一系

---

① "92派"企业家是反映中国改革进程的一个重要群体,泰康保险集团董事长兼CEO陈东升是"92派"这个名词的发明者。1992年,大批在政府机构、科研院所工作的知识分子受邓小平"南方谈话"的影响,纷纷主动下海创业,形成了以陈东升、田源、郭凡生、冯仑、王功权、潘石屹、易小迪等为代表的企业家。

列涉及中国改革的重大问题上，发生了激烈的争论，其规模之大、涉及面之广、讨论问题之深刻，为20世纪中国思想史上所罕见。"[①]在文化方面，围绕现代主义和后现代主义也展开思想交锋，构成20世纪90年代中国当代诗歌的理论背景。

20世纪90年代的中国出现了明显的经济和社会利益的大分化。与"新人"企业家阶层相比，知识分子在一定程度上被边缘化了。在失去共识后，一方面是市场经济步伐加快，企业家阶层富有获得资源和话语的特权；另一方面是被边缘化的群体的迷茫，使得中国当代诗歌的写作在转向个人叙事后，带有了情绪低潮的虚无色彩。这是一种诗歌的时代文本反映，回应了20世纪90年代中国社会的变动。

在此背景，形成了不同于20世纪80年代的中国当代诗歌的审美特征。

3.1 变异的社会虚无与"双重束缚"的境地

吴晓波对20世纪90年代开端这样描述："1990年被认为是一个带有幸运色彩的年份。曾经出版了《大趋势》的美国未来学家约翰·奈斯比特在2月发表了《2000年大趋势》，他试图向人们预测未来十年的走向。'千禧年这一伟大象征具有何种意义，完全取决于人们对它的理解。'这位乐观的学者写道，'它可能标志着旧时代的结束，也可能标志着新时代的开始。我们相信，人类已经决定要

[①] 许纪霖：《当代中国的启蒙与反启蒙》，北京：社会科学文献出版社，2011，第20页。

抓住积极的一面。人类的心灵深处有一种对生命、对理想世界的承诺。'北京的中共中央党校出版社在 6 月份①就引进出版了这部新著的中文版。"②1990 年,是诗人士气低落之年,许多诗人远走异国他乡。诗人西川怀疑自己以前的写作有不道德的地方;这一年 9 月,欧阳江河在成都写出《傍晚穿过广场》。

"元旦那天,北京小雪。住在北京 301 医院的邓小平让人打开电视机,他看到中央台正在播放一部纪录片,就凝神看起来,可是看不清楚电视屏幕上那个远远走过来的人是谁。那边,走过来的那个,是谁啊?他问医生黄琳。黄琳说:'那个是您啊。您看清楚了。'屏幕上的那个人走近了,他终于看清了自己,动动嘴角,笑一笑。黄琳告诉他,这部电视片名叫'邓小平',是刚刚拍摄的,有 12 集。他什么也不说,只一集一集地看下去。黄琳知道他耳背,听不见,就俯身靠在他的耳边把台词一一复述。每当电视里有一些颂扬他的话时,黄琳看到老人的脸上总会绽出一丝异样的羞涩。50 天后的〔1997 年〕2 月 19 日,这个 93 岁的政治家走到了生命的终点。"③在这位伟人领导的 20 年间,中国发生了巨大变化,现代化程度大为提高。

张旭东的描述可以作为注解:"如果说中国 90 年代的开端标志着中国当代史上的一个低潮,那么这一变幻莫定的十年的结尾,对于国内外来说似乎成了某个高度象征化的时刻,这一时刻表明中国的经济持续繁荣、文化多样、制度理性化,甚至还有政治稳定。所

---

① 正式出版时间为 1990 年 7 月。——编辑注
② 吴晓波:《激荡三十年:中国企业 1978—2008(纪念版)(上)》,北京:中信出版社,2014,第 290 页。
③ 吴晓波:《激荡三十年:中国企业 1978—2008(纪念版)(下)》,北京:中信出版社,2014,第 114 页。

有这一切既是承诺助中国加入世界体系一臂之力,也预示着中国将会在民族国家空间里面对更深的紧张。……在这一过程中,国家(state)所推动的现代化方案之初始目标不再是因某种意识形态共识而生的集体一心一意追逐的唯一目标了;它们当然也不再是塑造整个民族的思想指南和生存焦虑的唯一执念和信念了。……社会主义现代性在社会、概念和想象总体性上的破裂,已经造成整个民族现实的或想象性的政治、思想和文化话语的普遍瓦解。"① 这是20世纪90年代中国当代诗歌指涉的总体文化政治背景。确实,20世纪80年代的启蒙想象陷入困境,现代性困境的文化含义开始在20世纪90年代诗歌文本中体现。

十分遗憾,各类当代文学史论著对于20世纪90年代中国社会的现代性背景涉及较少,难免造成对20世纪90年代文学文本的碎片化、技术化解读,文学文本的审美行为变得千篇一律,并且,与这个世界毫不搭界。当大家都热衷于"民间写作"与"知识分子写作"之争论时,批评理论的没有到位让这场论争的历史意义与社会理论上的建树意义逊色不少。在现代主义建筑让中国都市变得越来越像曼哈顿时,在几乎全部使用哈佛商学院的案例教材培训中国的"西方"市场经济企业家时,诗歌界在后殖民主义的红线前讨论中国当代诗歌的"西方资源"问题。深层次的问题被忽视或掩盖了,那就是:"现代性"这头大狼真的闯进羊圈来了,我们都逃不掉。

中国当代诗歌也是。

---

① 张旭东:《全球化与文化政治:90年代中国与20世纪的终结》,朱羽等译,北京:北京大学出版社,2014,第2-3页。

▌3.2 "现代性的风险"及其"坏蛋"

安东尼·吉登斯是当代英国著名的社会理论家和社会学家。他对现代性的定义是:"现代性指社会生活或组织模式,大约十七世纪出现在欧洲,并且在后来的岁月里,程度不同地在世界范围内产生着影响。"[①]需要注意的是现代性是社会生活或组织模式这一概念。这意味着现代性关乎每一个人的存在。果然,现代性的理性要求限制了自由、个体,马克斯·韦伯的"铁笼"囚禁了每一个人。当它程度不同地在世界范围内产生影响时,其风险也显现出来。2000年,中国社会的贫富差距衡量指标"基尼系数"较之1978年大幅上升,首次超过了0.4的国际警戒线。这个数据的变化表明中国社会越来越有风险,说明进步和发展并不能导致公平、正义,富有和物欲对付不了精神和文化上的虚无主义。因此,吉登斯指出现代性社会是个风险社会,"这里,'风险'的含义主要指的是……人类知识的不确定性以及由此带来的社会发展的不可预测性,所导致的人类活动的'所有方面'并不遵循命定的进程,以及'所有活动'可能具有的'偶然性'的结果。他认为与现代性的四种制度性维度相对应,都隐含着'具有严重后果的风险',这就是,经济增长机制的崩溃,极权的增长,生态破坏与灾难,核冲突和大规模战争。他宣称现代性社会是个充满错位和不确定的世界,一个'失去'控制的世界。启蒙以来人们所期望的社会和自然环境将日益臣服于合理

[①] [英]安东尼·吉登斯:《现代性的后果》,田禾译,南京:译林出版社,2000,第1页。

性秩序的预想，如今已经被证明是无效的。"①

看起来，在 20 世纪 90 年代，中国当代诗歌注定要遭遇到现代性了。事先要指出的是，现代性风险的另一种文化表征就是物欲化后的虚无主义。

20 世纪 90 年代以来，中国经济步入高速发展轨道，"物"的世界前所未有地丰富起来。这是人类历史上的重大事件，深深改变了中国和世界。然而，20、21 世纪之交，中国的基尼系数超过 0.4 的警戒线。中国社会展开了关于改革开放的第三次大争论，争论私营经济是"祸水"还是"活水"。这是一个关于社会发展走向的问题，同时，也是一个在利益的社会分配天平上谁多谁少的问题。物质利益成为中国社会的重要考量。此时，作为现代化进步特征的"文明"开始高于精神价值意义的"文化"。刘森林在他的《物与意义：虚无主义意蕴中隐含着的两个世界》一文中讨论如下：

> "虚无主义"的言说，不管体现为哲学，还是文学，既是一种对现代文明本质的思考，也是对现代文明走向的追问。……德国虚无主义话语中隐含着一种对过于重视"物"及其内在价值的英式文明的质疑。其表现就是把"文化"看得高于"文明"，认为"文明"仅仅是指那些有用的东西，次一等的价值，主要与政治、经济、技术等相关，而"文化"则是更为深邃和根本的思想、艺术和宗教："……德语中'文化'的概念，就其核心来说，是指思想、艺术、宗教。'文化'这一概念所表达的一种强烈的意向就是把这一类事物与政治、经济和社会现实区分开来。"在文化与文明的对立中，

---

① 陈嘉明：《现代性与后现代性十五讲》，北京：北京大学出版社，2006，第 247 页。

前者中的精英是"英雄",而后者中的精英则是"商人"。"文明"对"文化"的替代,"英雄"对"商人"的式微,就必然孕育出虚无主义。"文明"就是"物"的王国的不断壮大,它内含着"文化"的式微、英雄的退场。"文明"对"文化"的外来冲击,以及"文明"中内含着的"文化"的内在式微,必然导致外在和内在的双重虚无化,带来一种难以避免的虚无主义。①

在这段话中,我们得到一种回顾式的关于现代性、现代化在中国发展的价值参考。当食指想放弃做人的神圣权利,在"疯人院"消磨时光,怕别人看见噙泪的双眼时;当北岛在一个没有英雄的年代,只想做一个人时;当韩东所言之"人"从大雁塔飞身而下成了当代英雄时,我们看到的是对未来的人和英雄的指望。这既是时代的召唤,也是时代的"预感快感"。因为,新时代终于来了。这是20世纪80年代中国当代诗歌的时代精神。20世纪90年代"物"的世界到来时,希望变成了失望;不会再出现北岛那样卡里斯玛式的"文化"英雄了,启蒙运动所追求的、20世纪80年代中国当代诗歌所确定的"人"——"领圣餐的孩子"被"新人"——"商人"所替代。因此,刘森林接着论述:"物化世界对人的否定,是在如下意义上而言的:1.否定人的个性。当卡夫卡(Franz Kafka)说办公室在杀人,'他们(公务员——引者)把活生生的、富于变化的人变成了死的、毫无变化能力的档案号'②,'不仅仅在这里的办公室,到处都是笼子','我身上始终背着铁栅栏',以及'这是精确地计算好的生

---

① 刘森林:《物与意义:虚无主义意蕴中隐含着的两个世界》,《中山大学学报(社会科学版)》2012年第4期。
② 这是不是于坚《0档案》的出处?

活,像在公事房里一样。没有奇迹,只有使用说明、表格和规章制度。人们害怕自由和责任,因此人们宁可在自己做的铁栅栏里窒息而死'之时,他是在控诉普遍化、模式化的社会'人',控诉个性的人被社会关系之物忽视和否定了。……2. 意味着物化世界的发展已经与人的内在需求之间产生了分化和裂痕,物、技术世界的发展存在多种可能性方向,而人的内在要求也是多元化了。…… 3. 物世界的自我延展不仅仅损伤个性之人,更进一步地损伤一般之人,危及他们的基本权利甚至生命,使人的基本价值遭受否定,使基本的人道主义价值遭受侵害"。① 物化也就是人的异化,这是马克思主义的重要观点。在 20 世纪 80 年代的思想解放大潮中,理论家讨论异化时,并不是简单地从现代性批判入手的,而是采取一种从教条主义中突破的策略,或是将之借以作为思想的转折点,是一种马克思主义关于人的再启蒙。今天的中国正走向现代性盛期,回顾一下当初的争论,具有现场的意义。因为那个时候,面对的是思想僵化,现在则是"可怕的客人"——虚无主义。刘森林就此总结:

> 这样,与《虚无主义与马克思:一个再思考》一文联系起来,也就是与该文所讨论的虚无主义的四种语境(德国好德的虚无主义、柏拉图形而上学意义上的虚无主义、诺斯替主义的虚无主义、尼采虚无主义的隐微论解释)联系起来,就可以得出从古至今的虚无主义一共存在四个层面:
> 1. 否定物质世界,并在遥远异乡建构理想的意义世界的路向;
> 2. 否定人之基本价值的虚无化路向;

---

① 刘森林:《物与意义:虚无主义意蕴中隐含着的两个世界》,《中山大学学报(社会科学版)》2012 年第 4 期。

3. 否定崇高价值的虚无化路向；

4. 否定一切行为努力之意义的极致的虚无化路向。①

从中我们可以得出结论：虚无主义具有久远的生成历史及普遍存在的特性。现代性在彰显理性、工于算计的同时，可以改变民族的文化传承，并与民族文化中的原发性的虚无主义基因混质。当现代性具有地域性色彩时，虚无主义也就地域化了。我们不得不面对它，这是现代化进程中的一个文本现象。在我们"追求"物化的时候，我们就愈加"物化"，这是现代性无解的方案。因而，虚无主义是不是也是一种无解的文化危机？这可能是一道亟须但又难以破解的谜题。闫世东在《当代中国社会价值虚无现象研究》一文中总结道："国内学者对虚无问题的研究尚处起步阶段。徐复观在《中国的虚无主义》提出，……我国第一次出现的虚无主义，应当是西周的厉王幽王时代。幽历时代的诗人，只有虚无的情绪；到老庄，才使虚无的情绪形成了系统的思想。《庄子·天下篇》提出内圣外王的道术之合，并对诗书礼乐法制等价值系统重新加以肯定，这绝不是偶然的。这是老庄的虚无主义与现代西方的虚无主义不同的地方。中国历史上虚无主义取得了支配地位的时代，即魏晋玄学时代。'自慎到以后，虚无主义的本质常常被有意无意地掩盖起来。如清代的乾嘉学派，内心都潜伏着虚无的暗影，然而却依靠自我标榜的声名来掩饰内心的空虚。'"②

其实，我们还可以引证佛教"空"的思想来说明。宗喀巴是藏

---

① 刘森林：《物与意义：虚无主义意蕴中隐含着的两个世界》，《中山大学学报（社会科学版）》2012年第4期。

② 闫世东：《当代中国社会价值虚无现象研究》，博士学位论文，河北师范大学，2013，第6页。

传佛教格鲁派（黄教）的创始人。约在1388年，宗喀巴改戴黄色僧帽，表示他继承佛教先前"持律大德"的传统和重视提倡戒律的思想。1402年著《菩提道次第广论》，这是黄教的根本典籍，阐述了他在显宗方面完整的思想体系，统一了黄教对佛教的根本认识。《菩提道次第广论》提出学佛的目标为三个层次：下士道为初级目标，是保有人的身份的修行；中士道是中级目标，是通过人的修行解脱烦恼，解脱生死，解脱轮回，这是佛法的核心所在；上士道为高级目标，就是通过解脱，令生命达到究竟的圆满，并帮助众生达成这一目标。因此才有观世音菩萨发誓"众生不成佛我誓不成佛"、地藏王菩萨立愿"众生不出地狱我誓不出地狱"之说。当代著名的高僧大德、拉萨哲蚌寺僧人"菩提道修行人"兰仁巴大师就此总结说：

> 过去所生乃至将来生，
> 都要放弃此身而离去，
> 智者悟到一切都毁灭，
> 处于法中定要如法行。①

中国具有悠久的佛学传统。佛经中的智慧净化人的心灵，也让人思索生命的意义。面对世俗凡尘、人生是苦，人们会从内心生成人生是"空"的情绪。当现实社会的"物"的世界对人产生压抑之时，虚无主义就会从文化传承中找到土壤。现代性就是过渡、短暂、偶然，就是艺术的一半，另一半是永恒和不变——这是波德莱尔的现代性定义。这种"过渡、短暂、偶然"带来的是不确定性，让处于现代化时代的人们无法把握命运。对此，学者刘尚明说："杜

---

① 兰仁巴大师：《菩提道次第心传录：一位西藏著名修行者的笔记》，多识仁波切译，兰州：甘肃民族出版社，2006，第92页。

威指出,对'确定性'的追求,是人生在世的最基本的欲望之一,而要达到这种'确定性',一个重要的方面就是能发现一种'统一的模式,在其中整个经验,过去、现在和未来,现实、可能的与未实现的,都被对称地安排在和谐的秩序中'。"① 但很遗憾,这种和谐的秩序的出现还太遥远,因为我们当下又来到了分崩离析的后现代性社会。而永恒、不变的另一半则是人生是苦、生存无意义,这是人类的当下处境。

  贝尔指出:"现代主义的真正问题是信仰问题。用不时兴的话来说,它就是一种精神危机,因为这种新生的稳定意识本身充满了空幻,而旧的信念又不复存在了。如此局势将我们带回到虚无。由于既无过去又无将来,我们正面临一片空白。"……列斐伏尔表示了类似的担忧:"虚无主义深深地内植于现代性,终有一天,现代性会被证实为虚无主义的时代,是那个无人可预言的'某种东西'从中萌发的时代。"②

从多种角度探讨了虚无主义后,可以看出:"虚无主义是一种现代现象,是现代性的特征,是人类的共同遭遇,它将文化和道德引向相对主义以至于虚无。虚无主义实际上是人类的一种精神危机,揭示的是当代人类的一种生存境况。"③ 这说明,以虚无主义文化危机作为20世纪90年代现代化背景下的中国诗歌审美精神的主要因素有充分的理由。这是从历史主义的角度来分析社会文本和诗歌文

---

① 刘尚明:《现代性的隐忧:价值虚无主义》,《深圳大学学报(人文社会科学版)》2014年第1期。
② 同上。
③ 同上。

本的互文关系。十分可惜，就这一视角而言，当代诗歌批评还显得十分稚拙。

20世纪90年代，虚无主义文化危机在中国社会多个层面体现为怨恨。计划经济与市场经济的大争论、私营经济是"祸水"还是"活水"的大争论让中国的改革开放进程光明而又曲折。有人写了四份万言书，语言之犀利，调子之恶狠，大有你死我活的气势。一方面国退民进，下岗工人怨声载道，社会抗议此起彼伏；一方面知识分子展开了启蒙与反启蒙、现代性与现代化、现代主义与后现代主义的文化争论，上纲上线，差一点就到了你死我活的地步。张旭东说："'后现代'在文化思想领域则直接表现为立场上的交锋空前激烈。美国的左派、右派和民主党、共和党，大体上有一个共同的前提，在中国这样的前提是不存在的，知识界的争论可以随时达到你死我活的状态。没有达到你死我活的状态，不是因为他们不能够达到，而是因为国家不让他们达到。国家要稳定和谐，因此不允许。一旦把国家抽离掉，今天交锋的双方可能一路打到当年国共兄弟自相残杀的地步，这不是不可想象的。思想领域的矛盾，放置到社会领域、放置到经济领域，就变成政治冲突。"①

从启蒙的角色退场，被现代化进程边缘化，是20世纪90年代知识分子迷茫、困惑和愤懑的原因所在。当意识形态的思想在交锋时，诗歌界的反应体现在关于如何写作的"文化态度"上。现在回顾起来，在20世纪90年代的盘峰诗会后，阴怨之气在当代中国的诗人们围绕"民间写作"与"知识分子写作"的论争中弥漫天地。

---

① 张旭东：《全球化与文化政治：90年代中国与20世纪的终结》，朱羽等译，北京：北京大学出版社，2014，"访谈：从'现代主义'到'文化政治'（中文版代序）"第21页。

几乎所有的学者和诗人都发出了"恶毒"之言,用以妖魔化对方。当我捧起《中国诗歌 九十年代备忘录》时,有一种来到文化战场的感觉。这些火药味很浓的语言稍作列举:

"只要打开一部90年代诗歌编年史就会发现,早在有人尚在搬弄胡塞尔'现象学还原'那一套去'梦想'一只老虎或'命名'一只乌鸦之前,这些被攻击的诗人们已在他们'存在的现场'了。……某些人一再抓住一些文本表面出现的'西方资源'大做文章(其手法恶劣已到了变态程度),那是有意要抹杀这种写作的实质和意义。……有人不是一面宣称'我为什么不歌唱玫瑰',作出一副本土姿态,一面一不留神又让'亚当、夏娃'出现在了他的云南山坡上了吗?还有那首《0档案》,不是在西方'后现代'理论和诗歌的影响下才写出来的吗?受到别人的影响,'改写'别人的文本,却又要以'可怕的原创力'来'吓唬盲目的读者',并把同时代其他诗人们的写作贬为'读者写作',这不是太可笑了吗?这究竟是一种自信还是心虚?"①

这是王家新的怨恨。

王家新具备构建诗学研究体系的能力,并且他的译作使他有了第一时间让本我解放的便利。特殊的历史时期实际上成就了他对自己的"政治文本"的构建,这种"政治文本"需要召唤本体之外的写作资源。王家新制造了悲情气氛,形成了鲜明的时代情绪。因而,他的反驳话语伴有积极的解放态度,这种态度是与当时的思潮趋向相符合的。在现代化进程加快、改革开放的动力加大时,各种西方的文化资源蜂拥而至,满足了主流意识形态和社会知识阶层的

---

① 王家新、孙文波编:《中国诗歌 九十年代备忘录》,北京:人民文学出版社,2000,第4-6页。

"叙事"需求。在这一层意义上,王家新的观察角度自有来路。

"我不得不非常遗憾地认为,您是一个非常糟糕的清理者;我甚至不得不说,您在很大程度上尚不具备'清理'的资格!这不是因为您不懂诗或读诗太少,而是因为您没有具备任何清理都应该具备的起码的诚实,是因为您对诗歌写作作为一种复杂的精神劳动缺乏最低限度的尊重,是因为您的着眼点根本就不是什么'真正的诗歌精神',而是'诗歌门户',或者不如说,有关诗歌的话语权力!"①

这是唐晓渡的怨恨。

"集体写作"不复存在之后,文本和本我不得不再一次面对"诗人何为"这个哲理问题。实际上,围绕启蒙反启蒙、改革与否等开展的重大社会思潮争论,都可以归结为"门户""话语权力"问题。这其实是20世纪90年代中国改革开放中的一种社会生态的"诗学反应"。从这个角度讨论,就可以让唐晓渡的观点显得不那么激愤,或是不怎么狭隘。无论如何,唐晓渡找到了关于时代纷争的一个反击点。

"撒谎的人把声势造得再大也是在撒谎。我自诩理解人性,因此对于任何写作策略和出名策略我都不会认真计较。但如果某些人,比如于坚——我从未否定过他的诗歌,但他自己努力与这个接轨与那个接轨却不允许别人接个轨,比如伊沙——骂了许多人却在自己的《伊沙这个鬼》一书中收了大半本别人吹捧自己的文章,比如徐江——我曾对他说你骂我十年我不还嘴,十年以后我骂你你也别还嘴怎么样,所以在此我将他一笔带过。再比如谢有顺,再比如说沈浩波……如果这些人认死了自己的策略,被自己的策略捆住了手脚,

---

① 王家新、孙文波编:《中国诗歌 九十年代备忘录》,北京:人民文学出版社,2000,第76页。

那我要说他们真够笨的！我真不愿意点到他们的名字，因为我这是帮他们出名。如果他们对我不心存感激，我会在将来把这篇小文章收入我某本小册子时删掉他们的名字，让他们少一个出名的机会。"①

这是西川，怨恨深重，一个也不放过。

在中国当代诗歌界这种争论再没有出现过，这其实与时代背景变化有关。进入21世纪后，现代社会转型的冲击趋向深层化，尤其是在全球化到来让中国从中受益之时，争论也就"全球化"了，这需要智识体系。庆幸的是，中国借现代性如此之深地进入世界的腹地，甚至可以成为现代性的文化资产储备。在全世界都变成"一伙"的时候，"你死我活"的风险也就小多了。这给了中国现代化进程一个大空间，也给了中国知识界消化西方理论资源的一次机会。这种"闹场"现象丧失了现场意义，只是让我们在回顾时，惊讶于当时我们的激动程度。当然，那时候，谁不是六神无主呢？

至于于坚，他在《穿越汉语的诗歌之光》一文中表示："对于诗人写作来说，我们时代最可怕的知识就是'知识分子写作'鼓吹的汉语诗人应该在西方获得语言资源。应该以西方诗歌为世界诗歌的标准。在这个人民普遍与意识形态达成共识，把西方生活作为现代化唯一标准的时代，这种知识尤其容易妖言惑众，尤其媚俗。这是一种通向死亡的知识。这是我们时代最可耻的殖民地知识。它毁掉了许多人的写作，把他们的写作变成了可怕的'世界图画'的写作，变成了'知识的诗'。诗人写作与西方诗歌的关系，是'藏天下于天下'的关系。我当然尊重西方的诗人，但这种尊重仅仅是对

---

① 王家新、孙文波编：《中国诗歌 九十年代备忘录》，北京：人民文学出版社，2000，第84页。

同行的尊重。他的诗，我读过。"①于坚拿出了"最可耻的殖民地知识"来表达对"知识分子"写作的怨恨，实际上让这场争论变得毫无退让之处了。

争论的焦点已不重要了，关键是大家怨恨之深，可见出上述的时代戾气。程光炜的看法是："就目前情况看，如想比较清醒地认识诗歌论争的价值和内在矛盾，还有待时日。但如果放在当代中国新诗发展的长河中看，这场论争毕竟又是90年代文化转型大阵痛的一个诗化的折射，是当代诗人心理情绪和心路历程的真实反映。"②文化转型的大阵痛是现代性的文化反映，在20世纪90年代社会大变革的现代化进程中的一种文化怨恨的显白。王光明对此表示不解，感到无聊："仅就'知识分子写作'与'民间写作'这场争论而言，最让我困惑不解的是，为什么对群落、入选者'座次'的关注远远超过对文本质量的关注？为什么本来可以导向90年代诗歌问题的反思、对话的讨论，却成了'民间写作'和'知识分子写作'展开对决的场地？……我觉得，在市场经济意识形态挂帅的时代条件下，在当代诗歌探索提出了许多新问题的今天，诗人和批评家有许多比辨认身份、安排座次、确定份额等更重要的与诗歌发展关系更密切的问题需要讨论。"③这是一种宽厚的态度，但当时代的怨恨裹挟了现代社会的每个人时，谁能在20世纪90年代置身事外呢？

很可惜，在陈晓明《中国当代文学主潮（第二版）》一书中，似乎未能找到他对这场不应不评论的论争的评价。或许，他是不屑一

---

① 于坚：《穿越汉语的诗歌之光》，载杨克主编：《1998 中国新诗年鉴》，广州：花城出版社，1999，第16页。
② 程光炜：《中国当代诗歌史》，北京：中国人民大学出版社，2003，第357页。
③ 王光明：《艰难的指向："新诗潮"与二十世纪中国现代诗（修订本）》，北京：社会科学文献出版社，2013，第287、290页。

顾吧。

诗人们的怨恨同样也在20世纪90年代的诗歌文本中体现出来。欧阳江河的《傍晚穿过广场》带有深痛的心理创伤怨恨，哈姆雷特难题让他的诗句政治抵抗意味毫不掩饰。于坚的《0档案》分明是一种卡夫卡式的社会存在怨恨，他用一大堆名词把自己的无奈、惊魂未定的牢骚掩盖起来，我们将在随后的文本分析中再作说明。在分析西川的《坏蛋》前，我们有必要从现代性的角度作一下关于"怨恨"的考证。

在《现代性社会理论绪论：现代性与现代中国》一书中，刘小枫在第五章中专门讨论了怨恨与现代性问题，涉及五个方面：怨恨与资本主义精神；怨恨与价值理念的动机结构；怨恨与现代伦理；怨恨与社会主义精神；"文化大革命"的发生与怨恨。刘小枫介绍说："二十余年前，社会学家舍克（H. Schoeck）出版了《嫉妒与社会》，受到包括哲学家波普（K. Popper）和社会理论家伯格（P. Berger）等一些学者喝彩。甚至有论者以为，舍克提出了一种'新的社会理论'，称其《嫉妒与社会》具有社会理论的'经典著作地位'。舍克从人类学考察嫉妒心理出发，延伸到社会学、政治学、经济思想乃至社会批判论域，试图说明嫉妒心在社会生活和社会发展中的动能。这项研究实际并非如《泰晤士报》吹捧的那样'非常不寻常'。西美尔在本世纪［20世纪］初已开拓嫉妒社会学的题阈，随后有舍勒对怨恨的现象学和社会学分析。它们已构成了关于嫉妒的社会理论的经典文献，舍克的研究不过沿着这一方向将论题具体化，并在人类学和社会理论方面拓宽了论域。"① 关于怨恨与现代性

---

① 刘小枫：《现代性社会理论绪论：现代性与现代中国》，上海：上海三联书店，1998，第352-353页。

关系的题阈在中国的社会理论中很窄，刘小枫应该是比较关注该问题的学者之一，他主要是通过阐释舍勒的怨恨理论来分析其在中国的表征方式。其实在现代西方思想史上，尼采是最早将关于怨恨的思考引入哲学话语中的。韦海波在《怨恨论：尼采与舍勒》一文中介绍："在《论道德的谱系》一书序言当中，尼采宣布了一项'新的挑战'，即对道德价值进行谱系学的探究。他以基督教道德作为主要批判对象，从心理动机方面追查其根源，最后得出了基督教道德是最精巧的'怨恨之花'的结论。……另外，尼采还强调了怨恨对心灵的毒化作用，他认为这种毒化不但具有自我毒害性，而且会在整个文化甚至人类中蔓延。"[1]如果我们将怨恨与现代性的理论放进20世纪90年代甚至整个中国当代诗歌里，应该能从尼采这里得到教诲。也许还可以从文本中找到新的美学张力，发现不同的审美视阈。"舍勒则运用现象学方法更深入、冷静地展示了怨恨的特征——'怨恨是一种有明确的前因后果的心灵的自我毒害。这种自我毒害有一种持久的心态，它是因强抑某种情感波动和情绪波动，使其不得发泄而产生的情态；这种'强抑'的隐忍力通过系统训练而养成……这种自我毒害产生出某些持久的情态，形成确定样式的价值错觉和与此错觉相应的价值判断'。"[2]"文化大革命"摧毁了价值体系，现代性又导致了社会的怨恨丛生，20世纪90年代中国当代诗歌的文本框架中随处可见对"坏蛋"的怨恨。

坏蛋[3]

他的黑话有流行歌曲的魅力

---

[1] 韦海波：《怨恨论：尼采与舍勒》，《理论界》2007年第3期。
[2] 同上。
[3] 西川：《深浅：西川诗文录》，北京：中国和平出版社，2006，第116-117页。

而他的秃脑壳表明他曾在禁区里穿行

他并不比我们更害怕雷电

当然他的大部分罪行从未公之于众

他对美的直觉令我们妒恨

且看他把绵羊似的姑娘欺侮到脏话满嘴

可在他愉快时他也抱怨世界的不公正

且看他把喽啰们派进了大学和歌舞厅

"他"是谁呢？显然他是有罪的，而且其大部分罪行从未公之于众。他不可阻挡，曾在禁区里穿行，不害怕雷电，最致命的是他的黑话有流行歌曲的魅力。太迷人了，且让人生畏，这会不会是魔鬼靡非斯特呢？如果是，那就对了，因为靡非斯特就是现代性的化身。自启蒙以来，人类为现代性着迷，进步、理性的召唤，诱使人类与之签订了契约。自打上帝死了后，我们就无家可归。那伊甸园的原罪，让我们怨恨上帝和天堂，所以甘愿出卖灵魂。如浮士德的追求越来越高一样，我们在现代性的路上也越走越远。"不要迟疑，要敢于冒险，/众生往往犹豫不定；/大丈夫事事都能实现，/因为他能知而即行。"这不就是现代的人类吗？"人定胜天"，但因此也走上了一条通往奴役的道路。如浮士德怨恨靡非斯特一样，西川能不怨恨现代性这个"坏蛋"吗？在哈尔盖的原野上、星空下，他是一个领取圣餐的孩子。仰望星空，大着胆子，屏住呼吸，领到了圣餐——现代性。这是启蒙年代的梦想，是20世纪80年代诗歌文本的太阳。然而，孩子长成了魔鬼，我们尝到了现代性的苦果。

我们认定他坏并且坏在我们身边

因为我们的女儿都已发育到妙龄

> 因为我们的保险柜是用报纸糊成
> 我们的良心存折锁在其中
>
> 他的假眼珠闪射真正的凶光
> 连他的臭味也会损害我们的自尊心
> 为了对付这个坏蛋（我们心中的阴影）
> 我们磨好了菜刀，挖好了陷阱

我们心中的阴影就是对现代性的又爱又恨。"女儿""良心""自尊心"隐喻着洁身自好的知识分子本能。但在20世纪80年代之后，知识分子或是诗人的想象的主体突然陷落了，在现代化的巨大成果面前，"新人"是商人，是企业家，他们是现代性的宠儿，他们与之血脉相连。再不需要启蒙者了，金钱就是一切。因此，尼采宣布上帝死了，福柯把人抹去了，而利奥塔呢，他宣告了"知识分子之死"。学者陆杰荣作过解释，"随着'上帝'的隐去，人似乎成了自己的主人。然而人的主体性仍然需要加以'消解'，使其丧失其'中心'的意义，人的逐渐'边缘化'使'人类逐渐消失了'，'人的死亡'标志着人的良知形象——'知识分子'已经退出历史舞台。'知识分子'的命运同'上帝'的命运是一样的，因为神是超验型的'代言人'，而'知识分子'是经验型的'代言人'，人自身根本不需要代言人"。[①]因此，我们可以感觉到西川多么想保护好他刚刚在20世纪80年代启蒙而生成的知识分子良心啊。但是，终究自尊心受到了损害，那是一次重大的历史事件。

[①] 陆杰荣：《后现代·知识分子·当代使命——论利奥塔的"知识分子之死"的理论实质》，《哲学动态》2003年第6期。

> 一旦他落入我们手中，我们就将
> 制定一部刑法，把他送上老虎凳
> 或者剁下他的头颅，带着头骨回家
> 让我们的孩子练习素描的基本功
>
> 这对于坏蛋的狂想令我们紧张
> 紧张到极限只好再度放松
> 宽容他吧，啊，宽容肉体的黑夜，可是，不！
> 且听我们说起疯话也是满脑子血腥

食指在说起疯话时只是想做一条疯狗，然后放弃人的神圣权利，北岛悲情之极只是宣称他只想做一个人。然而，到了西川这里，这个"人"变成了坏蛋，处置之狠毒，怨恨之入骨，变成了时代的反讽。张旭东说："80年代的知识分子在介入现实的同时经营着一个自我的神话。……90年代就不一样了。90年代在形式层面上、在审美层面上是分化的、瓦解的，因为有市场的介入、资本的介入、商品化的介入，文化思想领域的问题往往是社会系统的结构性变化所带来的一系列矛盾冲突的折射和表现。与此同时，知识分子和学术群体也处在不断的分化和演变中，逐渐失去了在总体上把自己放在历史主体的位置上观照社会经济领域里的变化的能力，变成了个别立场和利益的体现，包括新的职业主义学院体制的利益的体现。这个过程中，中国国家的历史实质和社会功能也处在不断的演变之中。"① 在资本面前，一切都被击垮了，这就是现代性这个"坏蛋"

---

① 张旭东：《全球化与文化政治：90年代中国与20世纪的终结》，朱羽等译，北京：北京大学出版社，2014，"访谈：从'现代主义'到'文化政治'（中文版代序）"第14-15页。

的威力。张旭东关于20世纪90年代知识分子的论点是准确的,20世纪80年代的启蒙身份,让中国的知识分子与国家取得了同向的路径:现代化。20世纪90年代是中国的知识分子逐渐使不上劲的年代,各顾各的争吵压根跟中国的现代化进程搭不上界,写作与时代没有了对应的边界,从作为"布道者"到被排斥于时代的游戏之外,中国当代诗歌的"集体写作"解体了。"1968年'五月风暴'以后,福柯提出了一个关于知识分子极有影响的看法,他认为,'以真理和正义之宗师'的身份向公众说话的知识分子已经消失殆尽了,那种作为普遍大众代言人,作为社会意识和良知代表的知识分子衰亡了。呈现在人们面前的是另一种知识分子形象:知识分子现已不再以'普遍性代表''榜样''为普天下大众求正义与真理'的方式出现,而是习惯于在具体的部门——就在他们自己的生活和工作条件把他们置于其中的那些地方(寓所、医院、精神病院、实验室、大学、家庭和性关系)进行工作。无疑这赋予他们一种更为直接和具体斗争的意识。"① 福柯把这种知识分子称为专家型知识分子,这是社会变动的结果。利奥塔认为,总体性知识是暴力,总体性知识分子也是一种暴力,专家化未尝不是好事。无论如何,20世纪80年代的知识分子想象的主体身份一夜之间灰飞烟灭了,代之以直接面对无法把控的现代性风险。这种虚无感导致的深切怨恨,足以让人动容。

> 而他的罪行(或称疯狂)该不是梦游?
> 是梦游又如何?我们不会蠢到把他弄醒
> 一旦他醒来,伸个懒腰

---

① 周宪:《审美现代性批判》,北京:商务印书馆,2005,第487-488页。

好人和坏蛋就难于分清

我们就得努力分辨我们不是坏蛋
（尽管坏是生活的必需品）
我们就得献出女儿，打开保险柜
并且满脸堆笑为他洗尘接风

现代性是上帝的替代物，是人类的卡里斯玛。一百多年来，中国都在追求现代化，身处"三千年未有之大变局"。但它变成"坏蛋"宰制我们时，我们就处于"双重束缚"之中。拒绝宏大叙事，个人叙事亦不成立。从立法者变成阐释者，知识分子不得不护佑现代性。西川在他的《致敬》中以寓言的形式表征了这种困惑与矛盾："一个走进深山的人奇迹般地活着。他在冬天储存白菜，他在夏天制造冰。他说：'无从感受的人是不真实的，连同他的祖籍和起居。'因此我们凑近桃花以磨练嗅觉。面对桃花以及其他美丽的事物，不懂得脱帽致敬的人不是我们的同志。/ 但这不是我们盼待的结果：灵魂，被闲置；词语，被敲诈。"① 灵魂为什么被闲置了，因为现代性不要思考者，知识分子变成了现代社会的被统治者，被关进了马克斯·韦伯的"铁笼"。词语为什么被"敲诈"了？因为知识分子成了现代性的阐释者，成了"统治者中的被统治者"。所以，"我们就得献出女儿，打开保险柜/并且满脸堆笑为他洗尘接风"。我们可以再从周宪的引介中看看法国社会学家布尔迪厄的观点：

> 知识分子是……矛盾的人。他只能在如下条件下想象自己，即他怀疑纯粹文化和政治干预的传统方案。他是在越过这一对抗或

---

① 西川：《深浅：西川诗文录》，北京：中国和平出版社，2006，第 5 页。

经由这一对抗而历史地构成的:法国作家、艺术家和科学家何时称自己是知识分子,是在"德雷夫斯案件"出现时他们作为知识分子干预政治生活时,即是说,他们是以一种特殊的权威来干预的,这种权威的根据是他们属于相对自主的艺术界、科学界和文学界,所有这些价值观都是和这种自律性——德性、无功利性、能力等相联系的。

  知识分子是……二维的人。当他被赋予知识分子这个名称时,一个文化生产者就必须符合两种条件:一方面,他必须属于一个自主的知识界(一个场),即是说独立于宗教、政治和经济等权力之外,必须尊重知识界的特殊规则;另一方面,他们又必须赋予自己在知识场以政治行动所需要的某种能力和权威,这不管怎么说都是在知识场之外来运作的。[①]

  这是值得今天的中国知识分子思考的问题。我以为,西川符合上述特征。他是以矛盾的身份来解决与"上帝"对话或是和解的难题的,而且,他需要这样的分裂性来提示他与时代的紧张而不悖的关系。当从文本中多重进入时,我宁愿选择他的"坏蛋"的一面,从他的"坏"中化解怨恨。介乎波德莱尔的"审丑"和里尔克的"哀歌"之间,他找到了一种搭建隐喻或是寓言的中国当代诗歌的新审美范式,既让我们感受到时代的压迫,又让我们乐在其中,毕竟,我们需要一种具有张力的美学体验。正如他所说:"在诗歌中,我迷恋的是它们的美学意义。我把哲学、伦理学、历史、宗教、迷信中的悖论模式引入诗歌以便形成我自己的伪哲学、伪理性语言方

[①] 周宪:《审美现代性批判》,北京:商务印书馆,2005,第497页。

式，以便使诗歌获得生活和历史的强度。"① 姑且相信他的话吧，因为尼采说过：

> 参天大树的成长，能撇开狂风暴雨与恶劣天气吗？
> 稻谷在饱满成熟之前，能不需要暴雨、艳阳、台风与闪电吗？
> 人生中有各种恶与毒。没有了这些恶与毒，人就能更强、更健康吗？
> 憎恶、嫉妒、固执、不信、冷淡、贪欲、暴力，或是各种不利条件、众多障碍，这些都会令你烦心，成为你烦恼的根源。可是没了它们，人类就能变得更强吗？
> 不，这些恶与毒给人以克服的机会与力量，让人类坚强度世。②

这是从对抗的范式来解读文本，但无论如何，"坏蛋"具有多重进入的审美可能性。

3.3 在"后现代主义"解构下，在非诗的时代展开的诗歌

20世纪90年代，中国当代诗歌中的"人"变成了"个人"，这是一种"退化"，也是一种"异化"，是一种"集体写作"转向"个人写作"的迹象，也是关于20世纪80年代"解放""革命"的了断。这种现象的背后，重大历史事件是起因，诗歌生成的内部要求和突

---

① 王家新、孙文波编：《中国诗歌 九十年代备忘录》，北京：人民文学出版社，2000，第267页。
② ［德］尼采著、［日］白取春彦编：《尼采的心灵咒语》，曹逸冰译，南京：江苏文艺出版社，2011，第144页。

破性是内因,而后现代主义的入场,起到了搅局及催化的作用。语境的变化,让我们可以从容回顾20世纪90年代。当然,当下中国现代化的成就足以让我们重新审视"现代性"的再次回到视野及其与后现代主义的纠缠关系。在这种复杂、多元的社会变革中,虚无主义的寻找和揭示也变得高深莫测。不妨认为,由于丧失了明显的主体身份特性,20世纪90年代的文本审美反而更自由和自主了。也许,中国当代诗歌的文本和对其的解读都是一条条通往自由的路吧。

　　了解20世纪90年代后现代主义的争论是诗歌文本审美的必备理论条件,我们可以仔细阅读陈晓明的相关论述以获得这种"前理解"。按照陈晓明的观点:"后现代在中国的引介可以追溯到20世纪80年代中期,那时后现代的概念并不清晰,也不常见,而是经常与'后期现代派'这类含混的概念混用。"[①] 现在的资料表明,后现代主义进入中国伊始,就引发了论战。"后现代在当代中国一直就被妖魔化,人们根据对后现代的一知半解,不知何故,后现代居然被塑造为'什么都可以'的语言游戏——这是对当代中国后现代最经典的定位。这一定位一半来自'新自'(新自由主义),另一半来自'新左'(新左派)。可见两方面阵营都不满意后现代。"[②] 其中原因,陈晓明解释为:"后现代话语的出现以及由此引领形成的论争局面,实际上是90年代初旧有的权威话语秩序解体产物,当代思想界第一次自主性地在文化场域内为重新争夺和分配话语权

[①] 陈晓明:《现代性与后现代的缠绕及其出路》,《辽宁大学学报(哲学社会科学版)》2004年第1期。

[②] 同上。

展开演练。"① 通过文本分析,陈晓明认为当代作家一直在现代性的美学规范圈子里寻求突围,但不具有早年意识形态诉求的强烈的时代情绪,而是内在"胶着"。因此,"也许,我们面临的是更为复杂的历史/文化建构,这就是,在后现代的语境中重建现代性的那些基础;在现代性的基础上建构后现代的未来。既不必用后现代全盘颠覆现代性;也不必用现代性论说压制后现代话语"②。这是陈晓明的重要观点,也是对他进行怨恨式攻击的论点有意或无意忽视之处。出于对中国现代化的护佑,他也担心后现代在中国的不恰当运用会产生负面作用。这既表明其对后现代理论把握的准确到位,也表明了其对时代指向的积极态度。他说:"后现代知识与当代中国正在轰轰烈烈进行的'现代化'建设有不协调之处,这种不协调主要是后现代的阐释者与批判者的教条主义立场导致的……把中国的历史语境,把中国的政治文化前提抛在一边不加理会,而去集中于批判西方的现代性给'人类'带来精神灾难(和社会危机),那不能说是高明之举。至于有些论者以反省'现代性'的立场来看待当今中国的现代化进程,强调中国的特殊性,试图给中国提供一条超越现代化的普遍标准的特殊道路,有些论者甚至认为中国根本就没有必要走市场化的道路。我不认为这些观点是什么'后现代主义',而更像是政治投机主义的论调,充其量也是对西方'后现代主义'观念的简单套用。"③ 关于现代性批判的视阈在这段论述中需

---

① 陈晓明:《现代性与后现代的缠绕及其出路》,《辽宁大学学报(哲学社会科学版)》2004年第1期。
② 同上。
③ 丁尔苏、王宾、王岳川、陈晓明等:《后现代与中国文化建设》,《中国社会科学季刊》1997年春夏季卷。

要作追溯式考证，如果要从否定中国的现代化进程的正当性、合法性出发，现代性批判有悖公正。在这些观点基础上，陈晓明认为："后现代并不是对现代性简单的抛弃和颠覆，而是在更加合理和从容的境况中，对现代性的修正、拓展和精细化。"① 在悄悄或不知不觉中，后现代的论述被换成了"现代性"的论述，而后陈晓明关注的"审美现代性"题阈为中国当代文学的研究打开了视野。他说："现代性论述引入当代文学研究，确实是一个很有用的概念，它在更为宽阔深远的历史背景中重新整理和展开后现代论述，它把后现代论述从简单的当下性解救出来，引入到更复杂的历史语境。当然更重要的在于，它使当代文学这么多年一直在寻求的20世纪的总体性，或者重写文学史的整体性，有了一个最恰当的框架。当代文学并不只是简单地融入现代文学，而是重新构成一个整体。……当代中国文学乃至于现代以来的中国文学，都在表达强烈的变革愿望。这一方面导源于剧烈的社会革命现实实际，另一方面，文学艺术也强化了这种现实需要。这种变革总是以断裂的方式表现出来，使得文学的历史叙事充满了开始与结束，而每个历史阶段都像是一座历史孤岛。现代性提供了更大的时间跨度，它使那些断裂变成了现代性内部的事物，变成了现代性自我悖反的内在性的紧张关系。断裂与断裂之间，不再是不可调和的，而是可以重新理解它们之间的联系方式。"②

这是当代中国文学批评视阈中最为精彩的观点，应该说对当代

---

① 陈晓明：《现代性与后现代的缠绕及其出路》，《辽宁大学学报（哲学社会科学版）》2004年第1期。
② 陈晓明：《现代性：后现代的残羹还是补药（下）》，《社会科学》2004年第2期。

中国文学批评的发展具有某种意义上的"立法性"。本书正是沿着这一思路展开对中国当代诗歌的审美精神的讨论的，试图以新历史主义的态度，返回到中国当代诗歌 20 世纪 80 年代以来的生成过程，以伴随中国现代化进程的现代性张力美学为线索，打开文本的多样性，跨越意识形态的束缚。其中，沿着现代性的文化危机——虚无主义延伸方式和表征区域，找到中国当代诗歌的时代性、世界性及其与现代性的通约性。

阅读陈晓明关于后现代主义的解读观点，笔者受益最深的是他对后现代主义本貌的还原。从关于后现代主义的中国式讨论来看，大家都把它放在现代中国社会转型的平台上了。也就是说，每一方都在用后现代主义作量尺，去衡量每一方的现实立场需求或是利益。但忘了一个基本点：这是"物"化了的现代社会的文化显现，你争不争它已经在这里了。所以，在中国的现象是：现代化方兴未艾，"物"化或是"异"化正在进行，拒绝或是有意曲解后现代主义的显现实际上是社会的本能或是本我反应。从这个意义上，关于后现代主义的种种敌意就无关紧要了。陈晓明对此一直保有冷静姿态，我猜想这可能是因为，通过正确"误读"德里达，他已经不存有关于后现代主义的影响的焦虑了吧。

欧阳江河、陈超与唐晓渡于 1995 年发表的《对话：中国式的"后现代"理论及其它》一文，讨论了后现代理论与中国的关系问题。文章大体持警觉态度，并没有从理论体系上深入到题阈的内部讨论问题。实际上，这确实是个问题。仔细考察至今的关于中国当代诗歌界关于现代性、现代主义和后现代主义的理论储备，我们找不到一种大面积的通约性。很少有人像陈晓明那样具备了"进入"的信心和功力，也很少有人能像他那样对现代主义的诗歌文本以现代主义的理论去分析解构。如果这样,我们如何能从文本中体会到现代主义的审美救赎呢?这大概也是欧阳江河、陈超与唐晓渡这一文章发表时的一种语境吧。其中,唐晓渡的观点是要警惕"庸俗进化论"及新一轮"历史决定论",指出"后现代掌门人"在思路上与主流意识形态有同一性。陈超认为:西方后现代主义理论旨在激活人的创造力,不断提出问题、扩大问题,加深人的怀疑精神,使生存和语言保持活力;而我们这里的后现代主义理论却总想定位,解决问题,或使尖锐的问题钝化。欧阳江河以为:"后现代掌门人"们的文章大多味同嚼蜡,只有词汇的变化,而"语法"完全是主流意识形态话语那一套。

没有考证,他们关于后现代理论的上述观点是否可以从20世纪90年代诗歌文本中找到印证。但这也表明,20世纪90年代的文本和写作者对后现代理论有所回应,这是本书进行文本分析时的重要考量。

在《九十年代先锋诗的几个问题》一文中,唐晓渡认为20世纪90年代诗歌有别于80年代诗歌的特征之一就是看不出有什么清晰可辨的"潮流"。他说:"我无意为先锋诗在九十年代的境遇勾勒一幅灾难性的背景;事实上,当代中国向现代社会转型过程所具有的、往往以戏剧化方式呈现出来的复杂性,已经令我无法在原初的意义上使用'灾难性'一词。这不是说灾难本身也被戏剧化了,而是说人们对灾难的记忆很大程度上浸透了浓厚的戏剧色彩。在强迫性遗忘机制和急于摆脱巨大的精神屈辱经验(包括道德上的不洁感)所导致的欣快症倾向的双重作用下,它似乎不再具有被遮蔽的、可供探寻和汲取的现实内涵,更谈不上凝聚力和灵魂的净化作用了。它既不能唤起恐惧(由于有太深的恐惧),也无从令人振奋(一种太纯粹的诉求），其功能介于颓废和亢进之间。当意识形态的强控制和经济活动的优先权巧妙地合纵连横，从而使权力和金钱的联合专政与大众媒介的商业化操作所诱导的拜金主义和消费主义潮流彼此呼应，成为无可争议的社会性支配力量，而这一切又和人们对现代化生活的迫切向往纠缠在一起时，我们甚至难以确切地勾勒出所谓'灾难性'的边界。"① 唐晓渡的观点可以放到陈晓明的观点中互文，其实是回到经后现代主义显白后的现代性现场；放在这一语境中，历史就不是中断的，我们可以找到现代社会转型的另一表征。但无论如何，这有助于我们理解 20 世纪 90 年代中国当代诗歌的文本处境。依此论点，20 世纪 90 年代的诗歌具有了与 80 年代不同的社会背景，文本的美学张力因而获得了另外的可能性。甚至在某种意义上，这种"灾难性"边界现象构成 20 世纪 90 年代文本的共同背景，因而，"个人化的写作"是否也是另外一种"集体写作"？提出这样的论点，主要是说明我们将在后面的文本分析中寻找一种具有时代气质的文本美学，而不是个别人偶得的天才之作。

　　王光明的总结可以作为上述论点的一种"前解释"："直至 80 年代，20 世纪中国诗歌的主题可以说一直是比较单纯和明确的，读者的阅读期待也比较集中，但到了 90 年代，它变得复杂多了，现实已不只是外部'侵略'和本土'暴政'的焦虑与绝望，而是后威权社会无处不在无所不在的压迫力量；诗歌在财经挂帅的市场社会，也已被放逐到边缘的边缘，许多人对它视而不见，听而不闻。这不只是诗的语境变了，也是诗人和读者对诗的意识发生了变化，对语言与存在的关系的认识发生了变化：诗是一种行动的语言，一种改造社会的工具，还是个人与存在的一种对话，一种思维与想象的言

---

① 唐晓渡：《九十年代先锋诗的几个问题》，《山花》1998 年第 8 期。

说？诗人是文化英雄、社会斗士，甚或先知和预言家，还是一个像罗兰·巴特说的既非信仰的骑士又非超人，只能在寄寓权势的语言中游戏的凡夫俗子？写诗是根据'社会订货'的需要，还是要表达内心的感动与领悟，出于交流和分享的愿望？等等，这都是进入90年代后诗人们所思考的问题。"① 这些问题涵盖了20世纪90年代中国当代诗歌的困境，指明了20世纪90年代诗歌转身的历史挑战。它实际上暗指了一个生成的时代节点，对于找到文本分析的切入口大有裨益。其中的问题具有很强的当代批评理论的召唤意义，只有在现代性的框架中，才能有效使用现代主义、后现代主义的西方理论资源，避去后殖民主义之嫌。上述问题，实际上涉及的是社会转型中的现代性的文化困境：在被边缘化后，诗人如何处理与现代社会的关系，如何面对现代化进程，是文本的有效性和历史性的关键。站在审美现代性的平台，文本就具有了时代张力，与时代互文、前后理解，形成20世纪90年代中国当代诗歌的文本特点。在20世纪初，里尔克写下富有时代情绪的诗作《豹》：

豹②

它的目光被那走不完的铁栏
缠得这般疲倦，什么也不能收留。
它好像只有千条的铁栏杆，
千条的铁栏后便没有宇宙。

---

① 王光明：《在非诗的时代展开诗歌——论90年代的中国诗歌》，《中国社会科学》2002年第2期。
② [奥]里尔克著、林克编选：《里尔克诗选》，武汉：长江文艺出版社，2013，第54页。

强韧的脚步迈着柔软的步容，
　　步容在这极小的圈中旋转，
　　仿佛力之舞围绕着一个中心，
　　在中心一个伟大的意志昏眩。

　　只有时眼帘无声地撩起。——
　　于是有一幅图像浸入，
　　通过四肢紧张的静寂——
　　在心中化为乌有。

冯至译

这是里克尔的猛兽，可以和食指的疯狗互吠。疯狗的状态是焦躁、不安的，豹却步容柔软。但是，孤独是它们共同的处境。疯狗的目的是挣脱无形的锁链，跳出高高的院墙，豹的目光却被那走不完的铁栏缠得这般疲倦。这是心被困住了的隐喻，也是我们都在"铁笼"里的象征。只不过疯狗带给你的是疯狂后的无意义，以致甘愿放弃人的神圣权利；豹呢，却让你感知生命的无助、人生的悲哀，你在怦然心动之后感觉到放弃。

　　这是本书对20世纪90年代中国当代诗歌的隐喻和寓言的个人化叙事。

　　王光明说："90年代的诗歌是一种转型的、反省的、无主流、无典范诗歌，它最大的意义不是产生了多少具有社会一致公论、众望所归的诗人和诗作，而是在被迫承受的边缘处境中开始了诗歌与世界关系的重新检讨。"[①]20世纪90年代的诗歌是什么呢？是认了

---

① 王光明：《在非诗的时代展开诗歌——论90年代的中国诗歌》，《中国社会科学》2002年第2期。

命的疯狗，甘愿放弃人的神圣权利，变得虚无了；是在极小的圈中、千条的铁栏后旋转的豹，一切都在心中化为乌有——从20世纪80年代想象的主体变异成20世纪90年代的个人叙事——"一条没有桅杆的船"。

这是一种时间意义上的转变，谈不上断裂，欧阳江河所谓突然中断的概念只是一种诗化的表征。这一转变实质上是，从审美所指到能指的范式都强迫性地从20世纪80年代中国当代诗歌的杂质性中被征召出来。哈金在《科学革命的结构（第四版）》导读中这样解读库恩的观点："科学革命的结构如下：起先，是具有一个范式和致力于解谜的常规科学；随后，是严重的反常，引发危机；最终，由于新范式的诞生，危机得以平息。另一个因他［库恩］而著名的词语没有出现在章节标题中，这就是**不可通约性**。这一概念即在革命和范式转换过程中，新的思想和主张无法与旧的作严格的比较。即便是同样的用词，它们的真实含义也已改变。由此导致的一个观念是，一个新理论之所以被选择来取代旧理论，与其说是因为其真，还不如说是因为一种**世界观的转变**（第十章）。此书结束于一个令人不安的思想：科学中的进步并非通往单一真理的简单直线。我们所说的进步，体现在去追求更为恰当的世界观念，和更为融洽地与世界的互动（第十五章）。"[1]这些论断用来描述20世纪80年代中国当代诗歌向20世纪90年代的转变太有价值了。也可以再一次证明一种理论向另一种理论开敞的互文意义。现代社会一方面是知识越来越专门化，一方面是知识之间的勾连越来越具有戏剧性，这应该是当代诗学批评、研究所要考虑的范式革命问题。

---

[1]［美］托马斯·库恩：《科学革命的结构（第四版）》，金吾伦、胡新和译，北京：北京大学出版社，2003，"导读"第5页。

我们用库恩的观点为 20 世纪 90 年代中国当代诗歌出现的转变作了背书,下面就可以从王家新的"转变"开始,来到昌耀的"烘烤"现场,再以于坚的"0 档案"结束,探讨 20 世纪 90 年代中国当代诗歌的审美精神。当然,审美所指还是虚无主义表征。

转变[①]

季节在一夜间

彻底转变

你还没有来得及准备

风已扑面而来

风已冷得使人迈不出院子

你回转身来,天空

在风的鼓荡下

出奇地发蓝

你一下子就老了

衰竭,面目全非

在落叶的打旋中步履艰难

仅仅一个狂风之夜

身体里的木桶已是那样的空

一走动

就晃荡出声音

而风仍不息地从这个季节穿过

---

① 唐晓渡、张清华选编:《当代先锋诗 30 年:谱系与典藏》,南京:江苏文艺出版社,2012,第 241 页。

风鼓荡着白云

风使天空更高、更远

风一刻不停地运送着什么

风在瓦缝里，在听不见的任何地方

吹着，是那样急迫

剩下的日子已经不多了

落叶纷飞

风中树的声音

从远方溅起的人声、车辆声

都朝着一个方向

如此逼人

风已彻底吹进你的骨头缝里

仅仅一个晚上

一切全变了

这不禁使你暗自惊心

把自己稳住，是到了在风中坚持

或彻底放弃的时候了

  文本的审美所指其实很直接——"仅仅一个晚上／一切全变了"。此处的"风"可以作宇宙式的解读，比如说"现代性"剧变；也可以作微尘似的考证，比如说一夜无眠。但文本审美所指的解题核心是"把自己稳住，是到了在风中坚持／或彻底放弃的时候了"。20世纪80年代末的重大事件具有"不可通约性"，迫使我们与世界更为融洽地互动。因为事先准备了库恩观点作为《转变》一诗的"前理解"，我们立即可以从文本的浪漫主义悲情中把作者驱赶出来。王家新可以归类为"知识分子写作"的代表人物，依我看，他的文本是为知识分子、社会精英"备份"的，随时在场。耿占春这样评价他：王家新诗歌的独特音质出现在20世纪90年代初，那又是一个寻求或重构诗歌话语的时刻，是一代人创伤经验的核心。在此意义上，王家新是另一个北岛。王家新将他的语词放置在一个寒冷的地带。然而现实的版图在移动，沉重的记忆越来越轻，商业社会也越来越暖甚至虚热。他的诗保持着记忆的寒冷感。过去的经验由于延续到现在而被改写，被暖化或腐化。他的长诗《回答》表达出紧张和受挫折的生活。对王家新来说，对没有被表达的过去、被禁止言说的记忆之忠诚，与对不断漂移的现时性的追寻带来了一种"移动悬崖"。

"移动悬崖"修辞用得太巧妙与形象了。西西弗斯一直往上推他的石头，王家新总是站在他的"移动悬崖"边上"暗自惊心"地企图稳住，但是"风一刻不停地运送着什么"，"吹着，是那样急迫"。这展现了与时代及灵魂的一种紧张关系："是到了在风中坚持／或彻底放弃的时候了"。一种哈姆雷特式的双重束缚的美学张力被文本的修辞粉饰得如此伤感、虚无，致使读者在还没有来得及与世界融合的时候就被生存的巫师引入谷穴了。"移动悬崖"可以作为20世纪90年代知识分子处境的一个隐喻。王家新的写作表明了他的知识分子立场和态度。他的一个观点值得分析："而那些'知识分子写作'诗人，并不忌讳把那些'接轨'的地方一一暴露出来，这并不仅仅因为他们诚实，更因为他们自信，那就是通过一种艰巨、自觉而又富于创造性的劳作，重建一种与西方的对话和互文关系。他们在90年代的重要贡献之一，就是把中国诗歌与西方的关系由

80年代的影响与被影响关系变成了这种自觉、成熟的对话和互文关系。"[1] 这也是一个重要论点。因为左拉,"知识分子"一词在法国出现;而因为屠格涅夫,"虚无主义"概念在他的《父与子》中定型。王家新之所以要向"帕斯捷尔纳克"致敬,"却注定要以一生的倾注,读你的诗",恰恰是因为俄罗斯知识分子的气质迷住了他。周宪说:"如果我们从中国近代以来知识分子的历史来看,俄国知识分子的角色最值得比较。因为两者之间有一些耐人寻味的谱系学上的接近性。俄国知识分子背叛了其贵族的本原,着迷于一个绝对变化的历史观念,即如何使他们的祖国摆脱落后,把农奴从沙皇的压迫中解放出来。所以,作为一个有教养的阶层,俄国知识分子强调颠覆现存的落后社会制度。从1825年的'十二月党人'革命,一直到布尔什维克革命,从赫尔岑,经由车尔尼雪夫斯基、托尔斯泰、陀思妥耶夫斯基、巴枯宁、普列汉诺夫,一直到列宁,这些知识分子坚信,积极的人类意志可以塑造未来,而新知识的传播和对现存衰落社会的质疑,有助于推进社会的变化。这种情况和中国近代以来知识分子所经历的历史过程极为相似,恐怕正是由于这种谱系学上的接近性,所以中国知识分子选择了俄国社会主义革命的道路。"[2]

周宪的研究为王家新关于知识分子谱系的互文对象观点提供了例证,因为具有这样的精神,王家新才会在"转变"时刻焦虑不安,透出一种深深的怨恨。我们还可以以里尔克的悲剧人物俄耳甫斯的命运来对应王家新的《帕斯捷尔纳克》及《瓦雷金诺叙事曲——给帕斯捷尔纳克》。作为歌手、竖琴手和诗人,俄耳甫斯天

---

[1] 王家新、孙文波编:《中国诗歌 九十年代备忘录》,北京:人民文学出版社,2000,第6页。
[2] 周宪:《审美现代性批判》,北京:商务印书馆,2005,第444页。

赋异禀,他的歌声在山中感动了顽石和流水,让整个自然迷醉。他从地狱中救出妻子,却在大地光明时刻违背誓言,回头一瞥而导致妻子水泽女仙欧律狄刻灰飞烟灭。此后,他又惹恼了狄奥尼索斯,后者下令女信徒们用石头砸死了他,并把他撕成了碎片四处抛散。他的头颅和七弦琴顺着河水漂流而下、直入大海,无人拨弄的琴弦和失去生命的口舌发出的动听的琴声和歌声一直在水上飞扬飘荡,直到阿波罗止住它。俄耳甫斯可以被用来比喻从地狱获取了新知识的人,但他又失去了它。他是一位宣讲者、传播者和不服从者,因而又丢失了生命。这是当代知识分子命运的隐喻,我们可以从现代性题阈中知识分子概念的变化找到印证。我们还是先引用周宪关于知识分子的观点:"后现代的思想家利奥塔坚信,作为宏大叙事的启蒙的叙事(如黑格尔的哲学等)已经不再有效,新的游戏规则只是各种专业领域里的'小叙事'。宏大叙事的总体性日益让位于小叙事的'局部决定论',各门知识在日趋专业化和技术化同时,导致了学科之间的不可通约性。传统意义上的担当道义或兼济天下的知识分子衰落了。'一种知识分子形象(伏尔泰、左拉、萨特)已经随着现代性衰微而消失了。60年代某种批判的暴力在学术界曾达到登峰造极的地步,随后而来的是现代国家中教育机构的无情衰落,这些都足以说明知识和它的传播已不再运作着某种权威,而这种权威正是知识分子登上讲台时需要的。'这种说法听来有点不顺耳,却也道出了当代知识分子的尴尬处境。"①

20世纪80年代是社会在发展问题上取得共识的年代,知识分子的作用是启蒙、支持改革开放,对民族复兴的宏大叙事作出描述并向大众解释。不幸的是,现代化的20世纪90年代,现代性的力

---

① 周宪:《审美现代性批判》,北京:商务印书馆,2005,第440页。

量被当作社会向前的线性历史进程动力变成民族—国家的历史资源，行动者"新人"企业家代替了知识分子。因为现代性，知识分子退场了。而且，"暗自惊心"是中国语境下的知识分子的处境变化，也算是 20 世纪 80 年代中国当代诗歌狂欢后的冷寂原因。诗人们从 20 世纪 80 年代启蒙的"立法者"变成 90 年代的现代社会日常生活的阐释者："阐释者角色由形成解释性话语的活动构成，这些解释性话语以某种共同体传统为基础，它的目的就是让形成于此一共同体之中的话语，能够被形成于彼一共同体传统之中的知识系统所理解"①。鲍曼的这个解释是从后现代立场出发的。

在鲍曼看来，知识分子从立法者转向阐释者，恰恰就是现代和后现代的分野。现代性，以及那种立法者的角色一方面无可挽回地衰落了，另一方面又促使知识分子自己对其想象身份进行反思：他们究竟在一个变化了的社会中扮演何种角色？现代性的普遍主义和本质主义，被后现代的多元论和相对主义所取代，知识分子在批判现代性的同时也在塑造自己新的阐释者角色：

"解释的策略孕育了一种依照知识模式来使之合法化的本体论：在这种本体论中，只有语言被认为是现实的本质。依据这种本体论，世界是一个交往的交互主体性的世界。就像舒尔茨……所做的那样，'作品'构成了一系列事物中不可逆转的变化，亦即对话主义者令人尊敬的认知图，知识的谱系，或相关性的周延。在这样一个世界中，知识绝无超语言学的正确标准，知识只能在其成员知识共同认可和共有的谱系中才能被把握。多元论是这个世界不可撼动的特征。"

---

① 周宪：《审美现代性批判》，北京：商务印书馆，2005，第 494 页。

鲍曼进一步指出，把文化研究界定为一个解释的事业，不仅是认识的一切知识的相对性和文化多元论的永恒性，而且整个地改变了文化的观念。这就是将启蒙运动的文化观念，那种强调权威和教育者的文化观念，转向了文化的非个人性。"传统""意义的世界"或"生命形式"这类概念，取代了启蒙现代性所强调的教育者（知识分子）和受教育者（大众）的文化话语二分范畴。知识分子回到了文化领域，与政治的关系日益疏远，"从今天的知识分子观点来看，文化不再呈现为了实践而'被塑造'或'重塑'的事物；它实际上是有权自身存在并超越了控制的现实，是一个研究的对象，是一个只能在认识上作为意义加以把握的事物，而非在实践上作为任务加以把握的事物"。①

如此话语让我们深思：在 20 世纪 80 年代以来"仅仅一个晚上／一切全变了"之后，启蒙者们被驱逐出伊甸园，失去了圣餐，不得不来到了"语言之家"，以"作品"来适应一系列事物不可逆转的变化。"诗到语言为止""纯诗""零度写作""为艺术而艺术"，甚至于日常生活的个人叙事都成为转向的标志。但是，最根本的还是现代社会的转型，逼迫知识分子或者说诗人们退出言说的场域。而这只不过是重复西方现代性下的知识分子的故事。就是说没有 20 世纪 80 年代末的"一个晚上"，现代性的大棒也会将中国的知识分子清出场地，将诗人们赶入"个人叙事"的"语言之家"。这是王家新们不得不面临和不得不接受的"转变"。因为，"鲍曼发现，在后现代社会，消费社会的导向使得文化在摆脱了国家的直接控制的同时，又落入商品交换的逻辑之中。……在这种条件下，知识分子还

---

① 周宪：《审美现代性批判》，北京：商务印书馆，2005，第 494—495 页。

能做什么呢？他借用美国学者杰米森和埃耶尔曼的看法，那就是知识分子的主要任务不是宣布真理，而是帮助人们参与真理的集体性建构；因此，知识分子的任务就是为批判的话语敞开并保持一个空间"。① 很正确，王家新的写作正是一个例证。他在《帕斯捷尔纳克》一诗中这样说：

> 把灵魂朝向这一切吧，诗人
> 这是幸福，是从心底升起的最高律令
> 不是苦难，是你最终承担起的这些
> 仍无可阻止地，前来寻找我们

这时，王家新终于决定不会放弃，从怨恨、痛苦、虚无中走向了承担。在这一点上，我们是应该庆幸的，因为，从当代对知识分子角色行为的基本认识来说，有一点似乎是趋向共识的，那就是在一个制度化的社会中，批判型的知识分子是"价值、意义和象征的产物"②。

这个产物会被谁阐释、隐喻呢？还是回到里尔克那里找答案吧：

致荷尔德林 ③

> 盘留，即便在至爱物身边也不，
> 是我们的命运；从已充实的
> 图像，这英才坠向急待充实的；湖泊
> 只在永恒之域。在此沉坠是
> 最大的本事。从熟练的感觉

---

① 周宪：《审美现代性批判》，北京：商务印书馆，2005，第 495 页。
② 同上书，第 465 页。
③ ［奥］里尔克著、林克编选：《里尔克诗选》，武汉：长江文艺出版社，2013，第 186–187 页。

> 突然堕入受罚的感觉，再往下。
> 对你，荣耀者，对你而言，召神者，一生
> 就是那幅紧迫的像，当你道出它时
> 诗行似命运关闭，一个死甚至
> 在最柔和的句子里，而你步入它；但
> 先行的神领你从那边走出。

  可以看到，里尔克是在回应王家新的苦难情结。那种受罚的荣耀是苦难者所追寻的，因为"你"会被"先行的神"从死亡中再引领出来。观世音菩萨发愿"众生不成佛我誓不成佛"，地藏王菩萨发誓"众生不出地狱我誓不出地狱"。这是人类自有的英雄情结，追求悲剧色彩，是人对未来的一种永生期待。里尔克的炼狱与王家新的苦难之地都具有新生之意。

> 你呀，漂泊的英才，你，最漂泊的人！可他们全都
> 栖居在温暖的诗里，在家里，长驻在
> 狭窄的譬喻里。他们分享。只有你
> 穿行如月亮。下面时明时暗
> 你的夜景，被神圣震惊的国度，
> 你常在离别时感觉的。没有谁
> 更崇高地献出它，更完好地
> 归还给整一，更丰裕。你也这样
> 神圣地游戏，穿过不再指望幸福的岁月，
> 那无限的幸福，仿佛它不在心里，不属于
> 任何人，闲躺在大地
> 温柔的草坪上，已被神的孩子们遗弃。

王家新以苦难意识照镜子，完成一种精神自恋。俄耳甫斯的头被砍了下来，他依然在漂流中吹着里尔克的笛子。里尔克把"漂泊"藏在这里作隐喻，恰如王家新把自己掩埋在帕斯捷尔纳克身后享受苦难。这种受难快感是诗人的生命审美所需，其中，包含了对神的失望与怨恨。王家新希望神"仍无可阻止地，前来寻找我们"。里尔克则深知："你"在"温柔的草坪上，已被神的孩子们遗弃"。

> 啊，诸神期求的，你奠立，别无所求。
> 石头一块块砌起：它耸立。但即便它坍塌
> 你也不惊疑。
>
> 为什么，既有如此之人，永恒者，我们还
> 老是怀疑尘世？而非在短暂之物上认真
> 学习感觉——对哪种
> 癖好，未来在空间？
>
> 林克译

多好的里尔克！他留给人世永久的俄耳甫斯、永恒的荷尔德林——批判者的象征。

王家新写了致帕斯捷尔纳克的作品，理当以里尔克的《致荷尔德林》回敬！

陈晓明对王家新作了"后政治学"的解读："90年代的诗人被无形的历史之手推向转折的道路，在无路可走中另辟蹊径，反省个人的境遇和抉择，给出了一个更为宽广的未来面向。王家新与欧阳江河和西川的思考主题颇为接近，他们可归属于注重精神性和内心

体验的那种诗人类型。王家新与欧阳江河和西川也有所不同,他并不过分刻意强调词语的修辞策略,但不断地审视个人的现实境遇,不断地借用西方或苏俄的思想资源,从而构造了一种'后政治学'的表意策略。……王家新的'恐惧'和'颤栗'来自他自认为由此抓住了'后政治'诗学的本质,同时也包含着对词语成为诗学全部基础的恐惧。这是一个无边的炼狱苦刑,里面可能有可贵的思想深度。"[1] 在中国当代诗歌文本中,王家新的作品因此而具有个性,在指向美学的张力及可阅读的广度上都有着向好的未来性的生成。特别难能可贵的是,王家新一直保有苦难意识,这不但是他精神洁癖的法门,也是他在现代性困境中保护本我、本真的一种策略。王家新的文本修辞优美,情调与现代一直保持距离,但不至于无关联。也许,他时刻准备扮演一个"救赎者"的角色。正是在这样的文本中,他构建了一个"英雄"的"苦难"之国。

昌耀是个颇具悲剧性色彩的诗人,是"归来"诗人的代表人物。他似乎是为受难而生,结局是因难而死。在当代诗人中,他跨越的时代极大,诗歌的风格总体荒凉,最主要的是他本人作为一个与命运争执的文本,让世人看到了人生是苦,生命无常,足以让人怀疑历史的真实性。"80年代中期以后直至去世,昌耀对生命的虚无感逼至绝望性的体认,当是与艾略特、卡夫卡处在同一个层面。而他对这种虚无感的惶恐、惊骇,与之罄其生命的大力绞杀和搏斗,则很自然地使人想到鲁迅"。[2] 与王家新们不同,如果说因为重大历史

---

[1] 陈晓明:《中国当代文学主潮(第二版)》,北京:北京大学出版社,2013,第441-442页。
[2] 燎原:《高地上的奴隶与圣者(代序)》,载昌耀著,燎原、班果增编:《昌耀诗文总集(增编版)》,北京:作家出版社,2010,"增编版前言"第21页。

事件及现代性的到来导致王家新们知识分子的"立法"地位丧失而转变写出"转变"的话，昌耀则是现代性的直接受害者。王家新们进行选择的是知识分子的坚持还是放弃，昌耀进行选择的是生命的坚持还是放弃。王家新们的悲哀和虚无来自时代的遗弃，昌耀的绝望与死亡则来自现代社会的无情。昌耀在20世纪90年代的诗歌，沿着80年代中后期创作中所体现的"对现代生存困境的思索的向度"，"已逐渐褪尽了高原的浪漫激情，而越来越多地陷入纠缠交错的现代人的内在冲突，更多地着眼于生命的孤独、虚无与荒诞，甚至死亡等现代意识，他惯用的那些抒情元素开始逐渐消失，更喜欢采用散文体的抽象叙事。经过陌生化处理的现实经验在昌耀那里获得了意想不到的诗学效果，使他'更准确有力地向现代意识的核心：虚无与荒诞逼近'"。① 这种"人"的存在之痛，使昌耀崩溃了，他写出了《烘烤》：

烘烤②

烘烤啊，烘烤啊，永怀的内热如同地火。
毛发成把脱落，烘烤如同飞蝗争食，
加速吞噬诗人贫瘠的脂肪层。
他觉着自己只剩下一张皮。

这是承受酷刑。
诗人，这个社会的怪物、孤儿浪子、单恋的情人，
总是梦想着温情脉脉的纱幕净化一切污秽，

---

① 池永文：《昌耀诗歌意象的整体考察》，《南京理工大学学报（社会科学版）》2011年第6期。
② 昌耀：《昌耀诗选》，北京：人民文学出版社，2009，第238页。

> 因自作多情的感动常常流下滚烫的泪水。
> 我见他追寻黄帝的身车,
> 前倾的身子愈益弯曲了,思考着烘烤的意义。
> 烘烤啊,大地幽冥无光,诗人在远去的夜
> 或已熄灭。而烘烤将会继续。
> 烘烤啊,我正感染到这种无奈。

昌耀以直白的方式诉说"酷刑",这是一种"铁笼"内的烘烤,人本来无奈地成为里尔克的"豹",在铁栏后面步容柔软,现代社会的怪兽却不放过,把"诗人,这个社会的怪物、孤儿浪子、单恋的情人"无情地烘烤。诗人呢,悔恨自作多情。这是"人"的悔恨,追求现代化,却被现代社会所遗弃。昌耀以死写完了这个文本。鲁迅比他先知先觉,鲁迅在《影的告别》一文中叹息道:

> 我不过一个影,要别你而沉没在黑暗里了。然而黑暗又会吞并我,然而光明又会使我消失。
> 然而我不愿彷徨于明暗之间,我不如在黑暗里沉没。
> 然而我终于彷徨于明暗之间,我不知道是黄昏还是黎明。我姑且举灰黑的手装作喝干一杯酒,我将在不知道时候的时候独自远行。
> 呜乎呜乎,倘若黄昏,黑夜自然会来沉没我,否则我要被白天消失,如果现是黎明。

鲁迅的《野草》体现了深深的虚无主义色彩,可以从尼采那里找到互文。这种带有终极发问意味的形而上的虚无是"人"与生俱来的,鲁迅笔下的感伤、悲哀、无奈都有着这种意味。而昌耀把这

种虚无之痛化作了烈火,燃尽了自己。

昌耀的文本彰显了现代主义诗歌在中国的生成之不易:诗人必须如西西弗斯永生般去以生命推动他的文本生成。一个人无法与命运抗争,这让时代悲剧的延续叙事成为可能。在被暴烈的语词碾压过后,文本剩下的是枯冷,是凄美,是虚无。这也是穆旦、郑敏、牛汉等一批"苦难诗人"的文本命运。从这个意义回顾,中国当代诗歌的生成之路由白骨与痛苦铺就。在以此书向"归来"的一代诗人致敬的同时,也希望和坚信他们的文本会不断地在中国当代诗歌的生成中"开花"。

掩卷而思,不胜唏嘘。一代人的命运,一代诗人的悲剧,一代"人"的现代性!

多多的《阿姆斯特丹的河流》是一个非常高贵、典雅的诗歌文本,足以彰显中国当代诗歌的手艺之精湛。比起其他诗学批评者,陈晓明给予了多多应得的关注:"多多的诗在意象运用方面把一种情绪张力与象征意味结合得浑然天成。这可能与他练习过西洋美声唱法有关,正如音乐中的调性音乐,那些关键意象的声音节奏和所包含的象征意义,正如音乐中带有情绪倾向的调性音一样,在多多的诗中,得到综合的运用,使情绪与意义、声音与力量结合起来。他也是较早使用单音节的中国诗人之一,汉语言本身就具有象形功能,单字词以单音节和独立的视象就可以起到表意作用。这种对声音、情绪和图像的综合处理,得力于多多对犁和马的总体意象的下意识把握。"[①] 具有如此自觉性的诗人不能算是很多,所以,多多的诗歌文本具备了经典意义。去向异乡,怀乡望远,怅然

---

① 陈晓明:《中国当代文学主潮(第二版)》,北京:北京大学出版社,2013,第463页。

若失，多多以触景生情的诗句把心中忧思及人生苦短的虚无情绪传达出来：

阿姆斯特丹的河流①

十一月入夜的城市
唯有阿姆斯特丹的河流

突然

我家树上的橘子
在秋风中晃动

我关上窗户，也没有用
河流倒流，也没有用
那镶满珍珠的太阳，升起来了

也没有用
鸽群像铁屑散落
没有男孩子的街道突然显得空阔

秋雨过后
那爬满蜗牛的屋顶
——我的祖国

从阿姆斯特丹的河上，缓缓驶过……

虽然本诗作于20世纪80年代，但是在1989年诗人漂泊异乡时

---

① 多多：《诺言：多多集1972—2012》，北京：作家出版社，2013，第165页。

所写，我们可以取之作为分析20世纪90年代诗歌的文本。之所以选择多多，一是他的漂泊具有代表性，二是这首诗具有代表性。

河流是异乡的，家也在异乡，突然的思乡，一切都"在秋风中晃动"。那些20世纪80年代的回忆在晃动，那片"北方的海"在晃动，那把犁、那匹马都在晃动。王家新在向帕斯捷尔纳克诉说耻辱，昌耀正被永怀的内热如同地火般烘烤。在巨大的历史面前，一切是晃动的、虚无的。因此，无法拯救一代人的"厄运"，关上窗户，河流倒流都没有用。

儿时的田野中或是白洋淀村庄中的鸽子依旧散落，但不能耳闻目睹。时代空旷了，"人"消失了，因为象征未来的男孩不见了，我们还能有什么呢？祖国像一条船从"我"的面前缓缓驶过，"我"没有船票，被遗弃了。这也是一代启蒙者的退场方式或是范式，因而文本就有了时代的意义。在此，不妨与《离骚》的诗句作一下互文，左边原文，右边译文。

陟升皇之赫戏兮，	（升上九天光明辉煌，）
忽临睨夫旧乡。	（忽然回首望见故乡。）
仆夫悲余马怀兮，	（仆夫悲伤我马留恋，）
蜷局顾而不行。	（掉转身子不肯向前。）
乱曰：	（尾声：）
已矣哉！	（算了吧！）
国无人，莫我知兮，	（国中没有人了解我，）
又何怀乎故都！	（又何必这样怀念故都！）
既莫足与为美政兮，	（既然无法实现美政理想，）

吾将从彭咸之所居！　　（我将把彭咸作为榜样！）①

　　如果做个文本游戏，我们有可能将《离骚》的最后结尾嫁接到多多的诗句中去，同样的怀乡，同样的哀怨，甚至是去国离乡的怨恨跃然纸上，可见多多手艺的功力。

　　远游，是中国古典文化的重要审美题阈，多多的文本丰富了中国当代诗歌的远游美学表意。

　　这里我们选择多多的诗作文本典型细读，以作对游走海外的诗人及其文本的敬言，我可以再以列维－斯特劳斯作互文："我以前很想接触到野蛮的极限；我的愿望可以说是达到了，我现在面对着这群迷人的印第安人，在我之前没有任何白人与他们接触过，也许以后也不会有白人和他们接触。经过这一趟迷人的溯河之旅以后，我的确找到我要找的野蛮人了。但是，老天，他们是过分的野蛮了。"② 这是法国著名人类学家、结构主义人文学术思潮主要创始人列维－斯特劳斯在他的《忧郁的热带》一书记载的初见印第安人的印象。言语之中，极尽蔑视，一幅高高在上的文明人态度。我由此推断，那些印第安人要么心怀不满，觉得受到了委屈，要么奴颜婢膝，甘做奴隶。但无论如何，这就是白人至上的西方中心论的来源。在这样的文化歧视下，20世纪80年代末的中国浪子面对西方文明时会怎么样呢？一定会有心理上的极大落差，一定会产生归国还乡之心。但求而不得，心生烦恼，诗句中不就是忧伤满篇，和屈原一样长吁短叹了吗？以此解读，《阿姆斯特丹的河流》真是佳作。

---

① 《楚辞》，汤漳平注译，郑州：中州古籍出版社，2007，第46页。
② ［法］克洛德·列维－斯特劳斯：《忧郁的热带》，王志明译，北京：中国人民大学出版社，2009，第408页。

相比之下，列维-斯特劳斯在南美洲大地上游荡采风时也写了小诗，描写印第安人的河流：

> 亚马孙河，亲爱的亚马孙河
> 你缺少右乳房
> 你告诉我们一大堆吹牛故事
> 但你的路未免太狭窄了。①

我想就此问多多，为什么不写：

> 阿姆斯特丹河，亲爱的阿姆斯特丹河
> 你缺少左乳房
> 你告诉我们一大堆吹牛故事
> 但你的河未免太狭窄了。

屈原后来投江了，多多后来接着写诗。因此，我们有了他的《我读着》：

我读着②

> 十一月的麦地里我读着我父亲
> 我读着他的头发
> 他领带的颜色，他的裤线
> 还有他的蹄子，被鞋带绊着

---

① ［法］克洛德·列维-斯特劳斯：《忧郁的热带》，王志明译，北京：中国人民大学出版社，2009，第423页。
② 多多：《诺言：多多集1972—2012》，北京：作家出版社，2013，第184-185页。

> 一边溜着冰，一边拉着小提琴
> 阴囊紧缩，颈子因过度的理解伸向天空
> 我读到我父亲是一匹眼睛大大的马

这里的"父亲"是谁呢？是他远离的祖国吗？还是他日思夜想的家乡？在诗人站在"麦地"的时候，他就已经是在提示一种乌托邦了。乌托邦里的"父亲"是本真的，是可亲近的，是可读的，是一种失去的审美。所以"我父亲是一匹眼睛大大的马"，"颈子因过度的理解伸向天空"。为什么过度理解？是过于渴望，还是过于敏感？也许是极端伤感。或者是等待"我"吗？

> 我读到我父亲曾经短暂地离开过马群
> 一棵小树上挂着他的外衣
> 还有他的袜子，还有隐现的马群中
> 那些苍白的屁股，像剥去肉的
> 牡蛎壳内盛放的女人洗身的肥皂
> 我读到我父亲头油的气味
> 他身上的烟草味
> 还有他的结核，照亮了一匹马的左肺
> 我读到一个男孩子的疑问
> 从一片金色的玉米地里升起
> 我读到在我懂事的年龄
> 晾晒谷粒的红房屋顶开始下雨
> 种麦季节的犁下拖着四条死马的腿
> 马皮像撑开的伞，还有散于四处的马牙
> 我读到一张张被时间带走的脸

我读到我父亲的历史在地下静静腐烂

我父亲身上的蝗虫,正独自存在下去

像一个白发理发师搂抱着一株衰老的柿子树

我读到我父亲把我重新放回到一匹马腹中去

当我就要变成伦敦雾中的一条石凳

当我的目光越过在银行大道散步的男人……

  这是一个非常典雅的文本,控制着情绪,不让语词乱跑。不时地把隐喻中的祖国——父亲召唤出来,欲近不能,心怀惆怅:晾晒谷粒时开始下雨,种麦季节的犁下拖着四条死马的腿。事物都破碎了,时间、历史在解决一切,白发理发师抱着衰老的柿子树,是怀旧,是诅咒,是感慨万事皆空、人生无意义。那些往日的激情和理想都不存在,因为只有蝗虫才能独自存在下去。在现代性的社会里,我们"无家可归"。而我们的"家"正兴致盎然地开始现代化进程,而"我们"则出局了,被遗弃了。因此,父亲只好把我重新放回到一匹马腹中,变成雾中的石凳,迷茫而又冰冷。文本有非常周到的细节安置,像一个词语的座架,每一个词都安于其位。这是一个重大的末世寓言——父亲病了。这是一种以乡村的描写来对现代城市、现代社会作的隐喻,象征着人类已丧失了归路。《乡村与城市》的作者雷蒙·威廉斯是"战后英国最重要的社会主义思想家、知识分子和文化行动主义者"。他在书中引用艾略特的《四个四重奏》,从城市的角度描写人离开乡村的困惑和悲观情绪,可以从另一面与多多的"父亲"相组合,构成一种可疑的现代性存在:

四个四重奏（节选）[①]

在黎明前的那一不能肯定的时刻
　　接近那漫无止境的长夜的终结
　　在漫无终结中重现的终结
　　当黑色的鸽子吐着闪亮的舌头
　　在他归途的地平线下经过
　　而枯叶仍像罐头一般砰砰作响
在听不到其他声音的沥青路上

多多的"十一月的麦地"呈现的是北方的枯冷，艾略特的"漫无终结中重现的终结"则是长夜。多多的马是死了的马，艾略特的鸽子是黑色的，也是死亡的象征。多多的小树挂着可疑的"父亲的外衣"，艾略特的枯叶则在长夜的终结中变成另一种终结，"仍像罐头一般砰砰作响"，除此之外，"听不到其他声音"。而在多多那里，"正独自存在下去"的只有蝗虫。他们都构建了一个困境文本，是一种困境诗学体现，遥相呼应，前后互文。

　　在浓烟升起的那些区域中
　　我遇到一个人漫步缓缓而又匆匆
就仿佛金属的树叶一般向我飘来
　　叶子飘零一任城市拂晓时的风。
　　当我凝视着那张低垂的脸
　　用我们在暮色中向第一次遇到的陌生人
所作的挑战似的打量凝视着他

[①] ［英］雷蒙·威廉斯：《乡村与城市》，韩子满、刘戈、徐珊珊译，北京：商务印书馆，2013，第331-332页。

> 我看到某个逝去的大师的意外的眼光
> 我曾认识他,后来忘却了,又回忆起一半
> 一个和许多个:在晒成棕色的容貌中
> 一个熟悉的混合的鬼魂的眼睛
> 既是亲密无间,又是难以区分。

艾略特是新批评派创始人之一,对文学持"文本中心主义"观点,也就是对文本进行细致的阅读分析。新批评派认为:意义就在文本之中,而不是之外,不在作者的个人创作意图中,也不在文化施加于创作的文化意图中。由此,新批评派创造了"细读法"。艾略特在《传统与个人才能》一文中,提出现代文学的一个重要命题——"非个性论"。他认为,诗不是放纵感情,而是逃避感情,不是表现个性,而是逃避个性。这是他对浪漫主义诗学基础"表现论"的抵制,是他的形式论的基础,也是20世纪"新古典主义"浪潮的开端。在此,我们可以找到多多的诗学根源:冷峻、古典、有节制。当然,这也是艾略特的这首作品的基调。把多多的《我读着》放在这一语境下,就能从文本中召唤出来被一直深隐的美学张力了。

> 于是我用一种双重身份,喊道
> 听到另一个声音高喊道:"什么!你在这里?"
> 虽然我们不曾在这里,我过去也是一模一样
> 知道我是自己但同时又是另一个人——
> 而他一张脸正在形成;但这些话足够
> 促进他们已开始了的相认。
> 这样,顺着共同的风,

> 相互太为陌生，因而不会误解，
> 与空前绝后地，无处相遇中相遇的
> 时间的交叉点上一致
> 在死一般寂静的巡逻中我们走在人行道上。
>
> 裘小龙译

在现代社会，我们都有两重身份：一种是"物欲"的，我们享受现代之快乐；另一种是本我，我们呼应人的情感本能。"本我"的我们是怀旧的，想重新"回到一匹马腹中去"。而"物欲"的我们，则不相信"什么！你在这里？"这是迷途的表现，是对存在的质疑。然而，我们都已无家可归，漂泊异乡。"当我的目光越过在银行大道散步的男人"，然后，"在死一般寂静的巡逻中我们走在人行道上"。

两个文本穿越了时空，两个诗人穿越了国度在"银行"的"人行道"上握手。这实际上是现代性的马车下载了艾略特，又上载了多多。他们都什么也没声张，什么也没表态，他们都像绅士一样：冷静、"装模作样"。

威廉斯以艾略特的诗句来说明英国传统知识分子所珍视的田园幻象，揭示出前资本主义"有机"社会的残酷本质与虚无，对现代性的城市进步主义及田园主义思想进行一针见血的批驳。这种情绪与多多从乡村到城市的幻灭困惑并辔而行。在文本的气势和框架上，也体现了以多多的作品为代表的中国当代诗歌文本的成熟。

于坚的《0档案》似乎是20世纪90年代中国当代诗歌文本中很难处理的一个范例。批评界及学者们似是在退避，也许，还不到评判的历史阶段。难得王光明作了准确而客观的学理鉴定：于坚"是20世纪50年代出生的诗人中最有社会转型的现场感的诗人之一，也是'第三代'诗的代表人物之一，在80年代中期以来一直致力于不同于'朦胧诗'的新的诗歌美学实验，以调侃、游戏，甚至堆砌的手法表现当代生存的平面化、生命的分裂感和心灵的破碎状态。不过，于坚80年代诗歌贡献的那些都市闲人的形象固然令人难忘，但他90年代写出的长诗《0档案》，无论对他自己，还是对90年代中国诗坛而言，都可以认为是一篇重要作品。《0档案》以戏仿和反讽的手法，深入呈现了历史话语和公共书写中的个人状况：'0档案'，在档案中，人变成了'0'，是空白，不存在，被历史归类和社会书写滤去了一切属于具体生命形态的东西，不过是政治或道德符号。读这首诗令人想起福柯的《疯癫与文明》，福柯通过古典时期癫狂史的描述，展示了西方资本主义文明体制以禁锢、压制和拒斥癫狂与非理性来确立理性时代的观念与秩序的过程。而《0档案》，则揭示了语言的书写暴力：不是人书写语言，而是语言在书写人，档案是最典型的权力运作，意味着体制权力架构对人的编排、监控、压制和扭曲。正如有评论者所说的那样，'在档案所代表的世界里，不经过监视、审核、控制的个人生命与经验是病态的、危险的、具颠覆性的，它必须被否定，被'删去''。《0档案》这首诗是对当代个人成长史的反观，它的意义远不止深入触及社会与个人关系的龃龉，而且也意味着'第三代'诗歌对语言与存在的关系有了新的反思与展望——通过书写档案之外无数游离的、平庸琐碎的个人日常生活细节的狂欢，我们既看到了现实与语言的分裂，也看到了渺小、平庸、琐碎的个人生活细节的文化意义和用它构建诗歌空间的可能性。"①

《0档案》经过上述定位，应该可以安心沿着线性的时间进到历史的个人的文本生成之路了。如果一定要讨论"元诗"的题阈，我会把《0档案》放置到世界文本的座架上。以福柯或卡夫卡来策应论证《0档案》是学界的切入点，证明马克斯·韦伯关于现代性的后果集中体现在"意义的丧失"与"自由的丧失"的观点。文化的合理化的结果是剥夺了意义，社会的合理化的结局是窒息了自由。这是现代性合理化进程中始料未及的。《0档案》被张柠称为"词语集中营：一种残酷而为人拒斥的象征"。在此，可以判断：对文本的解决，有各种通道，词语的、诗学的、史学的、社会学的、政治学的，等等。《0档案》是一个很难对付的文本，也是一个可多重阐释、会不断变异的充满可能性的文本。但是，无论如何诗学批评不能绕开它，它是中国当代诗歌的重要收获。

《0档案》被搁置在"档案室"里，这就是马克斯·韦伯的现代性"铁笼"：

建筑物的五楼　锁和锁后面　密室里　他的那一份
装在文件袋里　它作为一个人的证据　隔着他本人两层楼

……

他的大楼丝纹未动　他的位置丝纹未动　那些光线丝纹未动
那些锁丝纹未动　那些大铁柜丝纹未动　他的那一袋丝纹未动

一切都是静止的、固定的、不动的：因为"他"不想动，也不

---

① 王光明：《艰难的指向："新诗潮"与二十世纪中国现代诗（修订本）》，北京：社会科学文献出版社，2013，第296页。

能动。为什么？因为"他""让渡了自由"。

20世纪英国著名的自由主义思想家以赛亚·伯林在关于启蒙的现代性研究中，把自由划分为消极自由与积极自由。不让别人干涉指的是消极自由，不让干涉的领域越大，人的自由也就越大。积极自由则是说明个体想成为自己的主人，拥有"自主性"。这种关于自由的含义内部是有冲突的。"以赛亚·伯林对人类社会历史进程中积极自由与消极自由之间的关系是如此总结和归纳的：'自我管理的要求……也许是与对行动的自由领地的要求同样深刻的愿望，甚至在历史上还要更加古老。但这并不是对同一种东西的要求。事实上，这两种要求是如此的不同，以致最终导致了支配我们这个世界的意识形态的大撞击。因为，在'消极'自由观念的拥护者眼中，正是这种'积极'自由的概念——不是'免于什么'的自由，而是'去做什么'的自由——导致一种规定好了的生活，并常常成为残酷暴政的华丽伪装"。①《0档案》中的"他"是这两种自由冲突的产物：在体制下"他"不可能得到"消极自由"：

他一生的三分之一　他的时间　地点　事件　人物和活动规律
　没有动词的一堆　可靠地呆在黑暗里　不会移动　不会曝光

因为"可靠地呆在黑暗里"，"他"就"免于什么"了，"安全"地活下去。

但是，

　他的听也开始了　他的看也开始了　他的动也开始了

---

① 梁光晨：《消极自由与积极自由——解读以赛亚·伯林的自由观》，《西南农业大学学报（社会科学版）》2012年第10期。

> 大人把听见给他　大人把看见给他　大人把动作给他

"他"又能"免于什么"呢?"他"只能"去做什么"。

"启蒙运动的价值追求,是建立一个自由与理性的社会,但究其结果,现代社会是否达到了这样的目标,它在本质上是否成为一个自由的社会,还是人们依然处于各种权力的控制之下?这是一个福柯力图予以审视的问题。他通过疯癫、惩罚和性的历史分析,对现代社会制度研究的结果表明,现代社会乃是一个以管制和控制为唯一目标的'规训'的社会。所谓'规训'(discipline),其本意兼有纪律、训练、惩罚等诸种含义,福柯用以特指一类技术方法和手段,它们是使肉体运作的微妙控制成为可能的,使肉体的种种力量永久服从的,并施于这些力量一种温驯而有关系的方法。规训的结果是产生服从社会规范而又熟练的肉体,驯服的肉体。"[1]在福柯的意义上,"他"还能有什么"积极"的自由吗?所以"他"只能:

> 遵守纪律　热爱劳动　不早退　不讲脏话　不调戏妇女
> 不说谎　灭四害　讲卫生　不拿群众一针一线　积极肯干

汉娜·阿伦特强调"平庸的恶可以毁掉整个世界"。她说:"如果用通俗的话来表达的话,他完全不明白自己所做的事是什么样的事情。还因为他缺少这种想象力……他并不愚蠢,却完全没有思想——这绝不等于愚蠢,却是他成为那个时代最大犯罪之一的因素。这就是平庸……这种脱离现实与无思想,即可发挥潜伏在人类中所有的恶的本能,表现出其巨大的能量的事实,正是我们在耶

---

[1] 陈嘉明:《现代性与后现代性十五讲》,北京:北京大学出版社,2006,第196页。

路撒冷学到的教训"。其实,我十分愿意把这段话用于"文化大革命",《0档案》中的"他"一定是"群众",是"无产阶级",是"红卫兵",是"造反派",是"平庸的恶"。因为"他"只能"去做什么"。

  他想喊反动口号　他想违法乱纪　他想丧心病狂　他想堕落
  他想强奸　他想裸体　他想杀掉一批人　他想抢银行
  他想当大富翁　大地主　大资本家　想当国王　总结
  他想花天酒地　荒淫无度　独霸一方　作威作福　骑在人民头上
  他想投降　他想叛变　他想自首　他想变节　他想反戈一击
  他想暴乱　频繁活动　骚动　造反　推翻一个阶级

"他"想行动,想获得"积极自由"。这是一种反抗的"符号",具有"突破"的苗头。然而,最后,"他"只是:

  每晚　拿掉布罩　按下ON　看广告　看新闻联播　看天气预报
  看动物世界　看唱歌　看跳舞　看30集电视连续剧
  看广告　看外国人　看广告　看大好河山　看广告　看球　花　衣服　水　看广告　看明天节目预告　看今天节目到此结束　祝各位晚安　看屏幕一片雪花　按下OFF

这是"他"的最终"日常生活","他"是按照被"规训"的在生活,"去做什么"。对此,费希特说,"不仅要认识,而且要按照认识而行动,这就是你的使命","你在这里生存,不是为了对你自己作无聊的冥想,或为了对虔诚感作深刻的思考——不,你在这里生存,是为了行动;你的行动,也只有你的行动,才决定你的价值"①。这是争取"积极自由"的唯一办法。然而《0档案》中的"他"选择了逃避，人生彻底丧失意义，进入虚无状态。所以《0档案》是对时代的一种彻底的虚无主义的揭示，有着积极的文本意义。

弗洛姆的《逃避自由》提示，"使人们追求自由的意愿变得犹疑的，是人性中另一同样重要的组成部分：归属感的需要。它并非自由道路上横杀出来的抢劫者，它跟自由一样，深植于人性之中，人们需要它犹如需要自由一样。……'生物化的需求并非人性中唯一强制性的需求……它虽不植根于肉体过程中，但却深植于人类模式的本质与生活实践中：人需要与自身之外的世界相联系，以免孤独。感到完全孤独与孤立会导致精神崩溃，恰如肉体饥饿会导致死亡'"②。《0档案》中的"他"是不孤独的，因为"他"是"1800个抽屉中的一袋 被一把钥匙 掌握着"。这也是"他"既不孤独也不"自由"的问题所在——一把钥匙掌握着"他"和1800个抽屉中的许多袋的"他"。这就是《0档案》文本的精彩所在，以无聊而枯燥的谁都可用的语词，搭建了一个现代社会大厦，里面除了"档案"，空空荡荡、毫无意义。阿伦特尤为看重作为人的条件的"共同的世界"。她认为，在共同的世界里，政治现象体现为：公开性；对人生的本真关怀；和谐。她提倡以"讲故事"的方式，来逆人类文明进程向后追溯至古希腊的方式"还原"政治现象。"'讲故事'不赋予任何先定范畴，而是尽量按照事件向我们呈现出来的那样进

---

① ［德］费希特：《论学者的使命 人的使命》，梁志学、沈真译，北京：商务印书馆，1984，第148页。
② 张小川：《自由与孤独：现代人的困境及其出路——读弗洛姆〈逃避自由〉》，《哈尔滨学院学报》2008年第9期。

行真实的讲述。但是'讲故事'不是简单的描述和重现，在讲述的过程中，讲述者就将意义赋予了事件。本来被遮蔽的事件通过讲述被揭示出来，成为看得见的东西向我们呈现，从而具有了现实性，对我们的生活具有了意义。承担这一任务的人不是被'科学'态度蒙蔽了眼睛的学者，在阿伦特看来，他们是诗人与历史学家。阿伦特认为人类的心灵是私密性的，因而是一片无法穿透的黑暗。黑暗的心灵对所有科学的探究是关闭的，但是它可以被诗人的洞察来烛照。如果说我们可以通过诗歌观照人类的心灵，那么我们还可以通过历史来领悟过去所发生的事件的意义。历史学家的职责是'是什么，就讲什么'，如其所是地对历史上发生的各种事件进行讲述，使之在我们眼前呈现出来。这样，过去的事件就成为现实。对于历史来说，大事、小事以及各种偶然事件，都是同等重要的"。① 这就是于坚"讲故事"的方法和意义。《0档案》通过词语的乱象，讲述了现代性在中国的故事，透视了"他"的心灵黑暗：

> 砸烂　勃起　插入　收拾　陷害　诬告　落井下石
> 干　搞　整　声嘶力竭　捣毁　揭发
> 打倒　枪决　踏上一只铁脚　冲啊　上啊

这种心灵的黑暗是集体的，被故事呈现，具有了现实意义和未来价值。这也因此成为《0档案》的解读路径，《0档案》的文本典范性因此确立。

我们还可以从陀思妥耶夫斯基的《地下室手记》看到汉娜·阿伦特所说的"讲故事"的价值。

---

① 陈周旺：《理解政治现象：汉娜·阿伦特政治思想述评》，《政治学研究》2000年第2期。

陀思妥耶夫斯基的《地下室手记》中讲了这样一个故事：主人公"地下室人"称自己为："一个思想发达的正派人，如果没有对自己的无限严格的要求，不是有时候蔑视自己达到憎恶的程度，那这个人就不可能有虚荣心。……我是一个病态的思想发达的人，一如当代思想发达的人常有的情形那样。"这个"地下室人"敢于把自己叫作"伟大的蛆"：秽行不断，眠花宿柳，满口美与崇高，却反其道而行之。这是一个"病人"的故事，与于坚的《0档案》中的"他"同病相怜。这也证明汉娜·阿伦特的话语之正确！对于人的心灵黑暗，唯有诗人才能洞察。因为诗人可以打开语词的铁栏，到达"他"的心的底部，观照人类的心灵。这就是《0档案》的价值所在，也是于坚能够成功的原因。

最后，我还想回到里尔克的《豹》，因为在他的全部作品中，没有比这首诗更能表达《0档案》中"他"的困境了："它的目光被那走不完的铁栏／缠得这般疲倦，什么也不能收留。"

这是一只被困住了的猛兽，被铁栏"规训"着，没有了争取"消极自由"的愿望；于坚的"他"也不行动，不去争取"积极自由"，陀思妥耶夫斯基的"地下室人"甘于堕落。这应该是一种放弃的现代性反映，表现的是价值丧失后的虚无主义。"阿伦特引述柏拉图的'洞穴比喻'，当那个人摆脱了枷锁，冲出了黑暗的洞穴见到光明，尽管他领悟了真实的存在，但他还停留在沉思的阶段，只有当他重新返回洞穴，试图告诉他人真相时，他的活动才成为一种行动，具有了政治意义。"① 在这个意义上，我们要感谢于坚，感谢《0档案》，感谢"他"。正因为于坚也是1800个抽屉中的一袋，所以，"他"道

---

① 陈周旺：《理解政治现象：汉娜·阿伦特政治思想述评》，《政治学研究》2000年第2期。

出了真理。

这就是行动,一个行动的文本,《0档案》。

3.4 结语

唐晓渡在他的《时间神话的终结》一文中说:"当代知识分子品格的普遍沦丧尽管是种种历史因素复杂作用的结果(而不是由于什么与生俱来的'劣根性'),但对时间神话的无条件认同肯定是最重要的始因之一,从未来预支了话语权力的现实一旦与对未来充满欣喜和焦虑的期待符契,历史就突然具有了某种神圣而神秘的意味。它的车轮始终在遥远的'前方'隆隆作响,每个人的首要之务就是如何追赶他,至少不为其所抛弃。由此倾听这神圣而神秘的车轮转动之声迅速成了人们的第二本能,身边的脚步声亦随之成了令人心安的和弦和视野中必不可少的参照。用不了多久,这两种声音便已混合不分,而习惯的力量也已足够使初衷变质:对未来的期待变得更不重要,取而代之的是被现实——作为'未来'象征的现实——拒绝的恐惧。这种恐惧又被转化为'紧紧跟上'的加速度,如此循环不已。"[①]

唐晓渡的观点是需要仔细思索的,"立法权"早已与"知识分子"不沾边了,所谓的审美现代性在中国沦为审美现代性阐释。这是现代性在中国语境中的存在,如果不回到现代性(非地域性的)框架内,就会造成语境上的歧义与混乱。放弃"立法者"的企图与地位,是一种"认命"的态度。现代性的"新人"是资本家,是企

[①] 唐晓渡:《时间神话的终结》,《文艺争鸣》1995年第2期。

业家，是"破坏性创新"的人，在当下的知识分子面前，已无什么时间神话可言，什么都没份了，还掺和什么？在这一点上，我们可庆幸没有在食指的"精神病院"里。但有一条可以肯定，我们都在于坚的 1800 个抽屉中的档案袋里，而那把钥匙，却在"看不见的手"里，在这个意义上，历史不可抗拒，我们殊途同归！

但从另一面看，在回顾 20 世纪 90 年代中国当代诗歌时就应该不在前进或"低潮"的概念上琢磨。听唐晓渡的话，回到文本本体，从线性的历史观中摆脱出来，更深入地得到文本深处的美学反应。当然，不管是意识到还是不承认，我们怎么做都在现代性的抽屉里。在这样的状态下，我们看看学者们怎样为 20 世纪 90 年代中国当代诗歌作结语。

陈晓明指出："90 年代以来的诗已经难以为文学史叙事所概括，它如此庞杂巨大，鱼龙混杂；如此混乱颓靡，却又生机勃勃。一方面，人们惊呼：诗歌在死去；另一方面，人们哀叹：写诗的比读诗的多。到处都有诗人，到处都有诗歌活动，这远不是'末日'二字可概括，也不是'新生'二字可以言说；但却是执着的态度可以接近的现场。"①

这种"现场"感其实很难再现，现代社会的转型把现代主义逼到墙角：人们在后现代的大众社会里与"物"合体了，不存在对抗了，因而，也不需要"代言人"了。那么，"诗人何为"呢？但从另一面，也许 20 世纪 90 年代中国当代诗歌的乱象是现代主义风格在中国终于又遇到困境的体现，是一种"死"的前兆，又是一种"生"的召唤。从史学立场看，这又是一次"弑父"过程。

---

① 陈晓明：《中国当代文学主潮（第二版）》，北京：北京大学出版社，2013，第 429 页。

陈超说："在90年代先锋诗人对汉语诗歌的重要贡献，主要是改变了想象力的向度和质地，将充斥诗坛的非历史化的'美文想象力'，和单维平面化展开想象的'日常生活诗'，发展为'历史想象力'。"①

自20世纪90年代"乱象"之后，有一个倾向展现，那就是文本的长诗情结。这种情结透射的是在另一次历史意义上的"宏大叙事"冲动的回归。这是一种现代性反思的表征，也是现代性的文学生成现象。一批诗人由此走向了未来与世界，成了"千高原"上的本我。这应该是陈超敏锐提示的"历史想象力"。

王光明认为："实际上，无论是'叙事性''反讽'等艺术手段，还是个人化写作倾向，甚至90年代诗歌与以往诗歌的'脱节'现象，都具有敞开问题、再度展开的性质，都与中国新诗的历史建立了'互文'关系。能与自己的历史建立'互文性'（无论何种方式），能敞开问题、再度展开的诗歌，是有传统背景和现实活力的诗歌，是承续的诗歌、反思的诗歌，有包容性和更大可能的诗歌。90年代的中国诗人，没有辜负时代和中国诗歌的伟大传统。"②

涉及当代中国的文学批评，有人不以为然地批评学院派生搬硬套西方理论话语对文本肢解、堆砌半生不熟的西方学术名词故作高深状，导致批评的艰涩化、程式化。但也有人认为王光明摆脱了上述桎梏，形成自己的"边缘"身份，完成了从"批评"到"学术"的转向。这里的问题是中国当代诗歌的生成自始就伴随着现代主义进入中国的过程，是否可以说存在一种故作高深、半生不熟的现代

---

① 唐晓渡、陈超、何言宏、张清华：《对话三十年新潮诗歌：追忆与评说》，《钟山》2010年第3期。
② 王光明：《在非诗的时代展开诗歌——论90年代的中国诗歌》，《中国社会科学》2002年第2期。

主义诗歌写作现象呢？这是一个值得讨论的现象，实际上是"民间写作"与"知识分子写作"之争的翻版。现代化知识与操作都是西方的，在中国的现代化进程中推向高潮。现代主义理论是它的反映，王光明的学术成就恰恰在于他对现代主义诗歌文本运用了现代主义理论体系这一工具。相反，与现代化、全球化在中国的进程相比，理论体系的建构是现代中国的重要需求，在这一问题上，我们需要谢冕先生那种"在新的崛起面前"的态度。

程光炜指出："90年代诗歌在观念的更新上走过的是一条并不平坦的道路。它在由'公众化'而'个人化'、由热衷浪潮转向探讨创作与时代新的关系等特征上的一系列变化，印证了走向诗的本位的某种艺术的自觉。但这并不表明诗歌在远离生活和时代，而是相反，它正以个人的方式介入时代复杂的生活层面，从而呈现了与时代的相互交错、也相互冲突与抗衡的复杂关系，以及多重观察视角、批判意识和审美眼光的变化。"[①]

对"新诗"或是"先锋诗"的研究，大家公认程光炜成就卓越。罗振亚认为程光炜建构起了以时间为经、以重点群体与现象为纬的"现代性"述史模式，以强烈的问题意识深入诗歌实际，作深刻的思想阐发，坚持本体立场，形成了带有诗性的研究风格。这就是中国当代诗歌的现代主义文本分析的突破，问题意识是现代主义隐藏在对抗姿态之中的锋芒，把它解构出来，让它处于"延异"中，不会再失去踪影，就会一直是审美对象。程光炜因为具有了"现代性"意识和理论能力，因而，抓得住、找得准中国当代诗歌文本中的审美核心，也能促使其显白。这样的功力使得程光炜一直站在中

---

① 程光炜：《中国当代诗歌史》，北京：中国人民大学出版社，2003，第343页。

国当代文学史研究的前列,阅读他的文本分析,总有一种刀刀见骨的深刻而又痛畅的感觉。当我们分析中国当代诗歌的典范文本时,我们可以印证:中国当代诗歌已经走向诗的本位。

20世纪90年代中国当代诗歌如上所述呈现了自己的生成特色,从历时/共时角度都是独特的,面对的主要是现代化背景下的现代性文化危机——虚无主义开始显现。文本具有了本体性的体现与抗衡。篇幅所限,许多优秀诗人、文本未来得及涉及,希望所分析的文本具有代表性、范式性。

还是以尼采的一段话作结尾:

> 面对同样的事物,有人只能汲取出一两样东西来,有人则不然。人们总以为两者的差距在于能力。
>
> 然而,人并非从事物中汲取,而是从自身汲取。在事物的触发之下,你便从自身取出了相应的东西。
>
> 也就是说,不必去寻找内涵丰富的事物,而要充实自己。这才是提高自己能力的最佳途径,也是令人生过得更加充实的良方。①

---

① [德]尼采著、[日]白取春彦编:《尼采的心灵咒语》,曹逸冰译,南京:江苏文艺出版社,2011,第24页。

/ 第四章 /

新世纪的幽灵：符号的咒语及"戈多"破门而入之后的"开花"

在本章，我们不赘述相关社会转型背景，主要集中分析文本。因为 21 世纪以来，中国的现代化成果举世瞩目。人心所向，已不复再有颠覆性大讨论。但在物质富裕的同时，"人"的全面物化不可阻挡。贪腐日益严重是价值虚无主义的突出体现，"日常生活审美化"让大众的文化品位普及化。高雅不复存在，理想不再彰显。中国当代诗歌在日常生活世界中表现了这些心灵状况，也蕴含着向往未来的希望。

▍ 4.1 符号的咒语：所以，我们不想返回

21 世纪以来，现代化在中国体现为全面的胜利，以至于出现了"华盛顿共识"与"北京共识"之争。2006 年 11 月 13 日，"中央电视台经济频道开始播出一部 12 集的电视系列专题片，它讲述的是 500 年来世界历史上九个大国的兴盛过程和原因。这九个大国并不包括中国，它在开播的时候，没有作任何宣传，也不是在最黄金的时间播出。然而，它很快在知识界和互联网上变成一个十分火爆的话题，专题片的解说词成为这年冬天最畅销的图书之一，盗版光碟

在第一时间充斥各大城市。这部专题片有一个激动人心的片名:《大国崛起》。"①围绕着这部片子的话题,关于"中国模式"的讨论也成了显学。其中主题的核心部分是为什么中国能持续高增长。2008年北京奥运会成功举办,被称为"无与伦比"。2004年,明星学者围绕质疑改革展开第四次大争论,以后几年,这种争论一直不断,但无论如何,再也没有出现"姓社还是姓资"的争论语境。

吴晓波在《激荡三十年:中国企业1978—2008》一书中描述了这样一种历史:"1869年7月7日,同治八年农历五月二十八日,深夜,在保定府直隶总督衙门的后花园里,清帝国声望最隆、权势熏天的汉人大臣曾国藩困坐愁城。他对幕僚赵烈文说,当今之世已是'民穷财尽,恐有异变','吾日夜望死,忧见宗祏之陨'。3年后,曾国藩'如愿以偿'地去世了。……100多年后1974年10月,中国正陷入'文化大革命'的浩劫。当时中国最重要的思想家顾准正处于生命的最后时刻。那时,深爱他的妻子已在绝望中自杀了,亲密的朋友们相继背叛消沉,连他最心疼的子女们也同他划清了阶级界限,而'文革'浩劫似乎还没有任何终结的迹象。就在这样的秋风萧瑟中,医生在顾准的痰液培养结果中发现了癌细胞。顾准把44岁的'干校棚友'吴敬琏叫到病房,冷静地说:'我将不久于人世,而且过不了多久就会因为气管堵塞说不出话来,所以要趁说得出话的时候跟你作一次长谈,以后你就不用来了。'在这次长谈中,顾准认为中国的'神武景气'一定会到来,但是什么时候到来不知道,所以,他送给吴敬琏四个字,'待机守时'。两个月后,顾准去世,吴敬琏亲手把他推进了阴冷的太平间。这位日后中国最有影响力的

---

① 吴晓波:《激荡三十年:中国企业1978—2008(纪念版)(下)》,北京:中信出版社,2014,第381页。

经济学家回忆说:'我在回家的路上就是觉得特别特别冷,觉得那是一个冰冷的世界,顾准就像是一点点温暖的光亮,但是他走了,然而我想,他还是给我们留下了光亮……'过了4年,顾准预言成真,中国告别意识形态的禁锢,开始了改革开放的伟大试验。"①

吴晓波的描述,让人回到了往事,从沉痛的记忆中更加认识到改革开放的现代化进程对于中国的历史意义。之所以有"当代先锋诗30年",或者说中国当代诗歌的概念确定,无不与这一人类历史上的伟大文本有关联。谢冕先生在《在新的崛起面前》中沉重地说道:"我们的新诗,六十年来不是走着越来越宽广的道路,而是走着越来越窄狭的道路。三十年代有过关于大众化的讨论,四十年代有过关于民族化的讨论,五十年代有过关于向新民歌学习的讨论。三次大讨论都不是鼓励诗歌走向宽阔的世界,而是在'左'的思想倾向的支配下,力图驱赶新诗离开这个世界。……在刚刚告别的那个诗的暗夜里,我们的诗也和世界隔绝了。我们不了解世界诗歌的状况。在重获解放的今天,人们理所当然地要求新诗恢复它与世界诗歌的联系,以求获得更多的营养发展自己。"谢冕先生表达的是与顾准先生同向的历史情绪,很鲜明地表达了对暗夜的否定,也指向了未来时间意义上的历史期待。在今天的语境下看到的只是他们的历史印记,人们会忽略历史的诡秘性:那就是时间往往如尘土,很快遮蔽住那些伟大的面孔、身影以及重大事件的光芒。所以,回顾曾国藩的凄凉时,我们会有一种"历史之沉重,不堪回首"的心情;回顾顾准时,我们会有一种"历史之荒谬,不胜唏嘘"的念头。回顾20世纪80年代朦胧诗之争,谢冕先生挺身而出告诉大家:"接受

---

① 吴晓波:《激荡三十年:中国企业1978—2008(纪念版)(下)》,北京:中信出版社,2014,第411-412页。

挑战吧,新诗。"我们会有一种"历史之幸运,油然敬佩"的兴奋。2008年,上海作家协会举办了一次向全国征集诗歌的活动,其中颇有一些佳作。一位叫过传忠的人在电视节目中朗诵了诗人陈元喜创作的《让我们一起向前》,这首诗出乎意料地获得了强烈共鸣与热情欢迎。它以质朴的语言和凝着哲学韵味的意象,回应了第四次大争论提出的问题。诗歌写道:

> 如果让汽车返回
> 就是一堆铁
> 让铁返回
> 就是石头
> 就是冰冷和沉默
> 所以,我们不想返回[1]

这是中国当代诗歌的历史态度。尽管在21世纪的现代化进程中,中国当代诗歌在后现代主义的艺术潮流中,在日常生活的消费主义中被融化,再不会以潮流及整体的名义重现视野,但在审美现代性的框架中,仍以不与现代化相悖的姿态生成着。这是对期望改革的顾准先生的回应,也是对为新诗助产的谢冕先生的新诗挑战的主张的阐释。

---

[1] 马立诚:《交锋三十年:改革开放四次大争论亲历记》,南京:江苏人民出版社,2008,第288页。

4.2 "戈多"的破门而入：虚无主义的犬儒主义体现

关于21世纪以来的社会理论状况就不再多作分析了。一是因为"当下性"：我们没有必要作类似20世纪80年代、90年代诗歌文本的社会现代性背景的分析。近来值得我们在作诗歌文本分析时注意的是萧功秦的观点。他认为，中国的改革开放与十八大以前相比较，可以总体上概括为十六个字："铁腕改革，收放结合，紧的更紧，放的更放。"他认为"新权威主义的黄金时代正在到来"，几十年的改革开放使中国已经走上了新权威主义的道路。按他的文意，本书之前在介绍20世纪80年代、90年代中国当代诗歌生成社会转型背景时分析的四次大争论不太可能再度回潮。因为在当今中国，挑战新权威主义的"左"的与右的、激进与保守的各种政治势力不能再、也无力再从根本上撼动与影响新权威主义这一历史性选择。这一论点有重要的史料价值，可以从时间的发展中逐渐体会和认识。现代主义、后现代主义进入中国以来，一直都被置于主流意识形态视阈，因为与现代化同向，也产生了自身的中国生成路径。即便是学界之争，也都赋予了意识形态色彩。这一点在张旭东的《改革时代的中国现代主义：作为精神史的80年代》《全球化与文化政治：90年代中国与20世纪的终结》两部著作中有系统的论证。我们还可以从陈晓明关于现代主义和后现代主义的一系列文章论述中找到非常具有参考价值的观点。汪晖的观点也是值得重点关注的题阈。因为本书不着重于社会理论分析，不是思想史研究，因而不展开相关论述，但这些内容可作为中国当代诗歌生成的社会文化背景的参考资源，其作用是表明中国当代诗歌的生成路径与中国现代化进程的同向性，此外，也想表明本书所着重探讨的虚无主义在中国的现代性中的混杂与变异。这既是中国当代诗歌四十年以来的审美特色，也将是当下和今后不可避让的审美课题。

萧功秦对新权威主义的肯定是出于对中国改革开放再出发的关注。他首先提出的"充分发挥中纪委的组织优势，空前规模地进行高强度的反腐败"是新权威主义对合理性的召唤。这种召唤亦证实触目惊心的腐败使新世纪以来现代中国社会的虚无主义程度达到历史高峰，充分体现了现代性风险。

2014年8月18日出版的《中国新闻周刊》的封面标题是"反社会者"。文中以大量案例列举了具有反社会倾向的人的暴行，指出：反社会行为背后有深层原因，并且往往与弱势境遇、社会不公、相对剥夺感、求助无门等有关。官员腐败、道德滑坡等社会现实更加剧了社会虚无主义的盛行。这些都是文化危机的表征，在这样的当下，"诗人何为"也就可以作为一个命题。提出这样的命题，并不是希望中国当代诗歌承负什么历史大任、拯救灵魂，而是想看看在这样的文化危机面前中国当代诗歌的审美反应，目的是达到本书结束时的结论：中国当代诗歌在虚无主义的本体显观中实现和正实践着突破——"开花"。这是中国当代诗歌的审美精神。尽管诗人与知识分子在现代社会尤其是新权威主义社会变成了阐释者，但也必须身在其中，面对现代社会的种种课题。《人民日报》2015年1月23日发表文章称：一些贫者从暂时贫困走向跨代贫穷。这是对20世纪80年代中国当代诗歌所推进的启蒙精神的一个反讽。

徐贲认为：现代犬儒主义最重要的特征就是它已经蜕变为一种将道德原则和良心抛到一边的虚无主义和无为主义，具体表现为对

"人"丧失了信心和希望,持世界不可能变得更好的彻底悲观主义,因此乐于奉行得过且过、随遇而安、何必认真、难得糊涂,甚至浑水摸鱼的态度。而"智识犬儒主义"奉行者都受过高等教育,有相当的思考和智识能力,或许还拥有学者、教授、作家、记者等体面职业和身份。在此,我姑且称他们为"假面的智识阶层"。"齐泽克在《意识形态的崇高客体》一书里称这样的个人为'犬儒主体',他说:'犬儒主体清楚地知道意识形态假面与社会现实之间的距离,但就是不愿意脱下假面。正如斯洛特迪克所说,他们对自己的所作所为一清二楚,但他们依旧坦然为之。'"①这是徐贲书中所引的观点,也是我们要在新世纪以来的"开花"的中国当代诗歌文本中所要讨论的。我不想做中国当代诗歌虚无主义的"清道夫",但无法不对犬儒色彩的诗意文本皱起眉头。20世纪80年代的启蒙热情让世人记住了北岛,记住了朦胧诗。在符号世界的今天,诗人何为?诗歌何为?恐怕是一个绕不过去的话题。

尹丽川有一首很著名的诗《为什么不再舒服一些》。如果从虚无主义的犬儒主义或者是诗歌文本的智识犬儒主义入手分析,徐贲所批判的犬儒式生活态度就跃然纸上。徐贲认为:"这是一种社会契约被私欲、顺从、沉默和逃避重新规划过的犬儒式生活,它利用私欲、酬劳顺从、犒赏沉默、鼓励逃避。在这个新的社会契约中,共识代替了强制,合作消弭了批判,理解瓦解了反抗,玩世玩完了异见。思想和观念的管制不再是由笨拙的政府机构来进行,而是成为学者、教授、专家、艺术家、新闻工作者和政治人员共同参与的合作成果。这是一种大家都心知肚明,显得对大家都有好

---

① 徐贲:《颓废与沉默:透视犬儒文化》,北京:东方出版社,2015,第39页。

处，所以大家都坦然玩之的游戏。"① 现在，让我们读读这样的"游戏"吧：

为什么不再舒服一些②

哎　再往上一点再往下一点再往左一点再往右一点

这不是做爱　这是钉钉子

喔　再快一点再慢一点再松一点再紧一点

这不是做爱　这是扫黄或系鞋带

喔　再深一点再浅一点再轻一点再重一点

这不是做爱　这是按摩、写诗、洗头或洗脚

为什么不再舒服一些呢　嗯　再舒服一些嘛

再温柔一点再泼辣一点再知识分子一点再民间一点

陈晓明对此表示了不快，他批评说，"全诗写得机智戏谑，把一个最简陋的钉钉子的动作与做爱以及当下文化现场和休闲娱乐生活混为一体，无疑混淆了当代生活的界线，嘲弄了欲望想象与精神活动"，这样的反叛"与其说是对消费社会的批判，不如是与其同歌共舞。消费社会的感性解放潮流中，隐含着巨大的欲望焦虑"，这样的话语"汇入其中，如同塞壬的歌声，充满了致命的诱惑和向死的期待"。③ 后现代主义持开放态度，多元化、多样性是其特征，在20世纪90年代的后朦胧诗时期许多文本作了技巧性演习，总体

---

① 徐贲：《颓废与沉默：透视犬儒文化》，北京：东方出版社，2015，第45页。

② 唐晓渡、张清华选编：《当代先锋诗30年：谱系与典藏》，南京：江苏文艺出版社，2012，第587页。

③ 陈晓明：《中国当代文学主潮（第二版）》，北京：北京大学出版社，2013，第472-473页。

是解放性的，推动了中国当代诗歌文本的丰富化和个性化。但也出现了道德、文化虚无主义的趋向，这与进入现代化的消费社会有关。从舒婷的《致橡树》的纯美至臻，到翟永明的《女人》的忧伤梦幻，我们告别了20世纪80年代甚至90年代，在消费社会消解一切价值的虚无主义时代，诗歌文本也面临消解。这是现代性的文化表征，在丹尼尔·贝尔的《资本主义文化矛盾》一书中早有分析批判，足以引起警觉。他认为，社会必须拥有一种羞耻感，以免使社会自身丧失对道德规范的一切感觉。这种要求应该可以作为任何文本的文化因素，作为一种长期与虚无主义抗衡的文化资产来认真对待。这也是全世界的日常生活同质化后的人类课题。在20世纪80年代，我们向往启蒙，充满理想或是幻想，是时间神话的信徒，因而我们"只想做一个人"。在20世纪90年代，我们为现代性所困惑，从"个人叙事"中作心灵疗伤，因而我们"把自己稳住"。在新世纪，我们成了符号和日常生活的消费文本，我们的审美方向有点迷茫了。诗歌散落和消失在虚无主义的文化潮流中。这是一种具有历史意义的文化危机，其核心是如何对待"良心"，即：在一个价值体系崩溃的后现代社会，诗歌是不是可以用来发现和表征"良心"，这是人类最原初和最后的一点"东西"。徐贲提道，美国黑人诗人保罗·顿巴在他的一首名为"良心与懊悔"的小诗里，称这为"与良心道别"，诗中写道：

> "再见"，我对良心说——
> "再见，再见。"
> 我甩开她的手，
> 转过我的脸；

> 良心受了伤,
> 从此再不回来。
>
> 然而,有一天我的心
> 厌倦了在走的路;
> 我大叫——"回来吧,良心;
> 我渴望再见到你。"
> 但是,良心哭道:"我不能;
> 代替我的是悔恨。"①

这首诗的意义在于给"犬儒主义"以不可接受的回答,在诗歌文本开始嬉戏道德和良心后,诗人的存在还有什么意义? 2007年6月13日,中国作家网上发布了一篇名为"超越虚无的诗人"的文章,作者黄桂元在文章开头发问:"诗人,你为什么不愤怒?"这是一次很苛刻的发问,更令人吃惊的是他列举了自杀诗人的名单,以说明诗人的表现并非想象中的那么糟糕。他们以远比愤怒更令人震撼的方式,艰难地显示了自己的独特价值。但我超越不满后看到作者实际上想说的是这样的结论:"面对这个沉重的事实,我想说的是'不',诗人多么需要珍重自己。站在21世纪的黎明,我还想说,真正能超越虚无感和精神危机的,应是那些敢于承受世纪转折所造成的一切精神震荡、直面物欲人生的种种艰难不适的灵魂持守人,那些更为强健、自信的勇者兼智者,他们的精神和生命绝不会被虚飘的绝望感幻灭感所一举击溃,因为一个真正健

---

① 徐贲:《颓废与沉默:透视犬儒文化》,北京:东方出版社,2015,第29—30页。

全、美好、昌达的人类文明社会永远需要他们的诗意存在。"① 这是对新世纪中国当代诗歌的期许。下面，我们进入文本分析，看看当代诗人是怎样穿越虚无主义的迷雾来彰显"不可言说之美"以及"开花"的。

4.3 "开花"

西川的文本处于一个不间断的稳定的生成过程，没有出现过断裂性突变，但分析他从 20 世纪 80 年代的《在哈尔盖仰望星空》到 90 年代的《坏蛋》《厄运》再到新世纪以来、近期的《醒在南京》《潘家园旧货市场玄思录》《开花》，我们可以看到他的文本已经生成为成熟、典雅以及透露着霸气、无可拘束的大气的独特产品。从哈尔盖的疑虑、犹豫和虔诚到"坏蛋"的愤怒、怨恨及不屑再到强令天地"开花"的过程是他与时代纠缠的过程的反映，也是他与现代性碰撞的人生历程，更是他从虚无主义中寻找突破的灵魂之战。进入新世纪，中国当代诗歌解体了，后现代社会是鲍德里亚所谓的符号化镜像社会。大众文化的兴起、网络时代的到来，彻底把中国世界化了。"恶之花"遍地开放，中国当代诗歌失去了"所指"，也失去了"能指"能力。价值彻底虚无，文化完全商业化，我们在简析新世纪以来当代中国的文化危机状况时已清晰地作了例证。这不是历时意义的回溯考察，而是共时的，是当下的，我们正好都身在其中。2014 年 5 月的一天，我在巴黎访问一位法国当代伦理学研

---

① 黄桂元. 超越虚无的诗人. [2007-06-13]. http://www.chinawriter.com.cn/56/2007/0613/5165.html. 访问日期：2014 年 9 月 16 日.

究专家。我问他法国当下的文化危机是什么，他毫不迟疑地脱口而出："活在当下。"他解释说：现在的法国人忘记了过去，不思考未来，只考虑当下的个体存在，物欲化了，投机化了，犬儒化了，虚无主义弥漫于全社会。这种活在当下的态度变成了当下的文化财产，变成了社会时髦潮流消费品。因此，法国没有未来了。老先生的语气让我心情沉重，我联想到当今的中国，联想到诗歌：在这样的全球化时代，诗人何为呢？

西川是属于抗争的人，没有从诗歌中退却。从中国当代诗歌的现代主义艺术成熟过程视角来看，西川的生成是一种时代的成果。我们无法预测他今后的生成走向，但到现在，他已经很稳固了，透射着自信、自尊与魅力。

陈晓明评判西川的诗时提到了神性、秩序、和谐与永恒，因为本书着重点不在于文本的技巧、手艺及风格的分析，而侧重文本的审美精神，主题阈是虚无主义文化危机在文本中的显现及文本对其的突破表现，所以，非常看重上述词语。西川的写作，从一开始文本就带有现代主义色彩，即便是2013年以来的诗作，从后现代主义角度分析时，现代主义依然是主线。这是一种成熟、理智、有把握有拿捏的写作了。陈晓明对此指出："西川声称的古典写作，在很大程度上，属于现代主义的范畴，那些关于永恒的观念，关于信念和神性，也是现代主义者反复吟咏的主题。但他并不是一个传统的守成者，在很大程度上，西川的诗具有相当强的包容性。这个经常对后现代主义持敌视态度的人，在他的叙事诗学中，包含着相当多的后现代的观念。在把神性或永恒改变成一系列变异的叙事时，西川不断地触及不可知的神秘性——这种典型的现代主义诗性，却不断地借助后现代主义诗学加以表现。"①

这种异质性,实际上在新世纪除西川外,欧阳江河等少数写作者也或有表现。这是因为不论如何抵抗,后现代社会已成为现实。但西川的写作有不中断的试验性、探索性。就像我们现在很少再回到波德莱尔、里尔克、瓦雷里、兰波甚至艾略特那里去寻找写作资源了,大家早就开始琢磨自己的东西,把审美视阈完全打开了。文本的结构如现代主义建筑一样具有了材料性、质感性和地基性,最重要的是有了可写性。这是新诗一百多年来汲取西方文化资源的成果,也是"弑父"而生的"时代之子"。更值得关注的是,以西川为代表的中国当代诗歌的写作者的近期文本,证明了中国当代诗歌进入新世纪以来没有停止生成。在大众的狂欢中,他们的写作依然指向未来,中国当代诗歌正在构建一个象牙塔式的乌托邦诗歌神秘园。正如罗兰·巴特所言:"对于可写性文本,也许没有什么可说的。首先,在何处可以找到这种文本呢?当然不是在阅读方面可以找到(或至少极为罕见:有时在某些极限作品中可以短时间地和间接地看到):可写性文本不是一种东西,人们在书店里是难以找到的。此外,由于它的模式是生产性的(而不再是描绘性的),因此它废除任何批评,这是因为批评是生产出来的,所以它很可能与文本混同:重新写作文本,只能是扩散文本,即在无限的区别之领域分散文本。可写性文本是一种永恒的现在时,任何**后果性**言语都不能在此立足(这种后果性言语注定要把文本变成过去时);在世界的无限游戏(世界就如同游戏)被某种放弃开端的多重性,网系的开放性和言语活动的无限性的个别系统(意识形态、体裁、批评)

---

① 陈晓明:《中国当代文学主潮(第二版)》,北京:北京大学出版社,2009,第440页。

所贯穿、截断、中止和塑化之前，可写性文本便是**正在写作中的我们**。"①

这是罗兰·巴特的导航模式，顺着他的线迹走，我们可以走个捷径，直接找到西川、欧阳江河、臧棣的文本秘密。

西川是难得的在诗歌手艺上巧夺天工的当代诗人。在"上帝"的"坏孩子"波德莱尔划着现代主义的独木舟，载着他的"恶之花"顺流而下之后，西川从哈尔盖的星空下出发，带着他的圣餐"远游"。他是少有的读书人、破谜者，完成了现代主义诗学知识结构的更新。

波德莱尔以恶之美的忧郁、颓废表达了对资本主义社会的不屑与抵抗，凸显美的现代性和主观性。对他的诗学体系来说，在现实世界中，丑的东西更具真实性和丰富性。他可以透过粉饰，掘出一个地狱，表达对美的高贵的现实世界现象的怀疑。他看见的美是以特殊形式展示的，也就是说，他能看见别人看不见的东西。所以，波德莱尔认为："如同任何可能的现象一样，任何美都包含某种永恒的东西和某种过渡的东西，即绝对的东西和特殊的东西。绝对的、永恒的美不存在，或者说它是各种美的普遍的、外表上经过抽象的精华。每一种美的特殊成分来自激情，而由于我们有我们特殊的激情，所以我们有我们的美。"②波德莱尔通过社会及精神堕落、人的丑恶来找出艺术之美，作了一次病态的审美叙事，与传统的现实主义和浪漫主义审美价值掰了一回手腕。从这个意义上看，现代主义

---

① ［法］罗兰·巴特：《罗兰·巴特随笔选》，怀宇译，天津：百花文艺出版社，2012，第153页。

② ［法］波德莱尔：《1846年的沙龙》，载《美学珍玩（上册）》，郭宏安译，北京：商务印书馆，2018，第181页。

的诗学体系建立伊始就表明了其否定和虚无的立场。

西川与波德莱尔的秘密通道有待进一步考证。但是西川的现代主义诗学观点的完美成熟是有迹可循的。主要特征应该是西川具有独特的能力找到他的美，表达他的激情。他的诗歌所涉及的主题多具形而上的终极性追问意味，他喜欢用大词、智识考古，作本源性的诗艺探险。通过处理死亡、还乡、荒诞、超验等主题，力图从一种高贵的纯洁的灵魂的虚无陷阱中自救，做彼岸的摆渡者。由此，他成为当下少有的能够写"大诗"的诗人，是一个具有突破可能性的诗人。阅读他的三首新世纪以来的作品，我惊讶于他随意穿越虚无主义的篱笆，来去自如，举重若轻，感到了他与波德莱尔的遥相呼应。只不过西川更狡黠，诗里诗外都具有了寓言色彩。

《醒在南京》（作于 2013.7.14—11.21），总计 129 行。诗人以半梦半醒的状态自问自答，制造了一种亦真亦假、亦古亦今、亦分裂亦淡定、亦高贵亦低下的美学对比。"大醒的一刻我闭着眼听见雨声呃呃呃是听了半生的雨声并不浪漫"。诗句中透出无聊及无奈，然后，"奇怪／乡村的小雨淋在城市的大脑壳上／小雨中的杏花张望着窗畔喝茶的小文人这是我印象里的江南"。这是一种哀怨，是无法还乡的伤感。意思是印象里的江南永久失去了，无奈身在醒在南京的当下。"怎么没有鸟鸣呢这是清晨的错还是鸟雀的错／不知道我在用盲人的耳朵搜寻吗"，"或者鸟雀已相约不再啼鸣"。人在主体化和工具化后，已经丧失了与自然对话的兴趣。鸟鸣还是不鸣，听得见还是听不见都是无关紧要的真相，这已成为诗人寻找家园的发问。实际上，"分裂的现实感我内心的鸟鸣早已开始"，"它们分成十六个派别选择在我心里吵嘴／它们吵嘴时顾不上为旭日而歌唱"。现代性社会是高风险的社会，利益的诉求多元化让社会充满了焦虑、不安、怨恨，这些恰恰是构成虚无主义情绪的基本词汇。所以，诗人又接着说："而窗外的鸟鸣尽量满足孟浩然的倾听／仿佛窗外的世界不是真正的世界只有出事的世界才是真正的世界／不出事的世界不让人相信它的真实性仿佛它是虚拟鲍德里亚也有说不准的时候"。诗人顺手把孟浩然请出来，又把鲍德里亚挽过来作了一次现代性批判。孟浩然的"不出事的世界"不是真正的世界，因为它不会再存在了，在现代性面前"一切坚固的东西都烟消云散了"。"听见厕所冲下水的声音我活着别人也活着"，"但把尿直接撒到长江里的事我不干就像孟子吃肉而远庖厨／是有点儿虚伪是文明的必要的虚伪／如能躺在床上眺望长江我会虚伪而快乐地大声感谢合法的生活和非法的生活"。这是一种寓言式的自白反讽，以犬儒主义的姿态表现了社会生存现实，是诗人"哦不能明说的不满和不肯说出的抱怨"。最后，诗人有点伤感，空虚了。"端午将近／端午在任何国家都没有意义只在江南有意义而江南就是我床下这块土地／这也是吴地但也是楚地吗／我在楚国有朋友我在吴国没有朋友我在江南倒也有朋友而此刻我一个人"。何等的悲凉，在梦醒的江南。吴国楚地已成烟云，古往今来独自一人。诗人发够了呆、无聊之极，讲了一个此江南非江南、此世界非世界的寓言，唱了一首现代性的虚无主义的哀歌。无奈之下"我撩开被子下地双脚认进一次性纸拖鞋／深呼吸／站稳"。

是的，一定要深呼吸站稳，在这个充满风险的现代性世界。

《潘家园旧货市场玄思录》（作于 2014.1.27—2.4 春节的鞭炮声），总计 185 行。这是一个真与假的寓言，涉及道德、圣人、正派人存在与否，诗人直接指出"骗子与道德模范长着相似的脸，他们合称'人类'／而区分骗子与道德模范不是件容易的事"。诗人极机智，借旧货市场的假古董让我们联想到了现实世界的荒谬与不可思议。"假古董也是劳动成果,成本是免不了,但以假古董售人那是不道德的。/而真古董多为盗墓所得,但那也是不道德的。/整个潘家园就是一个不道德的地方。它为什么迷人?"是的,确实需要问一问:一个图像化的物欲化的工具理性的现实世界为什么会如此迷人?古董贩子"老苏眼红而又聒噪好像沉默会使他飞离这个世界。/在他看来世界就是人群,而不在人群之中那是可怕的。/不得已一个人走路,一个人喝酒,一个人唱歌那是可怕的"。我猜想,诗人有一种与波德莱尔对话的用意。针对工具理性,现代主义用以抵抗的是非理性和反理性,强调的是激情和怪异。

波德莱尔在《现代生活的画家》里把其所描述的天才艺术家称为浪荡子。他说,"我很愿意把他称为浪荡子,对此,我是颇有道理的,因为浪荡子一词包含着这个世界的道德机制所具有的性格精髓和微妙智力;……如天空之于鸟,水之于鱼,人群是他的领域。他的激情和他的事业,就是和群众结为一体。对一个十足的漫游者、热情的观察者来说,生活在芸芸众生之中,生活在反复无常、变动不居、短暂和永恒之中,是一种巨大的快乐。离家外出,却总感到是在自己的家里;看看世界,身居世界的中心,却又为世界所不知",这个浪荡子曾激动地说:"任何一个不被一种过分实在的使他不得不耗尽所有才能的忧虑所苦的人,任何一个在群众中感到厌烦的人,都是一个傻瓜!一个傻瓜!我蔑视他!"[①]这个浪荡子是不是就是尼采用以克服虚无主义的超人,艺术化生存的代表?他是不是就是那个可以击败马尔库塞的"单向度的人"的斗士?西

---

① [法]波德莱尔:《现代生活的画家》,郭宏安译、图文编纂,杭州:浙江文艺出版社,2007,第23-25页。

川的老苏不停地说话,"他时常消失,不知他是否越过了道德的边界。/ 消失时他也许是个假人,/ 神明再把他捉住变回真人扭送回潘家园"。他必须被西川扭送回来,因为他只有回到潘家园才是真人,因为潘家园就是他的世界,而他只有在这个卖假古董的世界卖假古董,他才是真实的老苏。这是一个虚无主义的悖论:离开潘家园的人群,不卖假古董回到道德这边,他就是不存在的,虚无的。波德莱尔的浪荡子不在人群中,他就是一个傻瓜,一个"单向度的人",不再是天才,不再有漫游的激情。有了如此的感悟,诗人最后说:"真与假,寂寞的物件。/ 半真半假的物件同样享受寂寞的风雨、日光和星光。/ 而偶见人骨和兽骨的旷野,还有大音希声的群山乃是寂寞本身。"虚无之极,令人唏嘘。

《开花》(作于 2014.6.3)121 行。节奏迭进,横行霸道,以一种尼采的强力意志、气势咄咄逼人,又以一种波德莱尔的"恶"劲恣意放纵,是一首罕见的至臻的时代之作。似乎是如不耐于雾霾一样终于忍无可忍,向虚无主义时代呵斥怒吼。

波德莱尔在他的《腐尸》里,将太阳照射的腐败女尸身比喻为开放的花苞。他说:"天空对着这壮丽的尸体凝望,/ 好像一朵开放的花苞"。这朵花苞实在令人难以忘怀,因为她是独一无二的恶之花,波德莱尔举起这朵花,向世界展示了另一种审美通道。但西川的花始终没有命名,你不知它是牡丹还是罂粟,是马兰花还是天堂鸟。他以上帝的口气喝令她开起来,"你若要开花就按照我的节奏来 / 一秒钟闭眼两秒钟呼吸三秒钟静默然后开出来"。这是一种自信而又野性的口吻,可以想象为一头从现代性的铁笼里终于冲出来的大熊回到了本性。他为什么要让花开呢?应该是这个现实世界缺点什么了吧。诗人是在"替天行道",因为他说"开花就是解放开花

就是革命 / 一个宇宙的诞生不始于一次爆炸而始于一次花开"。这是典型的形而上推论。为此，可以想到：西川从一个放大了胆子，但屏住呼吸领取到圣餐的孩子终于长成了西川，带着现代主义诗歌建构的密旨，怀有西西弗斯般的使命情怀来构造他的诗歌花园了。所以，在整首长诗中，诗人一口气都不喘，命令、请求、下跪、哄诱、絮叨、抽打，逼迫花朵盛开。这样急切的心情可以解读为是一种诗艺至臻后对突破的渴望与行动，揭示了中国当代诗歌的一个突破点和高度。也可以认为是对现实世界的彼岸期待和乌托邦式的虚无主义宣泄，是一种在21世纪的现代性困境中换个活法的方案。"在你和你的邻居闹别扭之后 / 在你和你的大叔小姨拍桌子瞪眼突然无所适从的时候 / 你就开花换个活法"。谁能否认呢？也说不准这是中国当代诗歌的一个新活法呢。所以，"开呀 / 尽管俗气地来吧尽管下流地来 / 按照我的节奏来你就会开出喜悦的花朵 / 有了喜悦你便不至只能截取诗意中最温和的部分 / 你便不至躲避你命中的大光亮"。作为读者，我有一种终于得到的心情：中国当代诗歌实际上已经整体性地长大成人，这是一种积极面对现实世界的成熟过程。在中国现代化实践中，中国当代诗歌直接拥抱了现代性，在审美创作实践中找到了面对现代性困境的途径。因而，在出现"三千年未有之巨变"的社会的极大活力张力中始终在场。不论是何种诗歌流派主张，基本上都没有临阵逃脱，不但丰富了中国当代诗歌的技艺，也解决了汉语在中国当代诗歌中的再生长关系问题。中国当代诗歌以难以置信的能力和速度在四十余年的中国改革开放的现代化进程中更新了知识结构，在汉语写作的实践中整体崛起，与世界诗歌有了平等对话的能力。西川的作品就是例证，他在写作的冒险中找到了乐趣，也获得了成功。因此，我同意他说的："开花是冒险的游戏 /

是幸福找到身体的开口黑暗的地下水找到出路"。而且，我愿意跟诗人一起喊："幸福/是工地上汗毛孔的幸福集市上臭脚丫子的幸福/抽搐的瑟瑟发抖的幸福不幸福也幸福的他妈的大汗淋漓的幸福"，"开一朵不够开三千朵/开三千朵不够开十万八千朵/开遍三千大千世界/将那些拒绝开花的畜生吊起来抽打"。这是一个现代人的觉醒，是一次突破现代性困境的挑战。不管到底开的是什么花，需要的是开的行动。也许是恶之花，也许是荒原之花，也许是纯诗之花，也许是"人"性之花，确实需要开了，在一个虚无主义弥漫的时代。

西川的这三首诗让人睡不着觉了，这种大开大阖、纵横自如的诗歌手艺实在让人叹为观止。可以讲是现代世界的三个"伊索寓言"，也可以讲是乌托邦哀歌，还可以说是形而上的超感性世界的叩门声。让读者震惊，让读者深思，让读者期望。希望这是中国当代诗歌面对虚无主义的突破开始。因此，我们就应该听西川的话："你就傻傻地开呀/你就大大咧咧地开呀开出你的奇迹来"。

作为结语，我又不得不把西川拉过来面对波德莱尔。因为波德莱尔似乎是有先见之明，在一百多年前给西川留下了一段话：（艺术中的）每一次开花都是自发的、个体性的。……艺术家仅仅发源于他自己……他只能自己保护自己。他没有继承人。他是他自己的国王、他自己的牧师、他自己的上帝。

确实，需要有所准备和一定的文化修养，才能彻底在西川的作品中找到愉悦。这与知识分子写作无关，而是因为以西川的文本为代表的中国当代诗歌长大成人了。而我们的读者，大多在青少年阶段，现代社会并不负责现代主义诗歌审美培育。所以我可以残酷地把波德莱尔的话转述给大家："如果读者自己没有一种哲学和宗教指导阅读，那他活该倒霉。"

欧阳江河天下皆知的长诗《凤凰》，是当代中国诗坛的大作。以他的功力再度出手，应该是有备而来，胸有成竹。欧阳江河喜欢隔着玻璃看人论事，实际上也是站在现代主义这边，寻找一种新的审美救赎。他对现实世界保持了高度的警惕与距离，始终拒绝跳到后现代主义的彼岸。也就是说，他一直使用他的诗歌艺术对现实生活进行否定，而不是与之和解。在这个意义上，他具有中国当代诗歌守望者的气质。我们可以找出阿多诺来为他作出说明："艺术之所以是社会的，不仅仅是因为它的生产方式体现了其生产过程中各种力量和关系的辩证法，也不仅仅因为它的素材内容取自社会；确切地说，艺术的社会性主要因为它站在社会的对立面。……艺术的这种社会性偏离是对特定社会的特定否定。"[1]我猜想这一定说到了欧阳江河的心坎上了。阿多诺还说，艺术只有在具备抵抗社会的力量时才得以生存；如果艺术拒绝将自己对象化，那么它就成了一种商品。[2]很不幸，在21世纪的今天，艺术商品化已成为现实社会的普遍趋势。

欧阳江河以大胆量、大气魄、大手笔去创作他的《凤凰》，试图通过将虚无的凤凰复活，指向一种乌托邦传奇，反思和对抗他所面对的现实世界。这是一种负责任的艺术态度，具有形而上的使命感和颠覆原罪的冲击力。诗人扮演了女娲的继承者角色，"给从未起飞的飞翔／搭一片天外天，／在天地之间，搭一个工作的脚手架"。我们可以理解为诗人一直梦想搭建一个乌托邦理想世界的起

---

[1]［德］阿多诺：《美学理论》，王柯平译，成都：四川人民出版社，1998，第386页。
[2]同上书，第387页。

飞台，飞离他抗拒、解构的现实生活。这应该可以追溯到尼采的价值重估、强力意志，以及海德格尔对"存在"的再思考。总之，对付欧阳江河这样"老谋深算"的现代主义诗人，我们一定要从形而上的高度理解他的"人类并非鸟类，但怎能制止 / 高高飞起的激动"这句箴言。现代性困住了人类，"上帝"不再救赎人类，人类寄希望于高高飞起，脱离苦难。这应该是《凤凰》的隐喻。然而，传奇的就是虚无的，谁见过凤凰呢？于是"一种叫作凤凰的现实，/ 飞，或不飞，两者都是手工的，/ 它的真身越是真的，越像一个造假"。结果，手工造出来的真身也是假的，不存在的。诗人表达了困惑、无奈。诗行中，大量的现代词汇被使用：钢铁、水泥、民工、CBD、资本、地产商、临时工、暂住证，等等。这些词汇被用来构成一种"21世纪资本论"场景。《21世纪资本论》是法国经济学家托马斯·皮凯蒂写的关于世界的不平等问题的著作。他提出私人资本积累的动力问题，这一积累是否必然导致财富在越来越少的人手中集中，就像卡尔·马克思在19世纪所相信的那样？经济增长、竞争和技术进步的平衡力量是否在发展的后期导致各个阶级之间不平等的减少与更大的和谐，就像西蒙·库兹涅茨在20世纪所认为的那样？诗人对于这些词汇的处理表现出深深的不满和愤恨。"铁了心的飞翔，有什么会变轻吗？ / 如果这样的鸟儿都不能够飞，/ 还要天空做什么？"为什么如此焦虑不安呢？因为"那些夜里归来的民工，/ 倒在单据和车票上，沉沉睡去。/ 造房者和居住者，彼此没有看见。/ 地产商站在星空深处，把星星 / 像烟头一样掐灭。他们用吸星大法 / 把地火点燃的烟花盛世 / 吸进肺腑，然后，优雅地吐出印花税"。接下来更是令人拍手叫绝的隐喻："转世之善，像衬衣一样可以水洗，/ 它穿在身上就像沥青做的外套，/ 而原罪则是隐身的 / 或变身的：变整体为部分，/变贫穷为暴富。词，被迫成为物。/词根被银根攥紧，又禅宗般松开。/落槌的一瞬，交易获得了灵魂之轻，/用一个来世的电话取消了现世报。"由此，中国当代诗歌在与现代性的对话中获得了一个节点，对抗的味道极强，显示了自"广场""手枪""玻璃工厂""纸手铐"以来的欧阳江河情结的使命性。"凤凰"的重生是通过艺术的虚无交配而成，艺术戴上了白手套，念着咒语复原了一种传奇。这种传奇刻意与垃圾、废品有关，刻意与资本、市场、原罪有关，具有了全新的后现代性的审美破坏力量。留给诗人无限的创作想象空间，以隐喻出发，再回到隐喻，在象征之上，再确立象征，拥有了历史意义的审美现代性。所以《凤凰》在现代主义诗性上，在传达与现实的关系和对未来的指向上，都使隐喻、象征这些诗性指涉达到了"还乡"的目的：谁的现代化？中国的现代化。谁的现代化性？中国的现代性。谁的凤凰？中国的凤凰。谁的虚无主义？中国的虚无主义。谁的欧阳江河？中国的欧阳江河。

"凤凰向你走来，浑身都是施工。/那么，你会为食物的多重性买单，/并在金钱的匿名性上签名吗？/无法成交的，只剩下不朽。/因为没人知道不朽的债权人是谁。"这的确是一个大问题。现代性是一项未竟的工程，民族复兴的宏大叙事正如火如荼，贫富差距日益加大，吉登斯所说的现代性风险正在应验。我们往哪里去呢？在物欲的虚无主义文化危机面前，我们谁来抵抗呢？欧阳江河的凤凰能飞起来吗？他能帮我们找到一个乌托邦的神秘园吗？欧阳江河似乎有点底气不足了，他报告："凤凰把自己吊起来，/去留悬而未决，像一个天问。……将落未落时，突然被什么给镇住了，/在天空中/凝结成一个全体。"

原来如此。欧阳江河，谢谢你如此坦诚，说出了真相。

欧阳江河一直在建构自己的诗学体系，他有一种世界的视角，因而，他的写作资源具有很强的外来性。也因此，他具有了一种超视距现代主义审美能力。他从庄子那里偷艺而来的是哲思式的诡辩习惯，他和庄子一样，说着许多原发性的隐喻，描写一些人类没有见过的传说动物，增加了事物的神秘、神圣，压迫读者的思想，强迫读者屈服、甘拜下风。在他言说的事物的一半是另一半的一半时，你就无语了。因为，你就跟阅读庄子一样，被宏大、机智、寓言、虚无所征服了，自认渺小，获得了一次心服口服的审美历程。此外，在某种意义上，欧阳江河是不是有点像波德莱尔的"浪荡子"呢？一方面，他在现代性中受益掘宝，喜爱那种"光亮、灰尘、喊叫、欢乐和嘈乱的街头"，那种"生命力的疯狂的爆炸"的街头。另一方面，则始终清醒，决不跟人群"他们"融为一体。"他如此之深地卷进他们中间，却只为了在轻蔑的一瞥里把他们湮没在忘却中"。也许，这就是欧阳江河喜爱玻璃的原因吧。在这个意义上，他的"凤凰"算不算是也具有主人的这种矛盾特性的21世纪宠物呢？

欧阳江河的诗学体系直接建立在现代主义架构上，而且，从来不隐晦绝不妥协的审美立场。这是非常难能可贵的。《凤凰》的批判色彩极浓，是让人眼睛为之一亮的对抗现代性的佳作。诗人蓄势待发，把肚子里的存货恨不得一首诗用尽，以至于少见的不得不在再版时以注释的方式与读者见面。这也是他强势风格的体现！不但要强迫性阅读，还必须强迫性理解。这样的后果可能是，"凤凰"不再起飞，诞生之日就死亡了。因为，文本到此为止，诗歌到此为止，读者到此为止，生长到此为止。何得何失，是不是值得考虑，值得发问一下呢？此外，大量的典故、知识、考古充斥诗中，会不会使诗歌丧失灵动性,不再是艺术品而成了工艺品了?那么,"误读"还成立吗?本来,《凤凰》应该更美更传奇的,这是我的遗憾。再啰唆一句,古典诗词不都是这么死去的吗?

算了,看在欧阳江河快成了传奇的份上,就放他一马吧。因为,"凤凰"也许能飞起来呢,毕竟,我们不能埋没在虚无主义的尘埃中,我们需要有一个彼岸,我们需要一个21世纪的乌托邦。

我们来谈谈臧棣。他是中国当代诗歌界的幸运儿,2014"渡·爱"外滩艺术计划为他选了一条船,叫"臧棣号"诗歌船,选了他22首作品。臧棣的诗早早自成一体,他是当代中国诗坛的标志性人物。我一直在脑海里有一个场景:他是一只遍体金黄的金鱼,在残荷满塘的叶子下吐出一个又一个神秘的泡泡。当然,那是一片夕阳下的诗歌圣殿中的池塘。为什么呢?我想是因为他的诗歌的神秘性。

在浪漫主义诗歌潮流来到中国时,其实,很多诗人不明浪漫主义的虚无指向。许多诗人很快从滥用抒情滑向了空虚、痛苦、无望以及死亡。幸好,现代主义来了,聪明的中国诗人们学会了控制激情,度过了青春期写作。然而,臧棣一开始就是有所节制的。我相信是维特根斯坦帮他定了神:世界上的事物是怎样的这一点并不神秘,神秘的是它是那样存在的。这个论断也许激发了臧棣的灵感,他从此一直向诗神告解,从而保持了他的诗性的一贯性、一致性,成为一个无法复制的诗人。他所拥有的现代诗歌理论知识也让我吃惊,他和西川都有构建自己的诗学批评体系的能力,这可是整个世界诗坛中难能可贵的。受益于此,他和西川的写作都懂得节制。再狂野、再散漫也能即刻回神、淡定如初。这22首诗是他于2014年2月5日至7月12日之间创作的。题目都是臧棣式的说不上好,也说不上坏。但是，与西川一样，他的写作体现了中国当代诗歌的高度和深度，也是中国当代诗歌全面成熟的重要标志。

他的每一首作品都似乎一定是要掉入到事物的细节。也许是臧棣意识到了他自己讲述不能讲述之事物的能力超常吧。在这一方面，他确实可以自恋。因为他的这种独特观察能力以及对缺少诗意的事物表达出诗意来的本事确实无人可及。现代主义诗学要求创作不再朝向实在的现实生活，而是朝向与之对应的一面，并且主张打碎生活使之变形。这是审美现代性赋予现代主义诗学的任务，被现代主义诗人奉为圭臬。臧棣讨了巧，他站在旁边看，不苟同，不造反。他涂满了浪漫主义色彩，让他的诗歌既神秘又略带伤感，还与现实保持了距离。也许，这是一种原发性的臧棣诗学吧。如果有人用到了"晦涩"来谈他的诗，那一定是那个人的智识结构没有及时更新补充。臧棣每当把头埋进他的诗句里时，那是他在水里吐泡泡。你并没有必要也把头伸进去吐泡泡，因为你读到了晦涩，其实已弄懂了他一半的诗意了。例如，他的《兼职速记》里有三个角色：蝴蝶、另一个我、盲人。然后，另一个我同时还是个乞讨者。另一个我受蝴蝶邀请负责采访黑暗，然后，作为乞讨者又去乞讨，三小时后又变成盲人，但"每天只乞讨十块钱"。为什么，因为"这差不多也是黑暗的一个底价"。很有意思，蝴蝶只负责邀请，之后就消失了。去哪里了？你别问别管，反正是黑暗中，去向不明。给你一种美的担忧，美的闪念。十块钱是什么意思？这就是一天的生活费，最低的生活成本。我是跟蝴蝶为伍的人，自在高洁。品朝露、吃落英足矣，这是一种君子的气节。那么，黑暗呢？一定让人迷茫吧。"但你猜错了。我其实也没见过黑暗。"是的，所有的人都猜错了。我是盲人，"我的确没看见过光明"，那么，我如何见过黑暗呢？诗人以平静的回忆勾画了一幅让人心里很不舒服的事物构图。可是，恰恰是好诗，才让你有点不舒服，一定是击中了你心灵深处的某些东西。你很失望，因为你有一种美学等待。诗人很聪明也很狡猾，他偏偏不给你所要的审美体验，怪怪的让你就是不舒服。乞丐、盲人、蝴蝶、光明、黑暗都是似有似无的，都具有虚虚实实的疑问，完全打破了现实生活的规律。因此，作为一个阅读者，你完了，落入了他的审美陷阱。当然，反过来说，你因此增加了审美经验。这是什么呢？这就是晦涩之美。恰恰就是这种晦涩之美表达出了不可表达的诗意，你才真正引起了心灵的反应。

臧棣骨子里具有诗人的天性：伤感，有虚无癖好。他在《春天的志愿者协会》一诗里刻意透露出了一种"还乡"情节，"湖边，桧柏因灰尘而陈旧；……/ 我不怕灰尘，但害怕灰尘的年龄——/ 尤其是依附在树木身上的灰尘的年龄"。这种哀伤的情绪是指向过去的，也同时指向了未来。以虚无的话说，指向过去，是因为岁月流逝，物是人非，这可是典型的李清照情绪；指向未来，则不可预测。两头都不落好，两头都不着落，人生如此，不过一个虚无罢了。诗人的这首诗不显晦涩，但是沉抑。说到底"人人都渴望 / 在即将落下的雨中焕然一新，仿佛唯有我 / 不屑将这些灰尘作为一种代价"。波德莱尔的"浪荡子"欢天喜地地挤在人群中，是现代人。"我"呢，则愁绪满心，与人人焕然一新拉开距离。这是乡愁之美，也是虚无之美，是一首好诗造成的审美效果。

《嫌疑犯丛书》表现了典型的现代性困境。在西美尔那里："人们在任何地方都感觉不到在大都市人群里感到的孤立和迷失。"波德莱尔的浪荡子被爱伦·坡称为"人群中的人"，而人群是一种可怕的威胁。所以，在现代性的今天，诗人在人群中不得不保持高度的警觉。遇着嫌疑犯的他，同样紧张。"他努力想掩饰得和我一样：/ 我们的警觉已变成我们的折磨：不是你像我眼中的他，就是我 / 是你心里的他。而他极力掩饰着 / 你我对他的鉴别。他的反应 / 如同伟大的群众演员。更诡异的，/ 还没有到达目的地时，作为同方向的乘客，/ 我对他的鉴别，也是你对我的鉴别。"这展现了一种典型的他人即地狱的现代性情节。一场史无前例的"文化大革命"彻底把"人"消灭了，工具理性达到极致。因为未能从文化根源上清理"文革"，导致今天中国社会人与人之间的信任程度极为低下。诗人是经历过的人，所以，能极为传神地捕捉细节并提示现代社会的人的生存危机，促使读者不得不考虑当下生存的真实性。

在此，也要提一提诗人、翻译家田原，他也写过一首关于"逃犯"的诗歌，是同样的情绪：每个人都是追捕者，是猎人；每个人也都是逃犯，是猎物。回到藏棣。《二月的校园丛书》写的是大雾天。因为什么都模糊，所以一切都在变形，一切都值得怀疑。比如："你的背影里像是漂浮着 / 一只野生的棕熊。偌大的世界可疑的归宿可疑就可疑在 / 落叶正在为你刷卡。/ 你退出，人，紧接着挤了进来 —— / 人走着，但猫才更抽象。/ 猫的脚步更轻柔。猫移动时就好像 / 雾，刚卖掉了一口白棺材。"这真是为现实世界描绘出了一幅诡异景象。你的身份是不明白的，"人"的动作更可疑，猫呢，则抽象得不可思议。最后，是死亡的象征 —— 一口白棺材。这是诗人心中恐惧的诗化反应：我们都是"上帝"的孩子，可是"上帝"死了，没有人照顾我们了。这个现代性的世界危机四伏，而那一口白棺材卖给了谁呢？谁将是死亡者呢？

《呀诺达丛书》让人惊讶地表达了人的厌倦，虚无的过客情绪。我们可以回忆起韩东的《有关大雁塔》。那是一种历史情结，英雄叙事的消解。在这里，我猜想诗人无意有回应情绪，而是以旁观者的身份作一种箴言式的告白："此地生动于天堂竟还能被借用多次。/ 效果也很突出：上山时，你不过是游人；/ 下山时，你是你的过客。"是的，我们谁不是现代性的过客呢？我们谁又不是自己的过客呢？托尔斯泰的伊凡·伊里奇到死才明白这个道理，波伏娃的福斯卡却因为不死而痛苦，陀思妥耶夫斯基的"地下室人"苟且偷生，屠格涅夫的"父与子"无所事事，构成了一幅现代性困境的悲剧场景。所以，诗人在短短的一首诗里再重复一遍时，我们已不必凄凉，只是谢谢诗人的再一次提醒罢了。

《非凡的仁慈丛书》是 22 首诗的结尾之作，呼应了肖斯塔科维奇："请在我们脏的时候爱我们。"诗句很顺畅清晰，结语虽然有点形而上，但一样可以作一次关于虚无主义的延伸解读。诗人的目的是回答为什么"请在我们脏的时候爱我们"这样一句箴言，但最后却以再一次审美覆盖的形式又形成了箴言："我们拥抱着，练习互相扎根——/ 这样的冬眠几乎没有破绽：/ 但节奏稍微一慢，你就纯洁得有点复杂，/ 就好像在时代的幽灵面前，/ 最纯洁的人显然比最纯洁的植物 / 给世界带来了更多的麻烦。"太好了，我的解释可以更为流畅：我们在什么时代？在全球化时代，在新的工业革命到来的时代。谁是这样的时代的幽灵？当然是现代性。启蒙传奇让人成为主体，宰制万物，且在科技和进步的护佑下具有了巨大的控制能力，结局是"给世界带来了更多的麻烦"。这是对波德莱尔的"恶之花"审美的间接回应，最纯洁的未必是最善的，最脏的未必是最美的，最进步的未必是最有益的。

臧棣的这 22 首诗实际上摆脱了以晦涩为主的写作习惯，有了陌生化写作的突破，对事物的观察也越来越与现实生活有直接关系。

隐喻的美学手法更自然，没有刻意的成分。在象征的表象后掩有更多的形而上东西，对词语的分配过渡更为简约节制。韵律感依旧很强，浪漫主义气质更为冷静。他不喜欢大幅度调用知识考古学元素，这使他能照看到一首诗的整体意象，增添了诗意的美感。总体上保持了干净、雅致、细腻、善意、景深、气味、箴言性及异质性。臧棣在神秘的气息之外保持了诗歌王子般的魅力，是中外诗坛上深具特色的指向未来的诗人。

21世纪以来继续写作的诗人还是有一些的，其文本的"现代性"也有所体现。他们在世俗的社会里努力找寻本体的存在方式，文本大都平静下来或是趋于平淡。我想这是现代的阅历所致：对消费社会的镜像习惯了，承认了全球化；对诗歌的退场认命了，启蒙已成往事。写作是存在的一种自我体现方式，诗人开始作为往事的记忆者、阐释者进入写作。反讽、嘲讽、自嘲及自虐体征充斥于文本中，这也许是一种新世纪的生成方式，也许是一种最终退场的告别仪式。其中虚无，让人动容；其中无奈，让人心伤。

我们分析一下翟永明2009年的诗作《新桃花扇（组诗）》。

翟永明的文本史是很厚重的，唐晓渡曾有一篇文章名为"谁是翟永明？"。我特别赞同和欣赏的是他从诗人切入，而不是简单地从现实中的某位女性切入。女性主义是现代性的一个沉重而复杂的题阈，在酷儿理论面前，我想最好保持关于女性主义的开放态度。但长期以来的以"女性诗歌"为题阈的文本分析可能会出现问题。打开性别的栅栏，也许文本会因为性别的消失而生产出新的美学资产来。唐晓渡文中所引用的翟永明的声明也说明在诗歌批判中涉及女性主义时要格外慎重：

我不是女权主义者，因此才谈到一种可能的"女性"的文学。然而女性文学的尴尬地位在于事实上存在着性别区分的等级观点。"女性诗歌"的批评仍然难逃政治意义上的同一指认。就我本人的经验而言，与美国女作家欧茨所感到的一样："唯一受到分析的只是那些明确讨论女性问题的作品。"尽管在组诗《女人》和《黑夜的意识》中全面地关注女性自身的命运，但我却已倦于被批评家塑造成反抗男权统治争取女性解放的斗争形象，仿佛除《女人》之外我的其余大部分作品都失去了意义。事实上"过于关注内心"的女性文学一直被限定在文学的边缘地带，这也是"女性诗歌"冲破自身束缚而陷入的新的束缚。什么时候我们才能摆脱"女性诗歌"即"女权宣言"的简单粗暴的和带政治含义的批评模式，而真正进入一种严肃公正的文本含义上的批评呢？事实上，这亦是女诗人再度面临的"自己的深渊"。①

这是女性诗人的一种抗议，也是一次警告。当以女诗人的前理解和预感快感去进入文本时，你得到的只能是你想要得到的。翟永明20世纪80年代以来的文本具有深层次的哲理性及宗教性，从神秘的不可知、不可说的事物中找寻忧伤之源、生命之谜是她的文本本色。新世纪的到来预示着一切改变的可能性，李银河在《酷儿理论》译者前言中说："酷儿理论是一种强大革命性的理论，它的最终目标是创造新的人际关系格局，创造人类新的生活方式，它的做法是向所有的传统价值挑战。……它将会彻底改造人们思考问题的方式，使所有排他的少数群体显得狭隘，使人们获得彻底摆脱一切传统观念的武器和力量。酷儿理论因此具有强大的生命力，它为我

---

① 唐晓渡：《谁是翟永明？》，《当代作家评论》2005年第6期。

们昭示了 21 世纪的曙光。"① 翟永明的愤懑是一种抗议，李银河的话则成了世纪警告：文本批评如果不出现革命性的突破改变，则会与文本渐行渐远，与诗人们成为陌路人。这不是危言耸听，也许指日可待了。

《新桃花扇（组诗）》分三个章节——"桃花劫""哀书生""镭射秀"。新世纪之前的翟永明的文本在女性诗歌的标签下被评判为："她的诗并不从一个先验的或理念化的女性主义立场出发，而是通过比较自觉的性别意识的观照，寻求女性身份的个人认同，敞开历史与现实的女性境遇，展开女性的文化想象。……她说过，她追求的是'通过作品显示女性的能力和感受，并试图接受艺术中最为深刻和广泛的问题——人类普遍的命运及人生价值'。"② 但在 2009 年的《新桃花扇（组诗）》中，我们看到的是颇具后现代主义气味的文本。

在第一章"桃花劫"中，作者描述了现代主义建筑作品"国家大剧院"。

> 国家大剧院在黄昏中
> 像半轮落日　落到长安街
> 好似为它加冕
> 微雨中的穹顶上
> 黑雨白珠跳舞般飞来
> 远方的雷电在近处闪
> 微雨中的玉环

---

① ［美］葛尔·罗宾等：《酷儿理论》，李银河译，北京：文化艺术出版社，2003，"译者前言"第 14-15 页。
② 王光明、荒林：《翟永明：用诗歌想象世界》，《南方文坛》1998 年第 3 期。

/第四章/ 新世纪的幽灵：符号的咒语及"戈多"破门而入之后的"开花"

> 落满了灰色、银色、黑色的蝙蝠
>
> 微雨中
>
> 挂着一对一对的人向我走来
>
> 微雨中的伞　像粉蝙蝠
>
> 挂着我滴滴答答地向前
>
> 有人赠西方的票，我来看前清的戏[①]

　　猫头鹰、蝙蝠、壁虎、巨大的鸟、黑夜的马、蝴蝶，是20世纪80年代翟永明诗歌文本中沉郁的词。再次出现在其新世纪文本中，色彩斑斓。半轮落日，黑雨白珠跳舞般飞来，远方的雷电在近处闪。为什么有如此压抑的诗情悲意呢？是因为持"西方的票"，"看前清的戏"。这是一种现代化下的复杂情绪，是以审美现代性对启蒙现代性表示不满。上面所有的词是要铺满国家大剧院的穹顶的。国家大剧院是一种国家现代化的象征，具有讽刺意义的是它由法国人设计，全球化时代似乎又赋予了其合理性。现代主义建筑理论家鲁诺·赛维把现代建筑语言归纳为七条：（1）设计方法论，按照功能进行设计的原则是现代语言的普遍原则；（2）非对称性和不协调性；（3）反古典的三维透视法；（4）四维分解法；（5）悬挑、薄壳和薄膜结构；（6）时空连续；（7）建筑、城市和自然景观的组合。这种现代主义原则忠实地在国家大剧院得到落实，表明中国的现代主义态度。设计者法国建筑设计师保罗·安德鲁在面对争议时激动地表示：我敢打赌，当中国国家大剧院建成，人们徜徉其间时，多数人会喜欢我的设计。大剧院是有文化和教育功能的场所，是一个

[①] 翟永明：《行间距：诗集2008—2012》，重庆：重庆大学出版社，2013，第89-90页。

可以充分呼吸和享受的文化空间。这就是我这个设计的目的。批评者想得更多更远。吴晨在《警惕殖民主义和自觉殖民主义在建筑文化中蔓延》一文中表示："如果说，大师们的试验是一种建筑文化的殖民，那么我们的俯首帖耳不能不说是一种自觉殖民主义。其结果是，慢慢地我们用外来的观念来观赏建筑，用外来的思维方式来思考建筑。而北京，与过去相比，确实不再是千篇一律了，但是她却满身是法国的影子、瑞士的影子、德国的影子……唯独没有了北京的味道。"[①] 与吴晨的观点相比较，翟永明的诗意则更多了伤感无奈：巨大的半轮落日——国家大剧院令人生畏，产生无限的人的生命的渺小感。这是一种令人恐惧的现代主义建筑文化，挪威的拉斯·史文德森通过他的《恐惧的哲学》一书告诉我们：透过恐惧，我们能看到更多世界的真相。这就对了，在巨大的不可阻挡的现代性"巨蛋"面前，我们不就是无足轻重、附属其上的灰色、银色、黑色及粉色的蝙蝠吗？

第二章写"人"：

> 桃花已乱开了好几个世纪
> 书生泪也被吹干了几百年
> 你还是那个一日不作诗
> 全天不快乐的人？
> 任你暮磬石磬平淡磬
> 也敲不醒桃花扇底的南朝
> 那个被渔樵话了又话的短命王朝

---

① 吴晨：《警惕殖民主义和自觉殖民主义在建筑文化中蔓延》，《北京规划建设》2004年第3期。

然者　你仍要作万古愁人

元气大伤的那一类？

大风吹　人头落

书生就是书生　你再活一百年

还是遭天谴的人

无论古今

都有这死得不值死无居所的人

因鸣镝而知天下亡

因叶落而溅起无边泪水

要你的命就是要冰山的

夺你的魂就是夺文章的

遣你的心就是遣人心的

原来是姹紫嫣红开遍

如今付与谁？

谁是轻柔扇底风？杀人风？

要吹就吹整整半个世纪吧

大风吹　书生毙①

好一个凄凉、万念俱灰、悲从心起。这是一种反讽式的回顾。20世纪80年代的启蒙，书生何等的意气风发。从"静安庄"的女孩"我听见公鸡打鸣/又听见辘轳打水的声音"，到"我策马扬鞭在有劲的黑夜里/雕花马鞍　在我坐骑下/四只滚滚而来的白蹄"，

---

① 翟永明：《行间距：诗集2008—2012》，重庆：重庆大学出版社，2013，第100–102页。

到"在我写传奇的时候 / 室外　电光火石的一瞬间",到现在认命的"大风吹　人头落 / 书生就是书生　你再活一百年 / 还是遭天谴的人",这是对启蒙的反讽！马尔库塞在他的《单向度的人:发达工业社会意识形态研究》一书中说:"社会控制的现行形式在新的意义上是技术的形式。不错,在整个近代,具有生产性和破坏性的国家机器的技术结构及效率,一直是使人们服从已确立的社会分工的主要手段。而且,这种结合往往伴随着更为明显的强制形式:生计的丧失,法庭、警察、武装力量的管辖。情况现在依然如此。但是在当代,技术的控制看来真正体现了有益于整个社会集团和社会利益的理性,以致一切矛盾似乎都是不合理的,一切对抗似乎都是不可能的。"① 在整个社会集团和社会利益面前,我们都必须"让渡自由",否则就"死得不值死无居所"。正因为"你还是那个一日不作诗 / 全天不快乐的人",所以,翟永明会与书生相通,感受到:"原来是姹紫嫣红开遍 / 如今付与谁？"这是一个启蒙之后的问题。在20世纪80年代,诗人的生命体验追问是从内向外的格式塔完形过程。翟永明在回忆时这样说:"总的说来:《女人》算是我对那一段时间生活和写作的清理吧。因为在我一生中,1983—1984年是我最不快乐、最压抑的时期,我的写作也无法避开这些情绪。……所有的诗句都与当时内心的黑暗和焦虑有关。……现在回头来看,我的确在《女人》中淋漓尽致地宣泄了我对现实中女性内心世界（更正确地说是我个人的内心世界）的绝望和挣扎,是一种近似于人格分裂的表达。"② 现在的情绪是看透,是冷静,是承认和接受了抵抗的

---

① [美]赫伯特·马尔库塞:《单向度的人:发达工业社会意识形态研究》,刘继译,上海:上海译文出版社,2008,第9页。
② 翟永明:《最委婉的词》,北京:东方出版社,2008,第197页。

无效性，所以拿着西方的票，来看前清的戏。这是关于启蒙和现代性的一个寓言，是一次从外向内探索生存意义的格式塔完形过程。语句平实而叙事，不忌讳将情绪近乎坦露地向诗外敞开。句子是松散的，表明了一副放弃的姿态。结构虚空了，不追求紧致，在"巨大"面前，放低了诗歌的架构，衬托出一群或是一个渺小的存在的凄然。

第三章"镭射秀"的叙述是翟永明诗歌文本中一个奇特的生成，它从高科技入手，提示我们与时代的关系。再没有"静安庄"的暗夜了："现在我可以无拘无束地成为月光""左手捧着土，右手捧着水，火在头顶炫耀"。那个时刻，是发问的时刻，背后是对未来的期许。而现在："**镭射专业让我知道：/ 它无所不在 /……/ 除了这个 / 镭射专业让我知道 / 激光革命意义非凡**"。知道什么？知道现代化的程度了，知道现代性原来如此！

> 镭射光束一定比世人
> 更了解眼睛虹膜　电脑屏幕
> 以及人与战争的精确度
> 不然漫天的广告不会为你而落下如雨
>
> 镭射也是一门学科　是我的专攻术业
> 在黑板上　在教室里
> 化身为一道一道公式
> 化身为一长串毫无色彩的蟹行文字
> 偷走我的青春
> 偷走秋波流淌的目光
> 偷走蜿蜒爬行的时间
> ……

眼下，舞台灯光师

正用它营造　长江一线

孤城一片"不信这舆图换稿"

这是镭射的"桃花扇"不是纸上的

也不是嘴上的　信不信

这江山也都换成互联网的

这舞台　也换成高科技

信不信　这头顶也盛满大片流水

这流水　也换为自循环

信或是不信　巨大的玻璃之城

也通体透明如蛋壳

庞大如海神宫

国家大剧院的浩瀚天空下

站着孤零零的李香君

莲步生风　她怎么跑也跑不圆

800平米的舞台

镭射光束追着她　犹如

40集的剧本容量　追着词牌缀成的女人

4个李香君

也喘不过一口前清的气

镭射专业让我知道：

它无所不在

……

/第四章/ 新世纪的幽灵：符号的咒语及"戈多"破门而入之后的"开花"

> 除了这个
> 镭射专业让我知道
> 激光革命意义非凡
> ——因为人类已经疲惫
> 因为疾病不断衍生
> 因为地球已然空虚
> 因为"圣婴"再次出现①

　　这些诗句不能不让人动容。"江山也都换成互联网的"之后，人类都疲惫了，疾病是无救的，因为它是现代性的风险后果；地球是无救的，因为它已经空虚，而魔鬼"圣婴"正以厄尔尼诺的名义再一次来到全球化的世界。文本是突破性的，具有了更大的视阈，题阈是直达核心的，显白了对虚无世界的忧心。这给我们一个例证，关于当代中国诗人从 20 世纪 80 年代至今的形成"现代人"的过程。翟永明告诉我们现状，警示我们不能掉以轻心。一个人从洞穴中走出来看到了光明，他又返回去告诉洞穴里的人什么是光明，这就是行动。在这个意义上，诗人是行动者，没有在虚无中沉沦，而是发出了质疑。作为一个诗人，翟永明至此完成了她的生成过程的重要阶段或是节点：她得道了，具有了范式的可能性。她从呼唤"人"的启蒙，到达了对现代性的反思，从对"人"的个人命运的思考到对人类命运的担忧，从对生命的终极发问到对地球未来的关怀，精神上跨跃了，文本也生成成时代的印证。宽阔的胸怀，优美的文笔，美丽的心灵，坚定的追求，构成其文本坚实的典范性。

　　在 21 世纪坚守的 20 世纪 80 年代诗人还有孙文波。他是一个

---

① 翟永明：《行间距：诗集 2008—2012》，重庆：重庆大学出版社，2013，第 103–107 页。

一直注重"当代性"的诗人，长于处理个人与现实、本体与历史的诗歌言语关系。他认为，因为有了一些写作经验，他自然而然地开始考虑如何能够让诗呈现出更具时代特征的样态，并且随着对诗本身认识的提升，一些与诗歌的历史相关的问题也成为必须思考的问题。尽管孙文波在风格突破上一直在探索"变"与"不变"的问题，我们还是应该从他的文本中研讨他是如何处理"虚无主义"的。夏汉在他的文章《"在句子以外，我更倾向于一首诗"——读孙文波〈新山水诗〉》中这样写道："孙文波对古典文化传统深爱有加，对西方现代主义思潮也谙熟于心，故而，虚无主义就不可避免地成为他近年来思考的另一个重点——或者说，诗人已将全部的写作建立在对虚无作为一个问题的解决上。他说过：'对虚无的认识，亦包括了将写作建立在一种绝对主义的基点上，使之能够与人类对自己宿命的理解联系起来。这是一种哲学解决方案。不是我们是虚无主义者，而是我们必须意识到虚无作为人类的宿命，已经是我们在思考人类命运时无法绕过去的难点，我们必须对之表明我们的认识，近年来我在写作中呈现出来的所有努力都与这些作为问题的存在有关。'可以说，缘于哲学领域的那种因对世界与自身存在的不能确信而无望的失落体验导致的虚无感，之于诗人是一种本能，也是一种宿命。对于孙文波肯定也是如此。"[1]在中国当代诗歌文本的主张中，很少有人能如孙文波那样如此鲜明地提出面对虚无主义问题。这足以说明他的写作的有效性，他的文本因此而具有本真的审美特色，我们可以从他新世纪以来的作品中找到这种特色。

---

[1] 夏汉：《"在句子以外，我更倾向于一首诗"——读孙文波〈新山水诗〉》，载潘洗尘、宋琳、莫非、树才主编：《读诗·回想之翼（2015年 第二卷）》，武汉：长江文艺出版社，2015，第198页。

小道消息之二[①]

很戏剧：他们又在斗地主，
红花花的人民币摆满桌子。
我也是人民，却没有能力斗地主，
只好当看客。我是局外人？
我心里觉得自己是局外人，
总是在看别人火热的生活。生活的确火热，
充满赌博气息。通过看，我知道了这一点，
瞧！一个人为了仕途赌杀人，
另一个人为了仕途赌站队。最后他们错了，
成为别人饭桌上的话题，愤怒青年诅咒的对象。
有人说，有愤怒的人是有希望的。
我还愤怒，还会听到什么恶消息
头发竖起吗？好像不会。我已经太灰心，
心里慢慢聚集了厚黑云。
这是什么事？遥想当年，我也是周瑜，
自以为袖里有乾坤。可是，这世界上
诸葛亮太多，搞得我一再想逃避。
我虚构自己的逃避；用想象的病。

"遥想当年"，是20世纪90年代的"当年"吗？在他和王家新选编的《中国诗歌 九十年代备忘录》中，他在《我理解的90年代：个人写作、叙事及其他》一文中就预感到："进入90年代以后，中国的社会形势所发生的变化大得惊人。商业潮流（包括政

[①] 孙文波：《与无关有关》，重庆：重庆大学出版社，2011，第178页。

治、文化，甚至科学的商业化）以不可逆转之势改变着人们对事物的认识。……抱有诗歌是梦想的想法的诗人越来越少。在物质的世界中，诗歌不能带来什么已越来越明确。就算如有人所说，它可以抵抗什么，这种抵抗也只是抵抗的行为本身。"[1] 有了这种历时的回溯，我们可以看出孙文波的预感变成了现实。文本是一个日常生活场景文本，但诗人进行的不是日常生活批判。文本使用了反讽，但又有隐喻，还具有寓言色彩。这是对后现代的消费社会的解构方式：一切价值崩溃了，仕途消费化，可以为之去赌，杀人，站队，最后又成为消费话题。"我"成为看客，成为现代社会的局外人，既有被边缘、被排斥的怨恨，又有不甘心的抵抗情绪。这是对于价值虚无的抵抗，通过"我虚构自己的逃避；用想象的病"。从20世纪90年代初的"因为无事，我想念你"到此文本中的"我已经太灰心"，诗人的文本沉重了，不堪重负。短短18行诗的文本结构以自问自答的叙事语句结成情景的网，构筑了一处诗人想要逃避的场所（"用想象的病"），把生活乃至生命存在的意义作为问题提了出来。

献给布勒东 [2]

语言的火车轰隆隆驶过，我站在
一片荒地里成为看客，那些窗户
闪动的，是什么样的词——它们
面目模糊，我只看到不清晰影子；

---

[1] 王家新、孙文波编：《中国诗歌 九十年代备忘录》，北京：人民文学出版社，2000，第12、17页。
[2] 孙文波：《与无关有关》，重庆：重庆大学出版社，2011，第185-186页。

> 一个叫蝴蝶的女人，几个叫民工的男子，他们组成了一首"先锋"的诗——我的阅读，是对意义的猜测。其实我有必要猜测吗？当轰隆隆的火车拐过一座山，我的周围又是寂静。这是枯黄玉米秆提供的寂静，也是黛色山峰提供的寂静。最主要的，是我的内心要求寂静。我渴望在寂静中听见语言的声音，也许它是一只猫在房顶走动的声音；也许，它是花静静开放的声音；也许它什么都不是，只是玻璃被风擦出的声音。我听着这些声音心里映现出另外的图景——一个叫小提琴的女人，几个叫老板的男子。他们组成了另一首更加"先锋"的诗。而我知道。这首诗，仍不是我要的诗。我知道，我还要向山上再走一段，进入到刺槐、塔松和野酸枣中间，脚踩着积雪和落叶，才能在重重的喘息声中，听到我想听到的诗。

安德烈·布勒东是法国超现实主义运动的创始人和诗人、评论家。他于1924年发表的《超现实主义宣言》宣布："超现实主义建立在对迄今为止一直被忽视了的某些联想形式的更高现实的信赖之上，建立在全能的梦幻以及对无利害关系的思维游戏的信赖之上。它试图最终摧毁其他一切心理机制，并取而代之，解决人生的主要问题。这就是说，超现实主义试图通过对人的精神生活和心理生活的挖掘，在内心世界中寻找解决外部世界社会问题的'济世良方'。"现在权且不对孙文波受到超现实主义的影响程度作考证，但其可以作为分析这首作品的源流性资源参考，从这首作品的成熟度看，它应该可以看作表明孙文波的诗歌文本达到了新的高度的作品。虽然有形式主义之嫌，但可以看到作者处理着本体与外界、个人与世界的生存关系。语言在海德格尔那里是存在之家，但海德格尔论证存在被存在遮蔽了，我们"无家可归"。在孙文波这里，语言是火车——一个现代的象征物，然而它也轰隆隆驶过去了。诗人又成了一个看客，现代似乎与他无关。在不能把控的世界里，诗人选择的还是逃避，逃往内心的寂静。向山上走，进入到孤独的自我中，才能有所安心，"听到我想听到的诗"。文本伤感而不悲哀，体现了作者在虚无中的抵抗，也由于文本结构的强力格式化，阅读者会有一种向内的挤压感，体会到一种生存的紧迫与压力。文本的哲理性很强，透闪些许神秘，有可多重进入性，因而具备了审美价值。

最后，在新世纪的中国当代诗歌审美精神的文本分析题阈，我还是想与树才、田原、胡续冬、陈陟云以及郑小琼碰面。我很好奇：他们身份不同，写作史不一样，各自是怎样面对或者介入现代性或现代化抑或现代社会生存的？他们有虚无感吗？面对后现代主义的虚无主义文化危机，他们的文本有怎样的表现？是深陷其中，还是"开花"抵抗？

因为我们主要是在"日常生活批判"及"日常生活审美化"理

论构架中展开文本分析,这里有必要简述一下我们对上述两个理论概念的理解。

按照《审美现代性批判》著者周宪的看法,作为一个现代概念的"日常生活",先由法国哲学家列斐伏尔在1933年提出。"列斐伏尔认为,现代日常生活是一个独特的范畴,它与当代社会现实密切相关,人的一切创造性活动都被转化为刻板的生活形式和受交换价值支配的商品化形式,马克思的'物化'和'异化'概念在日常生活中成为主因。在他看来,日常生活构成了一切业已接受的思想和行为的'共同基础'或'关联网络'。"① 在这个推论下,日常生活是启蒙的产物,是现代性的意识形态,构成现代性的无意识层面,因而,必须有日常生活批判。因为日常生活如上所述是消费社会的场景,而消费社会为体制(官僚社会)所控,在现代社会,日常生活就失去"主体"地位,成为社会组织中的"客体"。这个时候,日常生活对特异的、富有个性和创造性的生活进行剥夺,现代日常生活趋于平均的、规范的和循规蹈矩的状态。这也就是马克斯·韦伯所说的"铁笼",海德格尔所说的"平均化"。一句话,现代社会日常生活导致"风格"消失了,之后,出现社会的零度化存在状态,即象征的消失和中立化。尼采说"没有一个艺术家是容忍现实的",指的就是这种象征的消失和中立化的日常生活。所以,现代主义出现了,表示对日常生活现实的强烈不满:唯物主义、表现主义、超现实主义、象征主义等流派都是这种倾向。现代主义艺术对日常生活彻底背离和颠覆,熟悉的世界和生活在艺术中被驱逐,审美现代性发挥了作用。唯美主义率先提出

---

① 周宪:《审美现代性批判》,北京:商务印书馆,2005,第386页。

"为艺术而艺术"口号,意思是艺术和日常生活分家。主张不是艺术模仿生活,而是生活模仿艺术;艺术是形式的创造。唯美主义把短暂的美视为永恒,强调个性主义,突出艺术的新形式和媒介。"陌生化",俄国形式主义理论的中心观念,是由其代表人物什克洛夫斯基于20多岁时提出来的。他认为文学存在的目的就是唤起人们对生活的新鲜感受:"……那种被称为艺术的东西的存在,正是为了唤回人对生活的感受,使人感觉到事物,使石头更成其为石头。艺术的目的是使你对事物的感觉如同你所见的视象那样,而不是如同你所认知的那样;艺术的手法是事物的'反常化'① 手法,是复杂化形式的手法,它增加了感受的难度和时延,既然艺术中的领悟过程是以自身为目的的,它就理应延长;艺术是一种体验事物之创造的方式,而被创造物在艺术中已无足轻重。……经过数次感受过的事物,人们便开始用认知来接受;事实摆在我们面前,我们知道它,但对它却视而不见。因此,关于它,我们说不出什么来。使事物摆脱知觉的机械性,在艺术中是通过各种方法实现的。"② "间离效果",由布莱希特提出,目的是让"石头不像石头"。他认为应把观众变成观察者,唤起他们的思考和批判,进而激发他们的行动意志,所以,他的陌生化所追求的唯一目的,是"把世界表现为可以改变的"。而俄国形式主义只承认日常生活经验具有欺骗性和麻痹性,使人对事物视而不见,听而不闻,因此艺术陌生化了的经验就具有振聋发聩的功效。布莱希特认为艺术经验或审美经验亦有欺骗性和麻痹性,移情共鸣式的娱乐效果本身就遮蔽了观众

---

① "反常化"又译作"陌生化"。
② [俄]维克托·什克洛夫斯基:《作为手法的艺术》,载《俄国形式主义文论选》,方珊等译,北京:生活·读书·新知三联书店,1989,第6-7页。

对所表现的事物的独立认识和批判。因此,间离效果不但是对日常生活经验的反叛,同时也是对艺术中欺骗人、操纵人的种种把戏的颠覆。

周宪总结介绍道:"非人化"的艺术主张代表人物也许是西班牙哲学家奥尔特加。他从以毕加索的立体主义为代表的新艺术出发,深究了这种艺术形态与传统艺术的根本区别。新风格倾向于:一、将艺术非人化;二、避免生动的形式;三、认为艺术品就是艺术品而不是别的什么;四、把艺术视为游戏和无价值之物;五、本质上是反讽的;六、生怕被复制仿造而精心加以完成;七、把艺术当作无超越性结果的事物。其中,"非人化"特指让传统的写实风格在新艺术中消失。至于"艺术的纯粹性",在这个艺术流派主张下,波德莱尔最早提出"纯诗"概念。后来,马拉美的箴言"诗是用语言而非思想来写的"成为"纯诗"理念的座右铭。第六个艺术流派主张为"震惊的美学"。法兰克福学派的阿多诺是代表人物。他强调审美现代性与资本主义日常生活的意识形态对抗,艺术是关乎精神的,是感性的张扬,是乌托邦,是一种世俗的"救赎",审美的"游戏冲动"是克服"感性冲动"和"形式冲动"的唯一途径。本雅明则追求"震惊"的现代体验,具体表现为一种突然性,使人感到颤抖、孤独和神魂颠倒,体现为惊恐和碰撞的危险和神经紧张的刺激,并转为典型的"害怕、厌恶和恐怖"。未来主义、立体主义、表现主义、超写实主义都体现了上述特征。从渊源上,它是尼采的"超人"和虚无主义思想在艺术上和美学上的体现,是其重估一切价值并呼唤"20世纪野蛮人"的延伸。

第七种艺术主张涉及"语言的约定性和经验的人为性"。这就是结构主义理论,代表人物是索绪尔和罗兰·巴特。罗兰·巴特从索绪尔关于语言和言语、所指和能指的人为约定关系出发，对日常经验及其意识形态构成的过程作了去魅分析，揭露了隐含在所谓的自然性之下的语言人为性和意识形态性质。他通过"作者之死"，解放对文本意义的解释垄断，解放了读者。

周宪认为，上述七种艺术主张表明现代主义从整体上是日常生活的批判者、否定者和颠覆者，表现了审美现代性与启蒙现代性的张力。这种张力具体为：客体——主体、理性——感性、秩序——混乱、集体组织化——个体自由、工具理性——审美表现、庸人哲学——英雄主义、日常现实——乌托邦，等等。从中可以看到，审美现代性就是对日常经验常识、流俗、成规旧习、习惯看法等的全面挑战。

周宪说，到了后现代主义，像詹姆逊所描述的，文化又完全大众化了，雅俗的距离正在消失，文化从过去那种特定的"文化圈层"中扩张出来，进入（重归？——作者语）人们的日常生活，成为消费品。这个通常被称为"消费社会""后工业社会"或"后现代社会"的文化，似乎一切特权和区分都被消解了，高雅与通俗、艺术与生活、艺术品与商品、审美与消费，这些传统的边界断裂了。当代社会独特的文化景观——"日常生活审美化"形成了。"英国社会学家费瑟斯通认为，日常生活的审美化有三个层面的含义：第一，现代主义艺术运动'追求的就是消解艺术和生活之间的界限'。一方面是质疑艺术品的传统观念，以日常生活中的'现成物'来取代艺术品；另一方面则强调艺术可以存在于任何地方。第二，将日常生活转化为艺术。这是'既关注审美消费的生活，又关注如何把生活融入到（以及把生活塑造为）艺术与知识反文化的审美愉悦之整体中的双重性，应该与一般意义上的大众消费、对新产品与新感觉的追求、对标新立异的生活方式的建构（它构成了消费文化之核心）联系起来'。第三，是指'充斥于当代日常生活之经纬的迅捷的符号与影像之流'。这里尤其值得注意的一点是，日常生活与影像符号的密切关系，从某种程度上说，这种审美化是以追求视觉快感为主旨的，它通过各种外在的视觉景观所提供的感性愉悦表现出来。"①

至此，周宪为我们描述了现代主义、后现代主义的艺术特征，解释了审美现代性及日常生活审美化的内容，可作为理论背景用于分析新世纪中国当代诗歌的日常生活化文本。在本章的背景中，我们简要提及了当代中国现代化成就，也提示了后现代状况下的社会风险及虚无主义文化危机的表征。以文本的审美分析呼应，我们应该既能看到时代的进步性，也能体会到文化的危机性。

我们先从树才开始。

树才是中国当代诗歌中一个成型的诗人，因为也是翻译家，他应该从法国诗歌中汲取了不少文化资源，有"近水楼台先得月"之美。新世纪以来，他的文本趋向沉郁、禅意、悲鸣乃至虚无，这些特征无一不体现在他的"日常生活"中。也许，写作就是他的"日常生活审美"。

安宁②

我想写出此刻的安宁
我心中枯草一样驯服的安宁
被风吹送着一直升向天庭的安宁
我想写出这住宅小区的安宁

---

① 周宪：《审美现代性批判》，北京：商务印书馆，2005，第434页。
② 树才：《树才诗选》，武汉：长江文艺出版社，2011，第53页。

汽车开走了停车场空荡荡的安宁

　　儿童们奔跑奶奶们闲聊的安宁

　　我想写出这风中的清亮的安宁

　　草茎颤动着唑唑响的安宁

　　老人裤管里瘦骨的安宁

　　我想写出这泥地上湿乎乎的安宁

　　阳光铺出的淡黄色的安宁

　　断枝裂隙间干巴巴的安宁

　　我想写出这树影笼罩着的安宁

　　以及树影之外的安宁

　　以及天地间青蓝色的安宁

　　我这么想着没功夫再想别的

　　我这么想着一路都这么想着

　　占据我全身心的，就是这

　　——安宁

还记得多多的《阿姆斯特丹的河流》吗？"突然／我家树上的橘子／在秋风中晃动／我关上窗户，也没有用／河流倒流，也没有用"。这就是多多在追求安宁的表白，也是树才藏在安宁后不安的心突然抖动起来的转喻。《安宁》写于2000年3月，新世纪初，描绘了一个非常普通的市民日常生活场景。然而，在"被控"的消费社会，安宁也是"被控"的，因为人正在变成"日常的人"。向"完全的人"转化是很艰难的，这就是日常生活审美的矛盾所在。孙文波一直是"看客"，是"局外人"，所以他要："进入到刺槐、塔松和野酸枣中间，／脚踩着积雪和落叶，才能在重重／的喘息声中，听到我想听到的诗。"树才的文本中也表征了类似多多、孙文波文本中的焦虑。在消费社会，"安宁"是一个奢侈品，可以仿真，可以交换，可以消费——可以用金钱，当然，也可以用生命。因此，多多的突然没有了男孩子的空阔"街道"，孙文波的一片荒地里的"看客"，以及树才的汽车开走了的空空荡荡的"停车场"，都与"安宁"无关。因为这种"日常生活"的"安宁"，与"看客"无关，与"局外人"无关。

到了2010年11月，树才的这种"安宁"变成"空空如也"：

一切的一切①

慢慢的。一切的一切
都会在记忆的抽屉里，

各自找到自己的位子。
闪电过后，天又空了。

炸雷的同谋该是下一刻？
雷声自己也未必知道。

大自然伸出河流之手，
为空空如也转着经筒。

人类？他们的心事不同。
目光总是高不过额头。

只缝一句好诗，在心尖——

---

① 树才：《树才诗选》，武汉：长江文艺出版社，2011，第157-158页。

好得像六字真言。

我们的火车是同一列春夏秋冬，
开往不知姓名的未来。

多少峰顶仍天空般高不可攀？
多少生灵还焦急地要投进娘胎？

慢慢的，一切都滑向另一切……
一个人也必将让位给另一个……

慢慢的。一切的
一切：空空如也！

  作为一个聚焦现代社会的"日常生活"的诗人，树才是虚无主义的。树才的虚无主义根植于宗教、哲学，你无法洞察，然而，"日常生活"也无法碰触。所以，文本中的闪电、炸雷是他所期盼的，因为"天又空了"。"火车"是现代社会的隐喻：现代性的暴力、现代化的神圣、现代主义的抵抗、后现代主义的符号，"一切的一切/……/开往不知姓名的未来"。这里表达了与唐晓渡一样的对时间神话的不信任。这是一种不适于"日常生活"的现代主义审美抵抗文本，又是一种解构于"日常生活"的后现代性文本。也许，可以例证新世纪中国当代诗歌文本中的"日常生活"焦虑的存在吧。

  田原长期旅日，是优秀的诗人，也是翻译家。日本的城市化早已完成，"日常生活"已经古典化了。他在关于日本的"日常生活"场景的文本写作中涉及了性。"性"在列斐伏尔的"日常生活"理论中占有地位，在"被控"的消费社会中也是商品。田原的写作着眼于他的"日常生活"场景的遭遇，体现了现代都市人的"日常生活"的空虚：

楼上的少女①

有时，我不得不忍受她脚步声的轰炸
以及她冲淋浴时水声的喧哗

生活在她的脚下，久了
噪音的骚扰开始在我心中
化作幻想的浪花
我想象她和我一样格局的屋子
两个朝阳的房间临路
春天的老樱树在窗玻璃里泛绿
我的寝室之上是她的寝室
我的浴室连接着她的浴室
她的瀑布通过我厕所的排水管流入地下
有时，我们凑巧在同一时间里跳进浴盆
我欣赏自己健康的裸体
她或许也在对着镜子看
自己的乳房和腰肢

清晨，我出门她也出门
我们偶尔在楼道里邂逅

---

① 田原：《田原诗选》，北京：人民文学出版社，2007，第136-138页。

> 用微笑和点头问好
>
> 她的双眸是一道风景
>
> 有时，她走在我的前面
>
> 下楼梯时她的披发是一道风景
>
> 上楼梯时她的臀部是一道风景
>
> 有时，我们同在电梯口等候
>
> 那时，她丰满的胸和羞涩的表情
>
> 又是一道风景

包豪斯之后，现代主义建筑几乎构筑了全世界的城市模型。那些写字楼、商场、工业区、厂房，甚至监狱乃至纳粹时的集中营统统都是一种风格。所以，毫不奇怪作者的房间格局与楼上的少女一模一样，甚至洗澡、出门的时间都是一致的。这就是现代社会的"日常生活"！启蒙解放了人，在后现代的消费社会，人是一种符号，性则是可以交换的象征。在这样的文化背景下，现代人的"日常生活"中性的存在与想象可以在社会意义上的自主、自由及在心灵意义上的非道德约束的前提下敞开。文本中极致细腻而又色情地描述性幻想，这是与"日常生活"的审美含义相通的，有挖掘其中美学意义的余地。

> 她的梦在周末做得很长
>
> 花窗帘总是拒绝翌日高升的太阳
>
> 我们的床像是摆放在同一个位置
>
> 很多次我梦见她柔柔的梦落下来
>
> 重重地将我砸醒
>
> 她的梦白嫩和温暖

让我想起无数次抚摸过的美丽乳房

很多次在梦中，我的手攥紧被角

像抓住了她的乳房

然后在一阵痉挛之后惊醒

我常常牵着一位少女的手回来

挥霍青春

一位陌生男人也偶尔随她进屋

当我听到她把门咣当关紧

会感到两只舌头接吻时

在口腔里疯狂地舞蹈

那时，她香喷喷的鼻息总是弥漫我的全身

接着，我的楼顶开始颠簸

他们像浪尖上的船

船身湿漉漉的，摇橹的声音

湿漉漉的，不知所措的我

也湿漉漉的

  后现代的消费社会解构了英雄，"人"破碎化了，只有"日常生活"，只有"日常生活"中的"人"。"那么什么是日常生活呢？列斐伏尔并没有下一个明确的定义，但他作了大量的描述：'日常生活是由重复组成的'，'这里任何东西都被计算着，因为任何东西都被数字化了：货币、分钟、米……；不仅物而且活生生的和有思维的人也是如此……就像对物进行统计一样'。'日常生活是生计、衣服、家具、家人、邻居、环境……如果你愿意可以称之为物质文化。'"① 因此，我们可以将"我"的意淫看成一种"日常生活"中的购物消费，对性的符号化的一次象征交换。在此，崇高被消解了，某种社会控制也被消解了：起码，不存在道德、良心的责备，因为这是消费！"我"的情欲消费是一种可以统计的"物"，那个"物"就是"无数次抚摸过的美丽乳房"。对"物"的占有欲是无止尽的，所以"我""常常牵着一位少女的手回来"，也会观察到"一位陌生男人也偶尔随她进屋"。之所以看上去"陌生"，是因为以前没见过。为什么知道？因为有对"物"的观察、监视，所以，诗中透露出一种怨恨之气。

> 她的窗口坐落在我的窗口之上
> 晴天，风将她晾晒的乳罩和小裤头的影子
> 吹落在我的阳台
> 那时我的满屋都是她青春的好气息
>
> 她永远压着我
> 她却是我妄想的被害者

马尔库塞在《单向度的人：发达工业社会意识形态研究》中指出："快乐原则吞并现实原则；性欲以对社会有利的形式解放出来（确切地说是解除了官方控制）。……的确，罗曼蒂克的前技术世界充满着不幸、艰辛和污秽，而且它们又是全部快乐和欢欣的背景。但那时，还有'风景'存在，亦即有如今已不再存在的性欲经验的中介存在。随着那一中介的消失（这本身就是进步的一个历史前

---

① 仰海峰：《列斐伏尔与现代世界的日常生活批判》，《现代哲学》2003 年第 1 期。

提），人类能动性和被动性的整个向度都正在失去爱欲的特征。过去，人们几乎像看待自己身体延伸而成的地域那样在能使个人获得愉快的环境面前心驰神往。今天，这样的环境已急剧减少。接踵而来的，便是力比多的亢奋'领域'也相应减少。其实际效果就是力比多受到限制和约束，爱欲向性经验和性满足方向退化。"[1]是的，"他"与"少女"，只剩下性经验和性满足了。诗中描绘"少女"时全是性感和性幻想，完全不涉爱欲。少女的青春之所以有"好气息"，是因为"好气息的青春"也是可以消费的"物"。这是非常有意味的"楼上的少女"，因为她是日常生活世界的"楼上的少女"。作为审美对象，文本反讽地揭示了"物"的社会"日常生活"场景，背后缺位的、没有被召唤出来的是"日常生活批判"，是消费社会的道德虚无。

胡续冬是典型的发达"日常生活"时代的抒情诗人。他对身边的生活场景信手拈来，插科打诨，无所不用其极，建构了他的具有后现代主义审美精神的文本。

安娜·保拉大妈也写诗[2]

安娜·保拉大妈也写诗。
她叼着玉米壳卷的土烟，把厚厚的一本诗集
砸给我，说："看看老娘我写的诗。"
这是真的，我学生若泽的母亲、
胸前两团巴西、臀后一片南美、满肚子的啤酒

---

[1] [美]赫伯特·马尔库塞：《单向度的人：发达工业社会意识形态研究》，刘继译，上海：上海译文出版社，2008，第59-60页。
[2] 胡续冬：《日历之力》，北京：作家出版社，2007，第28-29页。

像大西洋一样汹涌的安娜·保拉大妈也写诗。
第一次见面那天,她像老鹰捉小鸡一样
把我拎起来的时候,我不知道她写诗。
她满口"鸡巴"向我致意、张开棕榈大手
揉我的脸、伸出大麻舌头舔我惊慌的耳朵的时候,
我不知道她写诗。所有的人,包括
她的儿子若泽和儿媳吉赛莉,都说她是
老花痴,没有人告诉我她写诗。若泽说:
"放下我的老师吧,我亲爱的老花痴。"
她就撂下了我,继续口吐"鸡巴",去拎
另外的小鸡。我看着她酒后依然魁梧得
能把一头雄牛撞死的背影,怎么都不会想到
她也写诗。就是在今天、在安娜·保拉大妈
格外安静的今天,我也想不到她写诗。
我跟着若泽走进家门、侧目瞥见
她四仰八叉躺在泳池旁边抽烟的时候,想不到
她写诗;我在客厅里撞见一个梳着
鲍勃·马力辫子的肌肉男、吉赛莉告诉我那是她婆婆
昨晚的男朋友的时候,我更是打死都没想到
每天都有肌肉男的安娜·保拉大妈也写诗。
千真万确,安娜·保拉大妈也写诗。凭什么
打嗝、放屁的安娜·保拉大妈不可以写
不打嗝、不放屁的女诗人的诗?我一页一页地翻着
安娜·保拉大妈的诗集。没错,安娜·保拉大妈
的确写诗。但她不写肥胖的诗、酒精的诗、

> 大麻的诗、鸡巴的诗和肌肉男的肌肉之诗。
> 在一首名为"诗歌中的三秒钟的寂静"的诗里,
> 她写道:"在一首诗中给我三秒钟的寂静,
> 我就能在其中写出满天的乌云。"

胡续冬的文本给人的第一感觉就是"距离的丧失"。这是丹尼尔·贝尔在他的《资本主义文化矛盾》著作中关于文化话语的断裂方面的一个小题阈。我们可以把这个概念从丹尼尔·贝尔的语境中"邀请"出来分析我们的文本。他说:"对未来主义者来说,距离——不管是时间距离还是空间距离——并不存在。在他们的'技术宣言'中,他们声称他们建构绘画的目的是'将观看者放在画的中心'。他们寻找的是客体和情感的同一性,这种同一性不是通过审美观照而是通过行动获得的。"① 多多的《阿姆斯特丹的河流》以及《我读着》文本透露的是在异国他乡的乡愁,有一种距离美、陌生美。为什么?因为是异国,想象中的西方。在全球化的通约性的"日常生活"场域下,"人"都是"物",都在交换,而交换规则是通约的、共同遵循的,因而,也都是不"陌生"的。因此,胡续冬的《安娜·保拉大妈也写诗》文本的意义在于消除了中国当代诗歌的陌生性,或者说,中国当代诗歌的审美现代性使其具有了世界意义的通约性。改革开放以来,中国迅速以现代化的方式融入世界。这是《安娜·保拉大妈也写诗》文本的文化背景。作者的诗没有表现出任何奇异的诗情,描述安娜·保拉大妈时就如描述北京身边的大妈大姐,淡然可亲,没有刻意体现巴西的陌生感和异

---

① [美] 丹尼尔·贝尔:《资本主义文化矛盾》,严蓓雯译,北京:人民出版社,2010,第118页。

质感，把"日常生活"场域不留痕迹地划入中国教师的"日常生活"中来，这就是全球化的大众社会的同质性。"大众社会最显著的一个方面就是，当它将广泛大众融入一个社会中时，它又创造了更纷繁的多样性和变化，以及对体验的强烈渴求，因为世界越来越多的方面——地理的、政治的和文化的——进入普通男人和女人的视野。这种视阈的扩大，这种艺术的融合，这种对新事物的寻求——不管是看作发现之旅还是将自我跟他人区分开来的势利努力，本身就创造了一种新风格，一种现代性。"① 这段话可以印证《安娜·保拉大妈也写诗》文本的一种题阈，那就是中国当代诗歌与西方或是世界当代诗歌应该消除距离，不再说是"陌生"的中国当代诗歌，而是熟悉的"日常生活审美"共同背景下的世界诗歌整体的一部分。在这个意义上，西方文化中心论是过时的，是要被超越的。

安娜·保拉大妈隐喻了一种跨文化的"日常生活"世界的诞生，这是文本的重大贡献。胡续冬以幽默的笔调描绘了一位巴西大妈的可爱形象，作为一种跨文化文本实属难得，推翻的是那种由来已久的借异国情调表达心情的文本模式。当然，也说明在后现代主义的全球化世界，一切正在同质化、"物"化及"消费化和符号化"。

文本在最后有一个欧·亨利式的结束："在一首诗中给我三秒钟的寂静，/我就能在其中写出满天的乌云。"多么好的诗歌手艺，安娜·保拉大妈！多么好的文本手艺，胡续冬！

---

① ［美］丹尼尔·贝尔：《资本主义文化矛盾》，严蓓雯译，北京：人民出版社，2010，第105-106页。

妙在只需三秒钟的寂静，就能在其中写出满天的乌云。为什么只需三秒呢？安娜·保拉大妈是时间的奴隶吗？为什么是乌云呢？她的内心很忧伤吗？为什么是满天的乌云呢？安娜·保拉大妈认为未来是虚无的吗？

陈陟云的写作很难被划入圈内，某种意义上，他跟"我们不是一伙的"，意思是说，他的诗歌写作有自己的个性，如断续、自娱式写作，或是场景式写作。但放在"日常生活审美化"的框架里，他的文本可以让诗歌与当代"日常生活"的生成关系得到更多关注。

打点狼藉[①]

这把钥匙，是摊在掌心的静物
如岁月的投影，虚构了一个季节
握住，它的冰冷一点点
沁入心底——打开苍凉，或者关闭时间？
这个晚上，打点一生的狼藉
却把自己拆成一地的零件
隐忍是一枚锐利的针
平静地缝合一些毫无关联的事物
譬如，把表情缝在钟表上，把心情缝到墙壁中
无法拼凑的完整，更像跌坐轮椅的残疾
头脑清晰，而手脚无觉
目光则是一群流离失所的碎片

[①] 陈陟云：《月光下海浪的火焰》，武汉：长江文艺出版社，2014，第36页。

像花瓣，也像玻璃

　　返还体内，堆积柔弱，或刺痛

　　空气中，继续升起和散开的，是人世间的盲点

　　删除灵魂，和灵魂所有的轨迹

　　有灯也没有用。这个晚上

　　我只抱着石头取暖，已不在意增加的

　　是孤独的硬度，还是生存的重量。

这是作者写于2013年9月15日的作品。作者本人不在意增加的"是孤独的硬度，还是生存的重量"，但文本在说"生命不能承受之轻"。莫里斯·布朗肖在他的《文学空间》中说："当人属于作品，当作品是探求艺术时，人所冒的风险是他可能冒的最极端的风险：不仅仅是他的生命，也不仅仅是他居住的世界，而是他的本质，他求真实的权利，更有甚者是他的死亡的权利。"[①] 文本在最开始提到"这把钥匙，是摊在掌心的静物"时，作者就开始冒险：在于坚的《0档案》那里，这把钥匙是掌管1800个装档案的抽屉的，是一种掌握生死的缺席者的权力象征。在此文本中，"我"是"统治者中的被统治者"呢，还是一个要决定生死的象征？为什么要"关闭时间"呢？这可是西美尔的大都会时间。西美尔认为："现代生活最深层次的问题来源于个人在社会压力、传统习惯、外来文化、生活方式面前保持个人的独立和个性的要求。"[②] 但在符

[①] [法]莫里斯·布朗肖：《文学空间》，顾嘉琛译，北京：商务印书馆，2003，第245页。

[②] 汪民安、陈永国、张云鹏主编：《现代性基本读本（下）》，开封：河南大学出版社，2005，第639页。

号化的消费的"日常生活"世界，我们不得不与他人有关联，因为我们必须进行"物"的交换。因为是"物"，所以能把自己拆成一地的零件。孙文波虚构自己的逃避：用想象的病；陈陟云则想删除灵魂，以及灵魂所有的轨迹。于坚的"他"无处可逃是因为只有一把钥匙，钥匙在掌管者手中，陈陟云有自己的钥匙，却只能用来打开苍凉。这就是现代人的境地。于坚的"他"的表征或是隐喻是"他"要做一个自由的本体，从《0档案》的1800个抽屉中逃出，孙文波的"我"则想加入现代社会的游戏，不愿做观察者、局外人，是一种怨恨。陈陟云的"我"则向"无法拼凑"的完整召唤，要得到自己的主体性。但是，他们都错了。鲍德里亚说："一层层幕布之后，空无一物，从来都空无一物，其实，为了发现这一点而不断向前推进的运动就是阉割的过程——不是对缺失的承认，而是对这种虚无实体的迷恋。西方的全部活动都通向一种令人眩晕的写实强迫症，都受到'斜视阉割'的影响：人们以重建'事物基础'为借口，潜意识中斜眼盯着空无。人们不是承认阉割，而是提出各种各样的菲勒斯不在场证明……以便发现'真理'——这个真理总归还是阉割，但它最终总是被表现为否定的阉割。"① 鲍德里亚说得很清楚了，我们迷恋的都是虚无的实体，在"仿像"社会，那里什么都没有，一切都被"仿真"了，也就是说：一切都被"阉割"了。这就是陈陟云的"我"如此无助、哀痛的原因。

　　从诗歌文本角度，布朗肖又作了详尽补充："在诗歌里，并非仅仅某个个人在冒风险，某种道理面临伤害和黑暗的灼伤。风险更为

---

① ［法］波德里亚（鲍德里亚）：《象征交换与死亡》，车槿山译，南京：译林出版社，2006，第166-167页。

本质：它是危险中的危险，语言的本质每次被这种危险彻底提出质疑。使语言遭风险，这就是这种风险的形式之一。冒存在之险，作品在说出开始这词时所说出的不在场这词，这是风险的另一种形式。在艺术作品中，存在在冒风险，因为在有生命之物排斥它的世上，在隐藏主宰之处，存在总被隐藏，被否定，再否定（从这意义上讲，它也被保护起来），而隐蔽起来的东西欲露显在表象的底部，被否定的东西成为过剩的肯定——然而，这表象却没有表露任何东西，这种肯定无任何东西在其中得到肯定，它仅仅是不稳定的状况，如果作品得以包含它，那么真就可能发生。"① 这是对文本的忠告，当作品想透过隐喻召唤本体存在时，极有可能是乌托邦式的举动。关键是我们都已身陷语言的"铁笼"，用以召唤的词都是被规训后涌现的。我们可以通过语言设想取得掌管1800个抽屉的"钥匙"，可以通过语言让我们得"病"，可以用语言来做一枚锐利的针，"平静地缝合一些毫无关联的事物"。但后果极可能是我们在语言中都消失了，我们的本体都死在语言之中了，因为，归根到底，我们无法抵抗现代性。

在这个层次上，陈陟云的"我"在语言中不必冒险了，"我只抱着石头取暖，已不在意增加的／是孤独的硬度，还是生存的重量"。这是实事求是的态度，认命吧！

在中国社会的现代转型中，"底层现象"已"日常生活化"。世界最大的代工厂富士康雇用几十万甚至上百万来自农村的青年人。这些青年人的生存或者说在现代社会的存在，构成"日常生活"的

---

① ［法］莫里斯·布朗肖：《文学空间》，顾嘉琛译，北京：商务印书馆，2003，第246页。

重要部分。开展"日常生活批判",应该关注这一文化现象。郑小琼的文本是一种典范。

凉山童工①

生活只会茫然　时代逐渐成为

盲人　十四岁小女孩要跟我们

在流水线上领引时代带来的疲惫

有时　她更想让自己返回四川乡下

砍柴　割草　摘野果子与野花

她瘦小的眼神浮出荒凉　我不知道

该用怎样的句子来表达　只知道

童工　或者像薄纸样的叹息

她的眼神总能将柔软的心击碎

为什么仅有的点点同情

也被流水线的机器碾碎

她慢半拍的动作常常换来

组长的咒骂　她的泪没有流下

在眼眶里转动　"我是大人了

不能流泪"她一本正经地说

多么茫然啊　童年只剩下

追忆　她说起山中事物比如山坡

比如蔚蓝的海子　比如蛇　牛

也许生活就是要从茫然间找出一条路

返回到它的本身　有时她黝黑的脸

---

① 郑小琼:《女工记》,广州:花城出版社,2012,第51—52页。

会对她的同伴露出鄙视的神色

她指着另一个比她更瘦弱的女孩说

"她比我还小 夜里要陪男人睡觉"

这是一首赚足了眼泪的小诗。中国当代诗歌文本中有不少居高临下的观察者和"传声筒",往远处回溯,波德莱尔也有过类似的描述,文本分析结束时我将引用。但郑小琼是"身在其中者",与前面分析的文本作者一样,都是新世纪以来现代中国"日常生活"社会的一个存在者,一个"日常生活"的"人"。诗中的"她"属于全球化之中的一个新阶层,构成发达的"日常生活"的底部,具有阶级色彩。我们在文本分析前,先来看一下杨继绳在他的《中国当代社会阶层分析》一书中的数据材料。按他的描述,2008年全国经济活动人口总数为79243万人,依据财富、权力、声望分为5个社会阶层等级。我认为有必要把他的表格模型列出来:

表 4.1 21 世纪第一个十年中国社会阶层模型表 [①]

社会群体	财富等级（权数 0.36）	权力等级（权数 0.38）	声望等级（权数 0.26）	加权综合等级	占全国经济活动人口的比重（%）	所属阶层
高级官员	7	10	9	8.66	1.5%	上等阶层
国家银行及国有大型事业单位负责人	8	9	8	8.38		
大公司经理	9	8	7	8.10		
大型私有企业主	10	7	6	7.82		

[①] 杨继绳:《中国当代社会阶层分析（精装版）》,南昌:江西高校出版社,2013,第 350-351 页。

（续表）

社会群体	财富等级（权数0.36）	权力等级（权数0.38）	声望等级（权数0.26）	加权综合等级	占全国经济活动人口的比重（%）	所属阶层
高级知识分子（科学家和思想界、文艺界名人）	7	6	10	7.40	3.2%	上中等阶层
中高层干部	6	8	7	7.02		
中型企业经理	7	5	7	6.24		
中型私有企业主	8	5	6	6.34		
外资企业白领雇员	9	4	6	6.32		
国家垄断行业中层企业管理人员	7	5	7	6.24		
一般工程技术人员和科研人员	5	5	7	5.52	13.3%	中等阶层
一般律师	5	6	7	5.90		
大中学教师	5	5	7	5.52		
一般文艺工作者	6	5	7	5.88		
一般新闻工作者	6	5	7	5.88		
一般机关干部	4	6	7	5.54		
一般企业中下层管理人员	4	5	5	4.64		
小型私有企业主	7	4	5	5.34		
个体工商业者	6	4	5	4.98		
生产第一线操作工人	4	2	4	3.24	68%	中下等阶层
农民工	3	1	3	2.24		
农民	2	1	4	2.14		
城市下岗待业人员	2	1	2	1.62	14%	下等阶层
农村困难户	1	1	1	1		

从表4.1中，我们得知："她"属于当代中国社会的"下等阶层"，是垫底的一个阶层。值得注意的是，这是全球化背景下的中国社会阶层分析，实际上此时的中国经济总量已在世界前列。这是现代性在中国的"收获"，也是现代社会在中国的转型模型。中

国云南普洱市的西盟佤族自治县有一个民族——佤族，据说他们是中国社会最后一个猎头族，猎头不是为了吃人肉——佤族不是食人族，而是为了祭祀天地，求风得雨，或是遇有大事件，猎头祭天。现在他们不会再猎人头了，但是会把牛头砍下来，送到湖边的山涧中举行祭祀仪式。当然，现在已经仪式化了。2014年8月，我在南美洲旅行，在哥伦比亚的一个小城的博物馆，看到三个近千年前的孩童木乃伊。他们似刚刚入睡，身体以生前被捆绑的姿态蜷缩着，一脸平静。介绍文字表明，他们是牺牲品，祭祀前喝了酒，因而是麻木的；我猜也许酒中有一饮即死的毒药，因为他们不显得痛苦。他们在玻璃柜内恒温的条件下会永存吗？他们会作为人类的牺牲品一直向人类展示吗？这是个问题。因为现代化也需要祭品，现代性一直都需要牺牲品。哈贝马斯在他的《现代性的哲学话语》中引用巴塔耶的论点："在为了进一步扩张工业生产而进行的财富积累基础上，资本主义社会是一个物的社会。与封建社会形态比较而言，它不是人的社会。……那些可以转换为金钱的客体，对于那种不再自为存在并且不再真正有价值的主体来说，更具有价值，因为主体依赖于他所占有的客体。"① 回看一下"21世纪第一个十年中国社会阶层模型表"，我们对比一下，就知道谁是"客体"，谁是"主体"了。从这样的社会理论着手，我们才能对"底层文学"这样的概念作出"底层"的分析，郑小琼的文本才具有了更广泛的审美意义。库恩的观点是科学革命的范式是否定、是断裂。如此，某种意义上也存在着牺牲品和祭品。美国历史学家托尼·朱特在他的《重估价值：反思被遗忘的20世纪》一书中针对20世纪末欧洲的高失

---

① ［德］于尔根·哈贝马斯：《现代性的哲学话语》，曹卫东译，南京：译林出版社，2011，第264页。

业率分析说:"这些人是失败者——失去技术的人,没有技术的人,非全职工作的人,移民,失业者——他们都是弱势的,由于经济现状的原因,但是首先是因为他们失去了同工作相联系的各种形式:从属的机构,社会支持,固定职业,这些都曾经是受剥削的工业无产阶级的特点。正是这些人最不可能从全球化经济的假定附加值中得到好处——他们不可能轻易地到其他地方找到工作,而即使能找到工作,他们也得不到曾经从工作中得到过的那些社会福利和心理帮助,而只会在另一个地方变成'不在其内'的人。资本会同它的拥有者分离,在世界上带着速度、声音和光亮游走。但是劳动不可能脱离它的拥有者,而它的拥有者不仅是一个工人,同时也是一个或几个社群的成员——居民,市民,国民。"① 文本中的"她"是没有工会保护的,"她"也不可能找到其他的什么工作,"她"因而属于"她"以上的阶层所有。当然了,属于现代性、属于"日常生活"的牺牲品。所以"她瘦小的眼神浮出荒凉",祭品是不是都有这样的眼神?巴塔耶发现,祭祀牺牲是最纯粹的自主权,而且还可以用经验来加以把握。他根据有关阿兹特克活人牺牲的描述仔细分析了祭祀牺牲,"牺牲即是要消灭用于祭祀的东西。它无需像熄灭火焰那样去消灭,而只需斩断把祭品捆在实用行为世界上的束缚即可。但这一断裂具有一种终极消费的意义。被用于祭祀的牺牲无法再回到现实秩序。这一原则为摆脱束缚打开了出路。它为暴力提供了一个可以自由支配的领域,从而使暴力获得了释放"②。

---

① [美]托尼·朱特:《重估价值:反思被遗忘的20世纪》,林骧华译,北京:商务印书馆,2013,第447—448页。
② [德]于尔根·哈贝马斯:《现代性的哲学话语》,曹卫东译,南京:译林出版社,2011,第264—265页。

在这里，我们得出了一个结论：现代性的暴力具有自由支配的领域，从而它被解放了，可以为所欲为。在这样的前提下的时间神话具有"恶梦性"，"她"是没有未来和明天的。所以，"她""多么茫然啊　童年只剩下／追忆"。所以，"她指着另一个比她更瘦弱的女孩说／'她比我还小　夜里要陪男人睡觉'"。这是一个祭品，是用于祭祀的、要消灭的、牺牲的那种"东西"，它呈现了现代社会的"日常生活"场景，充斥着茫然及"薄纸样的叹息"，是现代主义开端者波德莱尔的"恶之花"。我们可以找到《恶之花》中的《苦闷和流浪》来作补充分析：

苦闷和流浪[①]

你说，阿加特，你的心可曾高飞，
远离这丑恶城市的黑色海洋，
朝着另一个海洋，迸射着光辉，
童贞般蔚蓝、清澄、深邃的海洋？
你说，阿加特，你的心可曾高飞？

海，浩瀚的海，抚慰我们的劳动！
轰轰作响的风如大风琴伴奏，
哪方神灵把催眠的崇高作用
赋予大海这嗓音沙哑的歌手？
海，浩瀚的海，抚慰我们的劳动！

芬芳的天空，你是多么的遥远，

[①]　[法]波德莱尔：《恶之花》，郭宏安译，桂林：广西师范大学出版社，2002，第260-261页。

那里蓝天清明，净是爱和欢乐，
那里人们之所爱都当之无憾，
那里心灵被纯洁的快感淹没！
芬芳的天堂，你是多么的遥远！

然而，童年的爱情的绿色天堂，
那奔跑，那歌唱，那亲吻，那花束，
那提琴声在小山后边的震荡，
还有晚上树丛中那美酒一壶壶，
　——然而，童年的爱情的绿色天堂，

那充满短暂快乐的无邪天堂，
难道这比印度和中国还遥远？
悲哀的呼喊能把它召回地上，
清亮的嗓音能让它生意盎然，
那充满短暂快乐的无邪天堂？

郭宏安译

　　十分遗憾的是，一个多世纪后，中国的一个十四岁的小女孩"她"依然在悲哀地"呼喊""那充满短暂快乐的无邪天堂"。在"这丑恶城市的黑色海洋"中，"她""追忆　她说起山中事物比如山坡（是"那提琴声在小山后边的震荡"中的山坡吗？——作者语）/比如蔚蓝的海子（是那"童贞般蔚蓝、清澄、深邃的海洋"吗？——作者语）　比如蛇　牛"。

　　回到"日常生活"批判，郑小琼的"打工诗歌"或是"底层文学"就有了审美现代性的哲理高度，其中文本的时代性的美学张力打开了新的视阈。同时,我们也对本体在"日常生活"中的角色进行了审美分析。当我读到被萨特立为典范的唯物主义法国诗人弗朗西斯·蓬热的一首诗时,心起涟漪,顿生感慨:

对工业家的恭维

  老爷,您的大脑会显得贫乏,满是平板的桌子,竖直线拉住的圆锥形灯罩,刺穿商业神经的音乐,

  但您的汽车,环绕地球,有目共睹地行驶在巴黎市区,这座城市宛如一件凸起的背心,白金色的河流一划而过,河上点缀着埃菲尔铁塔和别的著名饰件,您从那些分散在乡间深处宛如一堆堆臭屎的工厂回来时,

  掀起帘子钻进客厅,

  好几个女人向您走来,披着绫罗绸缎,宛如绿头苍蝇。[①]

谁是"老爷"呢?是"21世纪第一个十年中国社会阶层模型表"中的第几等阶层呢?也许,是隐喻的"现代性"?还是"我"呢?

在"日常生活"世界,诗歌被现代主义以抗逆的姿态玩得远离了大众。某种意义上,诗歌没有被当成"物"来交换消费,只有"物"的诗人群体自娱自乐——就如在自家菜地里种的萝卜,摘下来自己下酒喝。所以,"日常生活审美化"提出了"大众诗歌"的需求。以读者接受美学理论来分析使不上劲,因为那要求读者具有波德莱尔所要求的哲学、宗教等理论知识。现代主义的文本是为现

[①] [法]弗朗西斯·蓬热:《采取事物的立场》,徐爽译,上海:上海人民出版社,2009,第16页。

代主义的读者准备的，与"日常生活"世界的"物"的大众搭不上界。后现代主义的对象是"符号"的"仿像"的消费社会，审美是他们消费"物"的一部分。

4.4 结语

21世纪以来的中国当代诗歌文本没有得到及时处理，有可能是因为批评界正在思考理论的整理和突破。但无论如何，一方面是后现代的"日常生活"已全面到来，大众文化、网络文化、虚拟文化逐步兑现，一方面是高雅、古典和传统正在消隐，价值体系崩溃了——虚无主义文化现象已无处不在。

总体看，新世纪以来的文本表明经朦胧诗由第三代诗人而来的中国当代诗歌具有典范诗人和文本。这些诗人的英雄气质未褪色，更沉稳，更敏锐，更富于策略：让文本不断异化、生成。他们如大嘴的河马，迅速消化了现代主义及后现代主义的理论及技艺，已经"弑父"而生了。在"小时代"的"日常生活"氛围下，他们的文本都保持了大时代的成熟气概。应该认为，在大文化背景下的中国当代诗歌的审美精神具有了历史性、时代性及国际性，彰显着指向未来人类走向的美学精神。

作为大众化的"日常生活"诗歌也在回潮，"为你读诗"这样的网络诗歌行动为世界所罕见，足以证明当代中国社会有着强烈而巨大的诗歌审美需求。也证明面对虚无主义文化危机我们还是有希望的。

"日常生活审美化"为中国当代诗歌的文本打通了另一种审美可能,从前述文本分析中我们可以看到:"日常生活"的个人主体性的建立问题亦导致审美张力,也可以构成审美现代性的批判力度。

从新世纪的中国当代诗歌文本分析实践来看,运用和汲取当代西方不断变异的批判理论,改变中国当代诗歌批评和研究的知识结构,是有极大可能解放文本分析实践及其理论,发现新的审美通道,促使中国当代诗歌的生成突破"日常生活审美"的大众化审美趣味,向未来走向的路径发展的。

借用陈晓明关于当代文学小说评价的话语:

> ……现在莫言和张炜却是以如此自然而宽广的方式显现汉语小说的魂灵。如此这般的汉语小说,已经无须斤斤计较于西方/中国、传统/现代,以及各种主义的区分。
>
> 所有这些都表明21世纪初的中国文学抵达了一个重要的阶段,就是历经了现代文学对启蒙价值和革命理想的表现;历经了五六十年代革命文学对创建中国民族风格的试验;历经了八九十年代对西方现代主义文学的广泛借鉴;21世纪初的中国文学,在个人写作的晚期,抵达这样的"晚郁时期"(迟来的成熟时期),在困境里厚积薄发。它更执着地回到个人的生存经验中,回到个人与世界的对话中,回到汉语言的锤炼中。因此,它有一种通透、大气、内敛之意,有一种对困境及不可能性的超然。"晚郁时期"并非短暂的回光返照,而是有一个漫长的"晚郁"——在无限临近终结的途中,汉语文学这才有了无限远的

道路。①

讲得太好了。可是，为什么不把莫言和张炜的名字换成当代中国诗人的名字呢？为什么不把"如此这般的汉语小说"换成"如此这般的中国当代诗歌"呢？

---

① 陈晓明：《中国当代文学主潮（第二版）》，北京：北京大学出版社，2013，第598页。

第五章

与"上帝"和解：在存在追问后的"救赎"

现代中国社会在进入 21 世纪后步入了快速发展时期，全球化让社会大众在享受物质财富的同时，也感到了生活的无把握。城市化的扩张，打破了农业社会的旧有体系。企业家的破坏性创新精神所具有的"狼性"，让少数人上升，多数人不适应。贫富差距日益扩大，让人们日益感到不安全，现代性风险前所未有地凸显。命运的不公感、生命的无力，让财富的积累黯然失色。如何找到一条回归幸福的路？这是中国当代诗歌文本的一种发问。

▍ 5.1 "破坏性创新"下的"存在"

"三千年未有之大变局"在当代中国真的出现了，中国当代诗歌受益匪浅。从审美现代性角度来看，认为过于强调了虚无主义文化危机，可能是一种鸵鸟态度。这有两方面原因。一是 20 世纪 80 年代以来，改革开放是主题、主线，现代社会的转型一直在进行，企业家精神所包含的"破坏性创新"一直在进行。从现代化的角度来看，民族—国家的路径是向前、再向前的。谈问题、谈虚无主义有些不合时宜、煞风景。或者说，在中国急于融入全球化的时刻，发展是主要的。围绕着改革发展展开的各种社会思潮大争论中没有虚无主义问题的位置，因为明天的明天仍可期待。二是当代理论界对此的重视不够，现代性刚刚以英雄叙事的姿态进来，我们怎能把它当作尼采所说的可怕的客人呢？这种理论心态掩盖了另一种忽视：我们把虚无和虚无主义混为一体，从而轻视了虚无主义。虚无是人类与生俱来的生命感受，是相对于"存在"而缺位的"存在意义"的反应，是思维的范畴，是情绪的体验。海德格尔认为虚无产生于一种普遍厌烦的时刻，一种所有差别消失不见的时刻。萨特更深入地理解：虚无"来自灵魂深处那漆黑的夜晚，而不是某个人们至少可以期待其尽快结束的迷蒙的下午"。"子在川上曰：逝者如斯夫！""念天地之悠悠，独怆然而涕下。"这些都是对生命的虚无感受。这种虚无，有深刻的美学意义，是古今中外诗歌文本中最重要的主题之一，有净化心灵的独特审美作用。虚无主义则是关于价值虚无的理论体系，是现代性的文化危机，是社会矛盾和价值冲突的反映。它是现代社会的思想潮流，表明不同阶层人的生活态度和价值取向，是人类文明中共同的文化精神疾病。本书所分析的20世纪80年代以来的诗歌文本，大多属于虚无主义范畴。当下社会理论对虚无主义的研究尚不到位。应该抓住现代性这把钥匙，去打开所有现代社会的理论题阈，从而获得理论的解放；打破虚无主义这层文化危机的挡板墙，把现代性的光明放进来，找到人类的阳光未来。

是该换个思路了，如果我们已经被确认现代性无解，如果我们已经被宣告后现代主义将解构一切。在本书的视阈中，我想通过对20世纪80年代以来的中国当代诗歌审美精神的透视，围绕虚无与虚无主义的克服来尝试召唤一种可写性文本及可写性乌托邦的到来。

在此之前，有必要总结一下虚无主义的概念论述及与中国当代诗歌的社会背景关系。

丹尼尔·贝尔在他的《资本主义文化矛盾》导论中明确指出："对尼采来说，虚无主义的来源是理性主义和精密计算，这种生活态度要毁坏'不予反思的自发冲动'。……由此，理性主义过程的终结就是虚无主义。是人的自我意识在意图毁坏过去、控制未来。在其极致，就是现代性。尽管虚无主义是建立在形而上的基础上，但它弥漫了整个社会，而其终结必然是毁掉自身。"[1]这是丹尼尔·贝尔基于尼采的虚无主义论述的观察。其中强调了一种价值观念，即"是人的自我意识在意图毁坏过去、控制未来"。20世纪80年代中国当代诗歌所体现出的"人的自我意识在意图否定过去、期盼未来"，也是一种启蒙价值观。但关键是后面一句话："在其极致，就是现代性。"这个"未来"，就是现代性。现代化中国拥抱了现代性，也就此拥抱了虚无主义，因为"它弥漫了整个社会"。因此，我们前面所分析的文本，都承载了极大的文化矛盾，具有时代性的深重文本张力。

丹尼尔·贝尔进一步总结：虚无主义是人类的宿命；由于社会如此脆弱，一个举动，一颗炸弹，便能把文明撕成碎片，摧毁所有规定，将人剥得只剩下本能。他解释说，价值虚无之所以成为时代的特色，根本上是因为现代性本身出了问题，它是经济高速发展中的文化裂变的结果，也就是资本文化社会内部经济、政治、文化相互脱节断裂的结果。

实际上，自启蒙时代起，欧洲文学思潮中虚无主义情绪几乎处于其文化艺术潮流的中心，表现了荒诞、痛苦、焦虑、抑郁、怨恨

---

[1] [美]丹尼尔·贝尔：《资本主义文化矛盾》，严蓓雯译，北京：人民出版社，2010，第1—3页。

以及厌世的人类心灵困境，映射出对现代性的反思与抵抗，以及对"回家"的深深渴望。

中国在拥抱现代化、全球化的同时，也陷入了现代性的迷宫。

在争论"谁的现代性"的同时，其实，也存在"谁的虚无主义"的问题。一方面，作为人类文明共同进程的一个特征，现代性如骑在鹅背上的通灵者，在全球化的工地中来去自如。在这个意义上，中国社会蔓延的虚无主义情绪可以在尼采的虚无主义理论谱系中找到依据。另一方面，中国现代性困境"后发先至"，在"三千年未有之大变局"出现时，价值体系的确证遇到了巨大挑战。其中，对虚无主义在传统文化中的再回视，既有必要，亦困难重重。

老子谓："吾所以有大患者，为吾有身，及吾无身，吾有何患？"庄子谓："至人无己，神人无功，圣人无名。"提倡的是虚无。佛教的"六趣"则把人生置于"空"的轮回。"一切有为法，如梦幻泡影，如露亦如电，应作如是观"，讲的是一切空寂。这是中国文化中的虚无主义祖谱，是中国知识分子的文化基因。

因而，虚无主义在当代中国具有了源头性场域和他者性特点。

5.2　在虚无主义的面前"崛起"

再回到中国当代诗歌题阈。

从新诗诞生之日起，虚无主义就成为诗歌写作的文化资源。

传统文化中的无为文化，一切皆空的价值体系已成为中国新诗的内生谱系。所以，优秀的新诗作品无不浸淫其中。这是一次自觉的继承行动，目的是指向人性及人生，与历史的动荡、生命的无常相对抗，有着积极的审美意义。

出于对现代化进程的渴望与期待，中国文化从历史、传统的角度被虚无弱化。从"五四"时代的启蒙到 20 世纪 80 年代的再启蒙，视野都转向了西方。宏大叙事的解体造成"最高价值的贬黜"，"家在何方"的困惑导致虚无主义文化思潮涌起。在此背景下，虚无主义以形形色色寓言的方式，隐身于各种各样的诗歌审美争论中。

现代性困境以前所未有的气势贯穿于中国的现代化进程。一系列政治事件的发生，社会阶层的大分化，改革狂欢后的利益分歧及城市化带来的"公社"解体，人的家园感的丧失，还有文学艺术的市场化，诗人写作的退场、边缘化，都造成了价值观的虚无崩塌。这些迅速地反映在当代诗歌的写作中，既体现了当代诗歌的张力、活力，也为当代诗歌的文本写作、艺术写作转向提供了新路径。例如，知识分子写作与民间写作其实都是与现实拉开距离，对现实采取批判、对立立场的写作，都具有现代主义或者后现代主义的色彩，是对当代社会的虚无主义的回应，企图从虚无主义的内核中突破，寻找或建造一种形而上的乌托邦净土。

百年来中国知识分子在面对现代性时始终处于被动接受消化处境。在激烈的争论中，到现在还没有形成与中国的现代性现象相称的理论体系。文学创作实践一直缺乏一种中国的现代性审美批评护佑。其结果显现为：象征主义、现代主义、后现代主义、新古典主义、浪漫主义被混杂一体，虚无主义成为一种写作技巧或是个性化的时尚。于是，我们看到了不少"山寨版"的波德莱尔、兰波、艾略特……从这一现象出发，诗人们不得不开始自己言说，对虚无主义写作激情进行虚无主义的圆梦。此外，诗人作为先知先觉者，其写作在无意识地透露了虚无主义的私人性表达之外，还有意识地追求虚无主义美学表达,从艺术表象上仿古及"尼采化"。

上述诸方面,构建了中国新诗尤其是朦胧诗以来的以虚无主义为核心的诗歌美学的现代性特征和写作实践。

在中国的传统文化中,虚无主义的指向有着积极色彩:道家的无为文化的目的是形成独立和健全的人格。出世不是自弃,而是针对物欲社会的自避法则,同样强调的是人生责任。在这个意义上,"无"成了"有"的突破方式。佛家所讲的"空",是"人"脱"苦"的宗旨。"人"之所以"苦",是因为有欲念、贪念、恶念等。修行入虚无,"人"就达到了形而上的境界。"悟道成佛",佛是智者,是拯救者,又是彻底的虚无者。所以,修佛的过程,也是虚无的过程,最终,各种罪孽得以摆脱。这是一种向死而生的态度,有着形而上的彼岸意识。

虚无主义在尼采那里被分解成三个层次:否定的虚无主义,消极的虚无主义,以及积极的虚无主义。积极的虚无主义是尼采批判和克服虚无主义的办法。"它可以是强者的标志:精神力量可能如此这般地增长,以至于以往的目标('信念'、信条)已经与之不相适应了……另一方面,它也可能是不充分的强者的标志,目的是创造性地重又设定一个目标、一个为何之故、一种信仰。"① 这是尼采对柏拉图主义的超感性价值世界的否定,是价值重估的开始,是艺术化生存的序幕。尼采以后,虚无主义是巨大的文化危机课题。然而,"一切坚固的东西都烟消云散了",现代性的风险越来越不可控。现代文化的悲剧性困境体现为生命本质与形式的冲突与对抗。工具理性使人生存于铁屋之中,"由于这个原因,生命与形式从一开始

---

① [德]尼采:《权力意志(上卷)》,孙周兴译,北京:商务印书馆,2007,第401页。

就处于一种潜在的对抗之中,并在活动的许多领域表现出来。从长期来看,这种紧张关系最终会发展成为一种普遍的文化危机"。从审美现代性角度出发,现代主义表明了抗拒姿态:与现实相对立、保持距离,以追求纯粹的美、纯艺术的态度表现了价值重估,以他者的角度重新审视被异化了的文明——这种被异化了的文明导致"人""只有在距离的基础上","才可能对自然产生真正的审美观照,此外通过距离还可以产生那种宁静的哀伤,那种渴望陌生的存在和失落的天堂的感觉"。① 这是现代主义的战斗姿态,这是一种穿过虚无主义迷雾,寻找新的彼岸的文化行动。我们可以从艾略特、波德莱尔等一大批诗人的作品中找到例证。

20世纪80年代是中国社会的思想再启蒙时期。从荒诞中刚刚抬起头,星空反映的是虚无。一场以重新现代化为共识的改革为文化的复兴提供了平台。从"我不相信"开始,虚无主义在中国当代诗歌里就表现出来积极建构的愿望冲动。从自我确认的朦胧诗开始,中国当代诗歌写作一方面通过对往事的虚无主义质疑、哭诉表达断裂情绪,一方面又以"相信未来"的宣言表达了对价值重估的认同和期待。来到21世纪,身处全球化时代的中央广场,我们在面对人类共同的文化危机的同时,也亟待回向传统文化寻找克服文化危机的资源。在图像化的世界面前,已成为现代人的中国人必须面对物欲化、世俗化、碎片化的难题。经过数十年的文化恶补,中国的知识分子已经打通了东西方文化的通道,并提供着中国的现代性智识。在"小时代""我是流氓我怕谁"的虚无主义泛滥时代,如何面对虚无主义成为文化重建的课题。可惜的是当代中国

---

① [德]西美尔:《货币哲学》,陈戎女、耿开君、文聘元译,北京:华夏出版社,2018,第513页。

的诗学批评没有出现有效的美学反应。我猜想可能是由禁忌心理所致，也有很大可能是知识结构的更新不足所致。庆幸的是，诗人们以积极的态度在写作实践中表明了对当代虚无主义的突破，从否定的消极的虚无主义情绪中脱身而出，寻找一种新的诗学建构，构建一条新的审美通道，从而激发中国当代诗歌的张力、活力，终结以仰慕、模仿和遵循为特征的西方诗歌情结，"弑父"而生。中国当代诗人以群体的姿态彰显于世界诗坛，必将引领一次全球化时代的诗歌美学价值重估，成为全球化时代虚无主义文化危机的强大克星。

　　应该看到，中国当代诗歌在中国数十年改革开放的现代化、全球化浪潮中与现代性紧紧拥抱，走过了自我指涉、自我确定的阶段。从概念到体系，中国当代诗歌的现代主义框架像中国经济的迅猛发展一样，也得到了快速的历史性突破。回首往事，这其实是一个野蛮生长的过程，从失望开始，到怨恨、痛苦、忧郁、恐惧、苦闷以及革命冲动。数十年来中国社会政治经济每一个重大事件都直接影响冲击了中国当代诗歌。最致命的打击是物欲化、世俗化、商品化后的社会虚无主义思潮——中国当代诗歌不仅面临形而上的最高价值重估问题，而且必须面对后现代主义的撕扯。没有人一开始就是清醒的、坚定的、指向未来的。在各种诗潮的争吵谩骂中，每一个人都喊哑了喉咙。从来没有如此多的诗学主张，也从来没有如此广泛而激烈的诗学讨论。这应该与诗学如何处理与传统的关系有关，也与如何对待现实世界有关，当然，更与如何处理与西方的诗学文化关系有关。应该说，在人类文学史上，似乎从来没有一个民族的诗学会突然面对如此复杂、如此陌生、如此充斥内部震荡和外部文化涌入的文学思潮冲击。当然，相比被动地进入现代化、接受现代性,当代中国的诗学有着主动、渴望的体态。之所以在短短四十年里当代中国文学就站在了世界的平台上而没有迷茫,被现代性"重构"掉,是因为存在两种文学理论体系或者说价值估值。一是传统的意识形态支撑的在时间上线性地起主流作用的体系,依然以体制的形态保持主流社会的审美偏好。这里的作用在于不但保护了传统的民族审美,使其没有全面崩溃,而且显示了强大的生命力,及与当代中国的政治生态、经济形态、社会关系的相辅相成。二是因为前者的稳固、强势和前所未有的文化宽容,伴随着改革开放的思想交锋,现代主义文学思潮爬在中国的现代性理论体系建构的背上以完整的面目来到了中国。最重要的是,现代性的张力随中国经济、社会的快速发展很快彰显。利益诉求的多元化、价值重估的多重可能性、全球化之中的东西方冲突,以及人类共同面临的生态危机、恐怖主义危机、生存危机、文化危机等都激发了中国当代社会前所未有的回应和社会活力。当代中国诗学在这种大背景下很快改变了生态。从"新诗的崛起"至今,诗人们走在了批评家的前面。社会形态为写作提供了新的审美资源,写就是美、就是涅槃、就是突破。因为人类当下所有的现代性困境都在中国的当下展示,让诗人们的写作几乎是在近代史上第一次没有了顾忌、羁绊,有如此丰富、可以反复咀嚼的历史伤痛和民族崛起的悲壮,以及终于可以直接面对的西方世界文化资源。遗憾的是,文学批评界可能因为人大都在体制内、学院体系内,需要一种传统的审美教育研究的延续性,也可能是因为受到语言能力的制约,更可能是因为意识形态的文化主张不接受或丧失能力更新现代性知识结构,结果是诗人们不得不出来自圆其说。

在此，我必须事先说明：我决没有要求选边站队，也决不是以无事生非的方式发难。我只是希望在如此宽松的学术环境下面向世界加紧推进中国诗学的体系建设，让中国当代诗歌在下一个四十年里对世界作出贡献。

总之，四十年来中国当代诗歌的状态总体处于生长期及成熟期。环顾世界，可以说当代中国现代主义诗学已经完全独立，中国现代主义诗学体系正在形成。我们拥有了北岛、多多、舒婷、西川、于坚、欧阳江河、翟永明、臧棣、王家新等一批形成了个性诗学写作风格的世界诗人。这是中国诗学的一次真正崛起，是一种必然，也是一次事件。

作为例证，我们再分析一些优秀诗人的文本，这一次主要是从生命体验的"虚无"角度来寻找美学张力，证明 20 世纪 80 年代以来中国当代诗歌文本的丰满及"积极的虚无审美"。

▌ 5.3 对虚无的"救赎"

沈苇是一个难得的"新边塞诗人"，这并不是说他的诗风格有周涛似的苍凉、强硬，而是指他拥有帕米尔文化中的特殊生命感受。耿占春说："不能把沈苇视为一个地域性的诗人，但他确实是一个具有地域色彩的诗人，他的作品也不能缩小为边塞诗或新边塞诗，尽管边塞诗有着辉煌的传统。……沈苇是一个对生存有着复杂体验的人，而不是抽象地描述一个类型化的地域风物的诗人。"[①] 这样的切入，保护了沈苇的文本丰满性，实际上，特殊的地域给予他

---

① 沈苇：《西域记》，乌鲁木齐：新疆人民出版社，"十人谈（代序）"第 2 页。

的更多的是在自然面前人的生命和命运的"琢磨"。这就如洪子诚所说:"在中亚这块土地上,自然风貌和民族生活似乎培育了沈苇独特的体验方式:对'瞬间'的敏感。他的诗,偏爱有力度的诗境,阔大、浪漫的想象方式,并热衷于表达诸如生命的起源与再生、死亡与永恒、人与世界的关系等的哲思。"[1] 这一评论总结了沈苇多年写作的核心张力。又如谢冕先生所指出的:"2009年之后,诗人的诗中多了些忧郁和悲伤,我察觉到他内心的哀痛。"[2] 现在,我们来分析一下他的悲伤、忧郁及哀痛:

高速公路上的雾

雾中,陷入无穷的模糊回忆
前和后,混淆了,看不清
仿佛一条长舌,从沉默中吐出
缓缓拖过早晨,舔着
积雪的枯冷旷野

这一截高速路比平时走得漫长
臭烘烘大巴,沉默无语的乘客
每个人回到自己,落座于
一具"他"或"她"的躯壳
生硬,颠簸,如一粒粒石子
即使颠簸成为动荡和跳跃
石子也不会变成珍珠
每一个一,被雾的一切

---

[1] 沈苇:《西域记》,乌鲁木齐:新疆人民出版社,"十人谈(代序)"第2页。
[2] 同上书,"十人谈(代序)"第1页。

包围，皱眉饮下雾化的毒奶

至此，我们都陷于这场毒雾之中了。现代化的高速路越来越难走了，因为我们终于明白，"即使颠簸成为动荡和跳跃／石子也不会变成珍珠"。波德莱尔说，现代性就是过渡、短暂、偶然，就是艺术的一半，另一半是永恒和不变。这也是沈苇的现代性：他在高速路上，在一辆臭烘烘的大巴上（现代性吗？——作者语），身边是"沉默无语的乘客／每个人回到自己，落座于／一具'他'或'她'的躯壳"。他真是看透了现代性。为什么？因为他只是现代性的乘客。速度快慢、舒适与否、前和后均与"乘客"无关了。因为命运被现代性裹挟了，"每一个一，被雾的一切／包围"。这是生命的感觉，是一种生存的无奈。

> 音乐颓丧。沉默在持续——
> 鼻涕虫婴儿睡着了
> 一位老太太终于忍不住
> 嘀咕一句："啥时才能到啊？！"
> 她去东戈壁探视坐牢的儿子
> 而我，埋下头，抽了口电子烟
> 为今天的大雾，再增添一点雾
>
> 驶出霾的制式：一种弥散状态
> 肺的解放，带来身心的舒展
> 白杨雾凇，少年般挺拔
> 宁静，晶莹，透亮
> 像一种久违了的愉悦
> 一天才刚开始，锈红色太阳

> 懒洋洋躺在地平线尽头
> 我得眯起眼睛，才能慢慢适应
> 这枚硕大而近在咫尺的恐龙蛋

这就是沈苇：我们的现代化开始不久，叫"鼻涕虫婴儿"不为过，这是一个民族新的希望，尽管路途漫长——"一位老太太终于忍不住／嘀咕一句：'啥时才能到啊？！'"这是一种面对未来的恐惧心理，还是对一种神秘的彼岸的期待？

"驶出噩的制式"表现了一种弥赛亚状态，是对乌托邦的"敞开"。"宁静，晶莹，透亮／像一种久违了的愉悦"。这也是中国当代诗歌的"开花"状态：从虚无主义的"噩的制式"中"驶出"，"身心舒展"，以"一种弥散状态"打开了生命的禁锢。此前，在"雾中，陷入无穷的模糊回忆"，而现在"一天才刚开始，锈红色太阳／懒洋洋躺在地平线尽头"。这种对未来的期许，是当代中国所需要的，也是当代中国诗歌所承载的；这是命运的颠簸与跳跃，也是沈苇在边塞的生命收获——这是他的珍珠。至于他的"这枚硕大而近在咫尺的恐龙蛋"意味着什么呢？我猜，指的是精神归宿的乌托邦，既古老又迷人。这是一种可写的乌托邦，近在咫尺，只是一种幻梦；这是一种心灵上的逃避，是召唤来的诺亚方舟，不是孙文波"用想象的病""虚构的逃避"。

沈苇的这首作品有着深刻的命运追思和期许，是一个诗人生成到一定高度的表征，既厚重，又空灵，而且有解放的承诺，体现了一种对虚无的战胜。

> 7点25分，雨似乎累了，停了
> 歇歇吧，干净的雨水

> 7点28分，我也累了
> 闭上眼睛，睡吧，睡吧，一切与你无关
>
> 想起阳台上那棵西红柿
> 想起了花盆里那棵正由青而红的朝天椒
>
> 我睡不着，我走在阳台
> 深深的雨水漫过膝盖
>
> 雨没停，它停不下来，只是变小了
> 我睡不着，这世界，让我如此不安

这首组诗由王明韵写于2014年8月11日清晨。他说，"我睡不着，这世界，让我如此不安"。谁睡得着呢？据统计，中国现在抑郁症患者大概有9000多万人；根据香港大学研究报告，在2002年至2011年间，中国平均每年每10万人中有9.8人自杀，接近国际平均数字。埃米尔·迪尔凯姆所著《自杀论》从社会学角度确定自杀的定义为：任何由死者自己完成并知道会产生这种结果的某种积极或消极的行动直接或间接地引起的死亡。他认为自杀是社会问题，与生存的社会环境有着密切的关系。他提出了规避自杀的办法是"使各种社会群体具有足够的稳定性，以便这些群体更加牢靠地留住个人，个人更加依恋群体。应该使个人更加感到和在时间上先于他而存在、比他存在的时间长而且在各方面都超过他的集体利害一致"[①]。我想，这也是"这世界"让我们都如此不安的问题所在。在后现代的"日常生活"世界，人人都是"独自一人陪伴雨声"，

[①] ［法］埃米尔·迪尔凯姆：《自杀论》，冯韵文译，北京：商务印书馆，2001，第410页。

现代社会转型了，那种"比他存在的时间长而且在各方面都超过他的集体"解体了。希望还能被召唤吗？能。王明韵"想起阳台上那棵西红柿／想起了花盆里那棵正由青而红的朝天椒"，多么好，那可是"桃花源"里的西红柿，那可是莫尔的"乌托邦"中的朝天椒！要感谢诗人向我们揭示了虚无的生命体验后的一种生存的可持续性。

这首诗因而获得了可写性，文本没有被封闭，在审美方面是延续的甚至是跳跃、动荡的，因为作者用精致的词语构成隐喻的雨滴，一滴可以映照世界。

梁晓明属于写作史较长的诗人之一，有缜密的思考能力，其作品在文本结构上也有本体论的意味。他对生存意义的提问有究底特色，修辞会使用到刻骨的程度。在《但音乐从骨头里升起》一诗中，他像在演奏贝多芬的《第五"命运"交响曲》，而不是演奏柴可夫斯基的《第六"悲怆"交响曲》。他的文本中多有与命运抗争的描述和隐喻，文本与本体结为一体：

但音乐从骨头里升起[①]

从骨头里升起的音乐让我飞翔，让我
高空的眼睛看到大街上
到处是我摔碎的家

我被门槛的纽扣限制
我不能说话，我开口就倒下无数篱笆

[①] 唐晓渡、张清华选编：《当代先锋诗30年：谱系与典藏》，南京：江苏文艺出版社，2012，第165页。

　　　　我只能站着不动

　　　　时间从头发上纷纷飞走

　　　　我当然爱惜自己的生命，我当然

　　　　愿意一柄铁扇将我的

　　　　星星从黑夜扇空

　　　　这样我就开始谦卑、细小，可以

　　　　被任何人装进衣袋

　　　　乐观地带走

　　　　但音乐从骨头里响起，太阳

　　　　我在上下两排并紧的牙齿上熠熠发光

　　　　我只能和头发并肩飞翔！我只能朝外面

　　　　伸出一只手

　　　　像一场暴雨我暂时摸一下人类的家

　　看起来，这是梁晓明寻找本真存在的一首诗。在对存在产生疑问后，"我"有一种要脱离的愿望，要摆脱生命的羁绊，去寻找本真的存在。"当有生命之物缺少时，存在显现似掩藏的深处，存在在其中成为缺少。当掩藏显现时，掩藏——已成为表象——使一切消失，但使这'一切已消失'又成为一种表象，使表象从此在'一切已消失'中具有它的出发点。'一切已消失'显现出来。称之为显现的那种东西就是这种东西：它是那种已成为表象的'一切已消失'。而显现正意味着当一切消失后，还有某种东西：当一切全缺少时，缺少使存在的本质显现出来，这存在是存在于存在缺少之处，即是作为掩藏物的存在。"①布朗肖的这一论点充斥着形而上的意味，但这是对文本显现存在的一种揭示。梁晓明的"我"试图从被掩藏在虚无的存在深处寻找本体的存在意义时，"我"必须脱离我本身的存在之体，借音乐的想象从高空看到"到处是我摔碎的家"。这是"我"的家，更是人类的家。这种不能存在之痛以及无处掩藏之苦让"我"对世界的存在产生怨恨。"我只能站着不动／时间从头发上纷纷飞走"。生命意义的缺少使生命存在的表象"一切已消失"，"我"宁可出局："愿意一柄铁扇将我的／星星从黑夜扇空"。这是让存在不存在于存在缺少之处，因为"这样我就开始谦卑、细小，可以／被任何人装进衣袋／乐观地带走"。这是一种很令人困惑的存在表现。似乎是"我"认命了，放弃掩藏，放弃本体，让存在成为存在，以谦卑、细小的本体，表示对命运的臣服。但生命之痛令音乐从骨头里响起，在现代性主人的"铁笼"——衣袋里，"我"如里尔克的豹一样为命运叹息，无奈之下，"伸出一只手／像一场暴雨我暂时摸一下人类的家"。这里，暴雨是被想象或是"显现"出来的，否则，无法"暂时摸一下人类的家"。人类的家破碎了，只有暴雨倾盆而下，才能使碎屑于掩藏的尘土中显现。

文本构建了大意象，体现了作者的哲理深度和对人类存在意义的追问之苦。

艾略特在《荒原》中，也表达了这种存在之痛：

什么根须紧紧盘抓，什么枝桠生长
荒芜乱石之间？人子啊，

---

① ［法］莫里斯·布朗肖：《文学空间》，顾嘉琛译，北京：商务印书馆，2003，第260-261页。

你说不出，也猜不透，因你所知仅有
一堆破碎的形象，其间骄阳猛射，
枯树不成荫，蟋蟀徒戚戚，
干涸的石上没有水的声息，只有
红磐石下的阴影
（就来到这红磐石的阴影下吧），
我来告诉你一个故事，那是
不同于早上跟在你身后的
或是黄昏在前面迎接你的影子；
我要告诉你一把沙粒的恐惧。

  一阵清风

  飘向家乡

  爱尔兰女郎哟

  你在何方张望？

"一年前你初送我一把风信子；
我因而被呼作风信子女郎。"
——然而我们从风信子园中迟迟归来时，
你的怀中盈满，你的发际润湿，而我却不能
言语，眼睛也难表达心意，我
不生不死，茫然无知，
徒自搜索一泓心光，无声的沉寂。
大海仍是荒凉空虚。①

---

① 李俊清：《艾略特与〈荒原〉》，北京：人民文学出版社，2007，第31-32页。

艾略特的《荒原》表明了被上帝遗弃的子民注定要生存于绝望之境，梁晓明的"我"的家已被摔碎，二者都生存于恐慌之中。艾略特也使用了"一堆破碎的形象"，"其间骄阳猛射"，生存之艰难，跃然纸上。艾略特的"人子""说不出，也猜不透"，梁晓明的"我不能说话，我开口就倒下无数篱笆"。生存的禁锢同样体现了存在的本质——痛苦。艾略特有"一把沙粒的恐惧"，梁晓明则宁愿"谦卑、细小"，都描绘了逃亡的意象。艾略特"不生不死，茫然无知"，梁晓明"只能和头发并肩飞翔"。最后，在梁晓明"像一场暴雨我暂时摸一下人类的家"时，艾略特"徒自搜索一泓心光，无声的沉寂。/ 大海仍是荒凉空虚"。

这就是文本的价值，无论历时还是共时，无论经典还是普通作品，都能在存在之掩藏的深处，找到那种缺少的痛苦。

中国当代诗歌有一批前行者，他们苛刻，寻求精神超越，碾碎文本，做成他们的产品。他们的存在让文本的生成有了可能性。至于读者，现在已消失于大众之中，文本只在文本中生成、生长及长命百岁。但有趣味的是：这些批评者又是写作者，是诗歌文本的本体写作者，诗歌文本是他们的另一个产品，即便是副产品。这些文本"屠杀者"的诗歌文本写作，肆无忌惮地侵犯了中国当代诗歌的神秘园，而至今，未有学者对此类写作现象进行归类。分析一下陈超、唐晓渡和耿占春的诗歌文本，把他们放置在作者的文本容器中挤榨，想必能更深刻地理解他们的观察角度和审美考量。当然，还是应从他们如何面对虚无入手，因为，他们基本上都是悲情角色。

陈超不幸离去，成为中国当代诗歌的哀痛，这是文本神殿中的一位护法金刚转世成佛，留下了待补之位。

陈超的批评功力自有公认，他的诗作《我看见转世的桃花五种》写尽了孤傲、干净以及死亡的隐喻之痛。全诗四十行，分为五节：

我看见转世的桃花五种[①]

一

桃花刚刚整理好衣冠，就面临了死亡。
四月的歌手，血液如此浅淡。
但桃花的骨骸比泥淖高一些，
它死过之后，就不会再死。
东方的隐喻。这是预料之中的事。
年轻，孤傲，无辜地倒下。
干净的青春，在死亡中铺成风景。

桃花难写，自有洁癖的问题，也有指涉的顾虑。中国当代诗歌的文本中未频频使用此喻。

陈超对中国当代诗歌的研究达到如数家珍的地步，当他从现代性视角切入时，总是直抵审美核心。也许正因如此，中国当代诗歌生成中的那种生存纠结使他心动，所以，"桃花刚刚整理好衣冠"，他就看到了死亡。这是不祥之兆！20世纪80年代的启蒙，转眼沉寂，20世纪90年代的现代化进程、21世纪的"日常生活审美化"都迫使中国当代诗歌"年轻，孤傲，无辜地倒下"。在修辞的意义上，再详细讨论陈超的文本无济于事，我们能有谁比他手艺更精湛呢？但在诗学概念上，我们看清了陈超对死亡的处理："它死过之后，就不会再死。"骨子里，这是对双重束缚的一种解脱。所以，20世纪

[①] 唐晓渡、张清华选编：《当代先锋诗30年：谱系与典藏》，南京：江苏文艺出版社，2012，第117–118页。

80年代以来的中国当代诗歌虽然幻灭了,以致在20世纪90年代不得不"在非诗的时代展开诗歌",以致进入21世纪以来中国当代诗歌抵达一种"晚郁时期"——"在无限邻近终结的途中",但另一面悲壮的是"干净的青春,在死亡中铺成风景"。这是陈超引以为傲的英雄悲情吗?是对中国当代诗歌失去的那种"干净的青春"的悲悯吗?还是他的文本本体及作为个人存在的本体的洁癖象征呢?

二

> 如果桃花是美人,我愿意试试运气。
> 她掀起粉红的衣衫,一直袒裎到轻盈的骨骼。
> 我目光焚烧,震动,像榴霰弹般矜持——
> 在最后时刻爆炸!裸体的桃花重又升起,
> 挂在树梢。和我年轻的血液融为一体。
> 但这一切真正的快乐,是我去天国途中的事。

"死亡"一直是里尔克文本中的基本主题。他的《杜伊诺哀歌》及《献给俄耳甫斯的十四行诗》,在里尔克自己看来,"对这两部作品的产生来说,有两个最内在的体验是决定性的:一个是在内心中日益增长的使生命向着死亡敞开的决断,而另一个则是爱向扩大的整体转变的精神需要,此一整体全然不同于那个狭窄的生命循环(它把死亡视为他者而简单地加以排斥)"[①]。这一描述非常适于分析陈超的文本:桃花点燃了生命之火,这是存在的诱惑。然而,命运"在最后时刻爆炸"了,我年轻的血液与"死亡"融为一体。这是一个重复的循环:寻找,得到,失去,是命运的嘲弄,也是"存

---

① 李永平:《里尔克后期诗歌中关于死亡的思考》,《外国文学评论》2000年第2期。

在"不存在的必然。里尔克的《天鹅》有这样的死亡描写：

> 累赘于尚未完成的事物
> 如捆似绑地前行，此生涯之艰苦
> 有如天鹅之未迈出的步武。
>
> 而死去，即吾人每日所立
> 之地面不复容身，则仿佛
> 天鹅忐忑不安地栖息
>
> 于水中，水将他温存款待
> 水流逝得何等欢快
> 一波接一波，在他身下退却；
> 他这时无限宁静而稳健
> 益发成年益发庄严
> 益发谦和，从容向前游去。①

绿原译

里尔克所描写的死亡有天鹅的优雅，可见他对死亡的迷恋。陈超也对死亡进行美学化处理，它穿着粉红的衣衫，有着轻盈的骨骼。里尔克的死亡在最后："他这时无限宁静而稳健／益发成年益发庄严／益发谦和，从容向前游去。"神圣的光辉笼罩着死亡，揭示了里尔克的死亡情结。陈超把死亡当作最后的快乐，"但这一切真正的快乐，是我去天国途中的事"。也许，陈超在天国得到真正的快乐了，但为什么他有如此的"预感快感"呢？

---

① ［奥］里尔克著、林克编选：《里尔克诗选》，武汉：长江文艺出版社，2013，第55页。

三

我离开桃林回家睡觉的时候，
园丁正将满地的落英收拾干净。
青春的我一腔抱负，意气遄飞。
沉浸在虚构给予的快乐中。
我离开床榻重返桃林的时候，
泥土又被落英的血浸红。千年重叠的风景。
噢，我噙着古老的泪水，羞愧的，凛冽的。
看见喑哑的桃花在自己的失败中歌唱。

到现在为止，陈超在这三节诗歌文本中两次提到"青春"，两次提及"年轻"。这应该是对未来的一种隐喻："失去之痛"。这首诗的文本性极强，具有"可多层次拆解性"和"可多重进入性"。我们可以将其当作中国当代诗歌的文本象征从不同层次上拆解，工程性地找到它的骨架，也可以从不同角度重复进入文本审美核心，技术性地得到文本的味道。在此，还可以姑且把诗人本体与文本"混质"。在这一节，陈超的"我"经过"启蒙"的虚假欢乐又重返死亡现场："泥土又被落英的血浸红。"此处，"千年重叠的风景"象征了死亡的永恒。小说家 D. H. 劳伦斯也写诗，大概是因为诗歌更富于象征性，易于表达他晚期对于死亡的思考。他在《命运》这首作品中写道：

一旦树叶凋落，
甚至连上帝也不能使它返回树身。
……

> 只有死亡通过分解的漫长进程
> 能够溶化分裂的生活。
> 经过树根旁边的黑暗的冥河,
> 再次溶进生命之树的流动的汁液。①

吴笛译

死亡的分解是漫长的,所以,陈超的"我"只能"噙着古老的泪水"。在这样的情景下,"青春的我一腔抱负,意气遄飞",而现在一切全都灰飞烟灭了;原来的"我""沉浸在虚构给予的快乐中",因而现在有着"羞愧的,凛冽的"悔恨。这是一种终于发现"无家可归"的感受。当劳伦斯看透死亡的韧性,看见它能"经过树根旁边的黑暗的冥河,/再次溶进生命之树的流动的汁液"时,陈超的"我"同样"看见喑哑的桃花在自己的失败中歌唱"。在此,陈超与劳伦斯在向死亡致意的角度达到了一致,他们的精神史背后掩藏了一种未被显现的法则:死亡美学性。叔本华在他的《作为意志和表象的世界》中对于死亡如此描述:"生命本身就是满布暗礁和漩涡的海洋。人是最小心翼翼地,千方百计避开这些暗礁和漩涡,尽管他知道自己即令历尽艰苦,使出'全身解数'而成功地绕过去了,他也正是由此一步一步接近那最后的、整个的、不可避免不可挽救的船沉〔海底〕,并且是直对着这结果驶去,对着死亡驶去。这就是艰苦航行最后目的地,对他来说,〔这目的地〕比他回避过的所有暗礁还要凶险。"②叔本华的悲剧性通过劳伦斯及陈超的文本体现得

---

① 〔英〕劳伦斯:《劳伦斯诗选》,吴笛译,桂林:漓江出版社,1998,第171页。

② 〔德〕叔本华:《作为意志和表象的世界》,石冲白译、杨一之校,北京:商务印书馆,1986,第428页。

充满诗意，二者的文本也体现了在绕过生命的暗礁和漩涡时，生命所承受的煎熬。

  四

  唉，我让你们转世，剔净他们的灰尘，

  风中的少女，两个月像一生那么沧桑。

  木头的吉兆，组成"桃"。一个汉字，或伤心。

  铺天盖地的死亡，交给四月。

  让四月骄傲，进入隐喻之疼。

  难道红尘的塔楼上，不该供奉你的灵魂？

  你的躯体如此细薄，可心儿却在砺石中奔跑。

  文中的"我"，换了角色，成为死亡的掌控者，这种掌控不是免于死，而是掌控了死的过程的姿态。"两个月像一生那么沧桑"，意味着存在之短，死亡之不可推迟。"铺天盖地的死亡，交给四月"，意味着四月是死亡的季节。"我"清晰地道出死亡的季节及所隐喻之疼。此处的隐喻应该是陈超的"我"对死亡的多重指涉。令人惊心的是，文本对死亡的隐喻实际上超过了文本，有着吉兆的木头，终归化为乌有，而且，在"红尘的塔楼上"早已设置了灵位。这是有准备、有预见的不慌不忙的死，体现了作者向死而生的态度。"过于迅捷的死亡像孩童的任性，它是缺乏等待，是一种不专注的行为，它使我们成为自己的终了的局外人，尽管这事具有断然的特性，它让我们在分心和不恰当的状况中死去。过分自愿地去死的人，即那位过分热衷于死的人，他尽力想中止生命，他像是通过夺取他生命的猛烈行径而避开了死亡。不应过分渴望死，不应冒犯死亡，朝着死亡投去过激的欲望的阴影。也许有两种毫不经心的死亡：

一是我们在其中尚不成熟的死亡,这死亡不属于我们;另一种是在我们身上尚不成熟的死亡,是我们用暴力取得的死亡。在这两种情况中,由于死亡并非是我们的死亡,由于死亡是我们的渴望,这渴望超过了我们的死亡,因此,我们会担心由于死亡的缺陷,我们会屈从于这种最终的不专注而丧生。"[①] 布朗肖在分析里尔克的死亡观时讲到了上述观点,我们可以依此回到陈超的文本来找迹象。我们从文本反复的感伤、疑虑和焦急中感到了"我"对死亡召唤的期盼。也许,这是"我"的生命的得道途径,也许,这是"我"因为预知死亡而对死亡的挑衅。一个以护佑中国当代诗歌为职业的"大护法"失去了对象,其存在的合法性就存在了疑问。在现代社会的"日常生活审美化"中,雅致、尊贵的象牙塔被摧毁了:"唉,我让你们转世,剔净他们的灰尘。"问题是遍地尘埃,如何剔净?如果不能剔净,转世有何意义?此刻,对死亡的渴望,超越了"我"的死亡:"你的躯体如此细薄,可心儿却在砺石中奔跑。"

> 五
>
> 五月,大地收留了失败,
> 太阳在我发烧的额头打铁。
> 埋葬桃花的大地,
> 使我开始热爱一种斗争的生活!
>
> 乌托邦最后的守护者——
> 在离心中写作的老式人物,

[①] [法] 莫里斯·布朗肖:《文学空间》,顾嘉琛译,北京:商务印书馆,2003,第113页。

你们来不及悔恨，来不及原谅自己；
锋利的爱情使你们又一次去捐躯。

而这是预料之中的事：
桃花刚刚整理好衣冠，就面临了死亡；
为了理想它乐于再次去死，
这同样是预料之中的事。

在这里，陈超其实认为这乌托邦是守不住，终究要失去的。因为"守护者"都是一些老式人物，是"日常生活"世界的淘汰"物"。最关键的是死亡在五月将终结一切，"使我开始热爱一种斗争的生活"。是什么样的生活呢？应该是挑战死亡，再一次去死亡。这是自己掌控的死，是为追求一种存在的死亡，是绝不愿变成消费的"物"的死亡消耗品的死亡。在结尾，陈超以一个完形的格式塔结构赞美了死亡与再次的死，实在是一个异数。而且，着重强调，死亡是预料中的事，而再次的死，同样是预料中的事！"为了理想它乐于再次去死"，问题是为了什么样的理想呢？这个时代还能有理想吗？托尔斯泰的伊凡·伊里奇最后也终于要死了：

突然间他发现，原先压迫他、不愿离他而去的折磨现在全都立刻消失了，从身体两侧、四面八方、身周所有的方向消失了。他怜悯他们，他必须行动，不让他们受苦，让他们解脱，也让自己摆脱这样折磨。"多么美好，多么简单！"他想。"疼痛呢？"他问自己，"它怎么了？你在哪里，疼痛？"

他将注意力转到疼痛上面。

"是，它在这里。好，又能怎样呢？疼就疼吧。"

"还有死亡……它在哪里？"

他以前一直惧怕死亡,他寻找着那种恐惧,但没有找到。"它在哪里?什么死亡?"没有恐惧,因为没有死亡。

代替死亡的是光。

"原来是这样啊!"他突然大声喊道,"多么欢乐啊!"

对他而言,这一切都只发生在一瞬间,但这一瞬间的意义没有改变。对在他身边的人而言,他的痛苦又持续了两个小时。他的咽喉中有什么东西格格作响,他瘦弱的身体抽搐着,然后喘息和格格声的次数越来越少。

"过去了!"他近旁的一个人说。

他听到了这句话,并在灵魂里重复着这句话。

"已经死了。"他对自己说,"不再有死亡了!"

他吸入一口气,呼出一半时停住了,两腿一伸,然后死了。①

因为死亡终于来了,伊凡·伊里奇不再恐惧,他在不再恐惧的时候,实际上就掌控了死亡,也就是说他最后用"死"消灭了"死亡"。陈超也找到了消灭死亡的办法,那就是"再次去死"。这种决绝的行动超越了劳伦斯。劳伦斯在他的《艰难的死亡》这首诗中有点犹豫不决:

艰难的死亡②

死亡并非易事,哦,处决死亡

并不容易。

---

① [俄]列夫·托尔斯泰:《伊凡·伊里奇之死》,傅蔚译,北京:外语教学与研究出版社,2012,第104–105页。

② [英]劳伦斯:《劳伦斯诗选》,吴笛译,桂林:漓江出版社,1998,第206页。

因为死亡随心所欲地降临，
不是根据我们的意念。

我们会在奄奄一息之时，
盼望彻底地死亡，
可是死亡就是不愿降临。

所以，造成你的灵船，让灵魂
漂向黑暗的湮灭，
也许经过痛苦的湮灭历程
生命仍是我们的组成部分。

吴笛译

劳伦斯在身患重病的生命后期，死亡的即将来临与恐惧像折磨伊凡·伊里奇一样使他受难。他怕的是死，而死是消灭死亡的途径。陈超的死，是预料之中的事。因为他挑战的是死亡，所以，"死过之后，就不会再死"；然而，"为了理想它乐于再次去死"，他于是彻底战胜了死亡。

"公元前399年6月的一个傍晚，雅典监狱中一位衣衫褴褛、散发赤足、年届七旬的老人要被处决了。他镇定自若，和妻子、亲戚告别后，坐下来和几个朋友侃侃而谈，好像什么事都没有发生一样，直到狱卒端了一杯毒药进来，他的话才就此打住，接过杯子，一饮而尽，仰面躺下静等死亡。身旁的弟子都掩面而泣，忽然他又揭开脸上的遮盖物，对他最喜欢的小徒弟说：'克里托，我还欠阿斯克勒庇俄斯一只公鸡，千万别忘了。'说完，老人微笑着闭上双眼，平静地睡去了。这位老人就是大哲学家苏格拉底，这句话成了这位西方第一大哲学家的最后遗言。"① 其实，在这句话之前，他还说：

"分手的时候到了，我去死，你们去活，谁的去路好，唯有神知道。"

我想问陈超：你去死了，我们还在活，谁的去路更好呢？你能告诉我们吗？

无论如何，陈超是一位可以列为典范的当代中国诗人。《我看见转世的桃花五种》文本在中国当代诗歌史中具有精神史和文本史的意义。其结构如此完美，令人赞叹。这是一个与"上帝"对话的文本，讲述生命之痛、重回神性的心结，应该是一个与"上帝"和解的人类信号。海德格尔在《无家可归》的最后，预言性或是自慰性地认为"只还有一个上帝能够救渡我们"，哲学家们因此唯一能够做的就是"在思想与诗歌中为上帝之出现作准备或者为在没落中上帝之不出现作准备"。

陈超在完成海德格尔的使命。因此，《我看见转世的桃花五种》是属于人类的文本。

耿占春的《迟疑地》透着宗教般的秘密性，同样涉及死亡，哲理的思考发问多一些。诗中蕴含着一种黄昏观看落日时的哲人感伤，是对生命及存在的一次"迟疑"，看作是与"上帝"的对话也不为过。

迟疑地②

无疑常常我也会忘记：一个人只存在于瞬息

---

① 孙胜杰：《向死而生：哲学大师的死亡笔记》，武汉：华中科技大学出版社，2013，第22页。
② 唐晓渡、张清华选编：《当代先锋诗30年：谱系与典藏》，南京：江苏文艺出版社，2012，第126页。

不知道哪一次呼吸诞生了中年

从自身的前一时刻脱离，无疑也是
一种死，可没人为之悲叹

应该增加隐喻使意识转向他物：秋天
豆荚的爆满，使豆粒在中午跌入干燥的土地

最终消失的是一个片刻的我。而他的一生
在活着时早已失去。去迟疑地
存在。迟疑地成为自我

一只黑色的鸟在黄昏低飞，迟疑地
有什么也在我的"灵魂"里
离开，迟疑地

不相信自我，不相信它是真的
对故事的结尾抱以
一次呼吸之间的　迟疑

　　"我"的迟疑在于对存在的不确认，在于对生命的形成的悲观，本体的合法性被怀疑了，因为"我""从自身的前一时刻脱离"。这种关于"迟疑"的思索，具有形而上学的成分，"我"并不企图解决"我"的本真性问题，"我"只是在思想。这是一种"应该增加隐喻使意识转向他物"的思想，但"我"的所指是生存的无意义："秋天/豆荚的爆满，使豆粒在中午跌入干燥的土地"。豆粒不再"转世"了，它在秋天的中午跌入干燥的土地；如陈超的转世的桃花一样，"刚刚整理好衣冠，就面临了死亡"。这是一种限制转世的思想，作者实际上隐喻了"隐喻"的无意义。在这一层意义上，思想证明了本体的本真性，思想的本真性又解构了本体的本真性：因为存在被"迟疑"了。这就是文本体现出来的思想的痛苦。萨特在《恶心》中，使他的主人公罗冈丹最终陷入了"迟疑"：

> 我猛然站起身。只要我能停止思想，那就好多了。思想是最乏味的东西，比肉体更乏味，它没完没了地延伸，而且还留下一股怪味……我存在，我想我存在。啊，存在的感觉是长长的纸卷——我轻轻地展开它……要是能克制自己不去想，那有多好！我试试，我成功了，我的脑子里一片烟雾……但它又开始了："烟雾……别想……我不愿意去想……我想我不愿意去想。我不应该想，我不愿意去想，因为这还是思想。"这么说，永远没完？①

耿占春的文本表达了与萨特同样的对存在的质疑，耿占春的"我"与萨特的罗冈丹一样是迟疑的，"不相信自我，不相信它是真的"。在这里，也许可以看到文本的宗教因素：对转世的期待或不期待。"我让你们转世，剔净他们的灰尘"，这是陈超的转世期待，是他对世人的救赎方式。"从自身的前一时刻脱离，无疑也是／一种死，可没人为之悲叹"，这是耿占春的转世方式，但这种转世是"灵魂"的先期脱离。在诺斯替宗教那里，灵魂和肉体是两码事。在耿占春这里，他让"灵魂"也脱离肉体。为什么？因为"迟疑"，因为存在的可疑性。在"日常生活"世界，"人"被"物"化，狂欢者丧失了灵魂，纵欲者没有了心肝，谁还会为"灵魂"的"脱离"而悲叹呢？耿占春的"我"也因此陷入了萨特的罗冈丹的

---

① [法]萨特著、沈志明编选：《萨特精选集（下）》，北京：北京燕山出版社，2005，第110页。

思想陷阱。"一只黑色的鸟"是"上帝"派来剥夺我们的本真性的，因为我们杀死了"上帝"。在现代性的"黄昏"里，黑色的鸟引领我们的灵魂随它而去，我们只剩下一再转世的现代社会的消费品"物"的身躯。这就是我们的启蒙结局吗？这就是我们的现代性吗？这就是"我"的转世吗？所以，文本结尾如此写道："不相信自我，不相信它是真的／对故事的结尾抱以／一次呼吸之间的　迟疑"。这就是耿占春思想的结果，人类一思考，上帝就发笑。耿占春经过思考得到了"迟疑"，而这种"迟疑"也许会一直伴随着他的存在。而伴随萨特的则同样是这种"迟疑"：

> 这个巨大的存在，是我梦见的吗？……对这个巨大而荒谬的存在，我愤怒得喘不过气来。你甚至无法想这一切是从哪里来的，怎么会存在一个世界，而不是虚无。……我想象虚无，但我已经在这里，在世界上，睁大眼睛，活着。虚无只是我脑中的一个概念，一个存在的、在无限中飘浮的概念。这个虚无并非是在存在之前来的，它也是一种存在，出现在其他许多存在之后。我喊道："脏货！脏货！"我晃动身体，想抖掉这些黏糊糊的脏货，但是抖不掉，它们是那么多，成吨成吨的，无边无际。我处在这个巨大的烦恼深处透不过气来。[1]

这也许可作为耿占春诗中"我"的心理描述的"后理解"，这使我们加深了文本的审美厚度，让我们从文本的建构中看到耿占春把对生命存在的追问放回到索源性的哲学、宗教题阈里，既有作为生命史的个人生存思考，也有作为命运史的对人类存在的本质的

---

[1]［法］萨特著、沈志明编选：《萨特精选集（下）》，北京：北京燕山出版社，2005，第146页。

"迟疑"，最重要的是勾勒了一幅中国当代诗歌的精神史素描。文本建构很"专业"，是一个具有强烈美学张力的中国当代诗歌作品。

必须来谈谈唐晓渡，但不是把他作为一个功力深厚的、见证并护佑中国当代诗歌生成的"大护法"来谈，而是当作一个充满忧思和愤怒的当代中国优秀诗人来谈。他有一首怒气冲冲的诗作《无题》。其中也涉及了"前世"，还谈到了"罪"。这个"罪"到底是指人类的"原罪"，还是指现世的"物"的世界的"现世罪"，值得分析探讨。也许，他在替人类悔罪，赎罪：

无题①

愤怒的柳树把春天扯成棉絮
玫瑰在咆哮。灰烬喷吐着新意
当然火焰有可能熄灭于半空
但落地之前
谁曾对你说，我将离去！

我将离去……
我又能去往哪里？
在刀锋上跳舞
我的脚早已鲜血淋漓
白的血。白白的血
瑜伽功教我向上腾跃
我上不着天，下不着地

---

① 唐晓渡、张清华选编：《当代先锋诗30年：谱系与典藏》，南京：江苏文艺出版社，2012，第228-229页。

唐晓渡的文本构筑了一幅地狱图景。陈超的桃花在春天死亡,"血液如此浅淡"。耿占春的豆粒在秋天的中午跌入干燥的土地,"最终消失的是一个片刻的我"。唐晓渡的"我"的春天充满罪恶:"愤怒的柳树把春天扯成棉絮/玫瑰在咆哮。灰烬喷吐着新意"。"我""在刀锋上跳舞",血已由浅淡变成了白色。这是一种存在的状态,极不正常,然而确实是存在。这有点像食指的"疯狗",但绝不是里尔克的"豹"。现代性以及唐晓渡极不接受的后现代主义已经布满了现代中国的"春天",诗人与诗歌被逐出了主控消费社会的"物"的伊甸园,"手艺人"亲手烧制并赖以生存的"家伙"被打碎了,非物质文化遗产诗歌"手艺"丧失了谋生的意义,"手艺人"能不愤怒吗?尤其是在"我上不着天,下不着地"的状态下,"我"失去自由了,失去了自由生存的自由:"我将离去……/我又能去往哪里?"

汉娜·阿伦特在她的《过去与未来之间》如此讨论自由:"我们这里讨论的不是选择自由(liberum arbitrium),即在两个给定物,一个好、一个坏之间作权衡选择的自由;因为选择是被动及预先决定了的,我们不过是给出让它实现的理由:'这样,既然我不能成为一个爱人,/享受这甜言蜜语的美妙时光,/我就决心成为一个恶棍,/并憎恨这些时日的无聊满足。'与政治相关的自由不如说是(让我们仍然引用莎士比亚的话)布鲁图斯(Brutus)的自由:'事情必将如此,要不然我们也会令它如此。'也就是说,让以前不存在的事情出现的自由。这个事情不是给定的,甚至不是认知或想象的对象,从而严格来说还不为人所知。行动是自由的,意味着一方面必须不受动机的束缚,一方面不受作为可预测结果的意向目标的束缚。"① 在这里,唐晓渡的"我"必须认识到:他没有"让以前不存在的事情出现的自由",因为现代性出现后,我们都被关进马克斯·韦伯的"铁笼",成了于坚的"0档案",或是里尔克的"豹",我们没有过自由,以前就不存在!这就是"我"的愤怒所在。

> 这就是罪!
> 是前世就已挖成陷阱的罪
> 因无辜而格外残忍
> 谁不服,谁就越陷越深
> 黑水晶面对铁锤必须绽开微笑
> 我说过,我罪孽深重

是的,"这就是罪",因为渴望成为"人",我们杀死了"上帝",这是原罪,但那是尼采干的,与我们何干?"因无辜而格外残忍"的现实是,在现代社会的"疯人院","谁不服,谁就越陷越深"。这是一种极为痛苦的生命悲剧,而"我",居然也推进过"启蒙",向往过"时间神话"。所以,"我说过,我罪孽深重"。汉娜·阿伦特接着问:"何为自由?提这个问题似乎就是一场无望的探寻。似乎有许多古老的矛盾和悖论等在前面,要逼迫我们的心灵陷入各种逻辑上不可能的两难困境,以至于无论我们紧紧抓住两难困境的哪一头,都无法想象自由或它的对立面,就像无法想象一个'圆的方'一样。这种困难最简单地可以概括为意识和现实的冲突,我们的意识和良知告诉我们,我们是自由的,能负责任的,可是我

---

① [美]汉娜·阿伦特:《过去与未来之间》,王寅丽、张立立译,南京:译林出版社,2011,第143-144页。

们在外部世界的日常经验中却受着因果律的支配。"① 这是一种残忍的生命困境：我们想要自由，我们却因此而为自己设置了"铁笼"；我们想要现代化，我们同时也得到了"人"的"物"化；我们想要中国当代诗歌的"解放"，我们却把它推进了大众狂欢的陷阱。这"是前世就已挖成陷阱的罪"。因此，唐晓渡的"我"没有接受陈超的"我"预料之中的死亡及同样预料之中的再次的死，也没有如耿占春"最终消失的是一个片刻的我"，"去迟疑地/存在"，而是在"我们是自由的，能负责任的"意识和良知驱使下"在刀锋上跳舞"。一场生存的悲剧！

> 这是唯一的真实。其余都是谎言
> 但真实的谎言比铁锤更令人动容
> 你看它步步生莲，旋舞得有多精彩
> 如同我梦幻般悬在空中
> 跺脚、叹气、抓耳挠腮
> 像一个幕间小丑
> 和哈哈大笑的观众一起
> 对着自己起哄——
>
> 是的，这就是罪
> 是不服不行的罪！
> 谁能测出从玫瑰到刀锋的距离？
> 在灰烬中跳舞
> 我哪儿都不去！

---

① ［美］汉娜·阿伦特：《过去与未来之间》，王寅丽、张立立译，南京：译林出版社，2011，第136页。

唐晓渡的"我"一直在刀锋上跳舞，而且与不在场的一种事物较着劲。陈超一直在和"死亡"及"再次的死"较劲，耿占春的"我"则始终与"迟疑"纠缠。唐晓渡的"我"的困境在于"谁不服，谁就越陷越深"，这"是不服不行的罪"。这是不是可以推论：唐晓渡的"我"想摆脱一种现代性的暴政，却又深陷现代性的双重束缚中？唐晓渡的"我"是启蒙运动的先锋，"这是唯一的真实"。然而，玫瑰变成了刀锋，"如同我梦幻般悬在空中／跺脚、叹气、抓耳挠腮"。后来，唐晓渡批判了时间神话，我猜测这里是否也有赎罪情结。他这样说，"当代知识分子品格的普遍沦丧尽管是种种历史因素复杂作用的结果（而不是由于什么与生俱来的'劣根性'），但对时间神话的无条件认同肯定是最重要的始因之一，从未来预支了话语权力的现实一旦与对未来充满欣喜和焦虑的期待符契，历史就突然具有了某种神圣而神秘的意味"，他引述王干的话："'新时期'作为作家和整个人文学科工作者的温暖巢穴实在是太诱惑人太让人迷恋，它是人文乌托邦在80年代中国的现代化的实现。然而告别'新时期'则是无可挽回的历史格局，90年代中国社会政治、经济、文化的转型则使原先的乌托邦产生覆巢之劫。'卵'们'拣尽寒枝不肯栖'势必成为那个乌托邦的殉葬品。"① 这是唐晓渡的"我"纠结的原因，原来参与搭建的巢被当作终身依靠，现在不存在了，"我"的存在有什么意义呢？对抗的意义是可疑的。"在自由主义者把极权主义等同于权威主义（authoritarianism），和接下来的企图在每一种权威主义对自由的限制背后寻找'极权主义'倾向的做法中，隐藏着一种更古老的、把权威混同于暴政、把合法权力混同于

---

① 唐晓渡：《时间神话的终结》，《文艺争鸣》1995年第2期。

暴力的认识。暴政和权威政府之间的区别从来都是暴君根据他自己的意志和利益来统治，而最冷酷的权威政府也受法律的约束。后者的行为受根本非由人制定的法则（如自然法、上帝律令或柏拉图式理念）检验，或者至少受那些并非由实际掌权者制定的法律检验。在权威政府中，权威总是来源于一个外在的、优于它自身权力的力量；正是缘于这个超越政治领域的外在力量，权威政府获得了它的'权威'及合法性，并且它的权力也始终受这个外在力量的制衡。"① 这是政治学的题阈，但也可以在现代性的风险背景中来作阐释，这关系到唐晓渡的"我"服从还是反对的有效性。民族—国家是现代性的结果，暴政、极权、权威政府也是现代性的政治经济社会体现。总有人受益，总有"我"受罪，因而，生存的意义就作为问题提出来。在诗人的文本中，就体现为愤怒、痛苦及对"上帝"的怨恨。所以，当我们分析唐晓渡的《无题》时，就打开了具有多重可写性的文本。这个文本在时间神话的含义中，也具有了"真实的谎言"性质。

一些年轻的学院派学者，也是很优秀的诗人。臧棣已被升格为典范了，我们可以简析一下姜涛和周瓒。

姜涛的《我的巴格达》写于2003年，那时，巴格达在打仗。"仿真社会"的命名者鲍德里亚对这样的战争概不承认其真正发生。"如1991年，鲍德里亚曾抛出'海湾战争未曾发生'的论断，他认为第一次海湾战争只是传媒制造了一场影像战争，符号与现实的断裂发挥到极端的判断让他更加有名，同时也惹来了极大的非议。美国'9·11'事件后，他更加大胆地说，这是一次真正让人亢奋的高水

---

① ［美］汉娜·阿伦特：《过去与未来之间》，王寅丽、张立立译，南京：译林出版社，2011，第91页。

准事件,'正如我们所希望的,它打乱了历史的节奏,从象征主义和黑色幻想的意义上说,是一切事件之母'。尽管恐怖主义是不道德的,但它能反映出美国全球化本身的不道德。"[1] 不一定认同鲍德里亚的仿真仿像理论的全部,但并不妨碍我们借机分析一下《我的巴格达》文本,也许,换一个分析角度的"陌生化"手法,能让文本再"重写"一次:

我的巴格达 [2]

我的巴格达,她在熟睡

下班后她就一直要求睡眠

是我,牵着天边的苍狗

迟迟不肯应允。

现在,橘红的街灯

终于说服了我,不再固执地

轻信原则,要随遇而安

不妨和熟悉的一切耍手段

瓦砾、泥浆、防空的树梢

——还有一切的峰巅

偶有轿车驶过,那也是偷情的妻子

耽搁了归家的时间。

---

[1] 孔明安:《文明的挽歌——鲍德里亚〈象征交换与死亡〉的解析》,《吉林大学社会科学学报》2008年第2期。

[2] 唐晓渡、张清华选编:《当代先锋诗30年:谱系与典藏》,南京:江苏文艺出版社,2012,第616—617页。

而我的巴格达，她早已熟睡
枕在大山的臂弯里，她的眉毛
起伏着，屋檐起伏着
让云里的轰炸手，睁开独眼

文本中，"我的巴格达"被构筑成一个"身体的模式"。鲍德里亚对此这样解释："1. 对医学而言，参照的身体就是**尸体**。换句话说，尸体在自己与医学系统的关系中是身体的理想边界。……2. 对宗教而言，身体的理想参照是**动物**（'肉体'的本能和欲念）。身体像藏尸所，死后复活者像肉体的隐喻。3. 对政治经济学系统而言，身体的理想类型是**机器人**。机器人是身体作为劳动力的功能'解放'的完成模式，它是绝对的、无性的、理性的生产率的延伸（这可以是一个智能机器人：计算机总是劳动力智能的延伸）。4. 对符号政治经济学系统而言，身体的样板参照是**时装模特**（包括所有变种）。模特与机器人是同时代的……模特也代表价值规律下完全功能化的身体，但这次是作为价值/符号生产场所的身体。生产的东西不再是劳动力，而是意指模式——不仅是完成的性模式，而且是**作为模式的性行为本身**。

每个系统就这样透过自身目的的理想性（健康、复活、理性的生产率、解放的性行为），相继显露出与自身连接的还原幻想和身体展开策略时的谵妄幻象。尸体、动物、机器人或服装模特——这些就是身体的否定性理想型，就是各种神奇的还原，身体在这些还原之下，在一个个相继而来的系统中，生产自己，写出自己。"①

---

① ［法］波德里亚（鲍德里亚）：《象征交换与死亡》，车槿山译，南京：译林出版社，2006，第175-176页。

从鲍德里亚的身体模式中可以看到姜涛的"我的巴格达,她早已熟睡／枕在大山的臂弯里,她的眉毛／起伏着",而此刻,"让云里的轰炸手,睁开独眼"。到此,我们明白了,作者把"我的巴格达"身体模式化的目的是指向这一身体的还原过程——被轰炸,及结果——尸体。仿像什么呢?是仿像人类社会的存在,让"我"对现实的"真"产生悲情,以至于"要随遇而安／不妨和熟悉的一切要手段"。这是现代社会的生存处境,从镜像的世界观看身体变回尸体,观察世界被仿真的过程,蕴含一种"生命何能"的终极意义的发问和哀伤:

> 瞄准的,原来只是一座空城。
> 那些无法搬空,无法解释的
> 依旧被青壮民工暴露的
> 其实,都是她的鼾声
>
> 在青春的地沟里滚动的浊流
> 睡吧,电话线已拔掉
> 当武器的告别,在远方
> 支配了新一代的如梦令、夜读抄
>
> 我的巴格达,就坐落在京郊
> 有两个晚上,我让电视
> 彻夜开着,好让卧室的尽头
> 更像是一个人的街垒

《我的巴格达》中的"她"被"仿真"了,被模特化(青壮民工)了,在这种神奇的身体还原过程中,生产出了"我"自己的战士角色。人类最后被"瞄准的，原来只是一座空城"。文本以这样的仿像让其具有了生产性，把一个历史事件置于一种历史的解体——身体的还原中，仿真了我们的命运和未来。

在此，借用臧棣对这首诗的评点："现代诗人的基本任务之一，就是重新协调诗的秘密与现实的关系，在我看来，《我的巴格达》是从事这种协调工作的一个出色的样板。"非常好，但我还要说一句：在后现代主义的仿真社会，现代诗人的另一项基本任务，就是重新协调诗的秘密与仿真、符号的关系，在我看来，《我的巴格达》是这种协调工作的一个出色的突破。

周瓒的《致一位诗人，我的同行》有一种淡雅、平静的气息。诗句中有"炼狱"修辞，我们可以作一次文本分析游戏，从看似简洁、沉默的诗意中，召唤出一种蕴含哲理的生命体验和可能性来：

致一位诗人，我的同行[①]

给你的诗必须是这样一种体式
两行平行，仿佛我们并肩走在街上

这也意味着，停顿，是在谈话中
转折，就像话题转变，拐往另一条街

慢，是我们心仪的速度，但也不能
变成一种自我暗示，甚至借口，所以沉默

是的，很久以来我们都互相沉默
就算我们一起走过相同的路，进过同一家馆子

[①] 唐晓渡、张清华选编：《当代先锋诗30年：谱系与典藏》，南京：江苏文艺出版社，2012，第594—595页。

今天，我们有一个明确的目的
你领我去一个地方，如果我选择了跟随

那将意味着：我不再沉默，我需要一个出口
就算我们进入的，是那先行者们都曾领受过的炼狱

从细腻的爱情暗示入手，可能是进入这一文本的正常途径。我们试试它的开放性，将其作为一个模板，"重写"一次。其实，文本中的结语是一个寓言："我不再沉默，我需要一个出口"。这是对诗句的"修补"："平行""并肩""停顿""慢""沉默"及"跟随"，都可以看作是现代的存在者与存在的纠缠关系。"快速、短暂"的现代性让现代社会处于一种张力中，言说者在大众社会失去了身份，或者说，言说者意识到言说的无效性，于是"并肩走在街上""进过同一家馆子""拐往另一条街"就成了存在的同质性的表现方式。寓言在召唤谁呢？谁缺位了呢？刘小枫在他的著作《施特劳斯的路标》中讲到了卡夫卡的一篇小说：

> 卡夫卡生前发表的最后一篇小说题为"女歌手约瑟芬或耗子民族"……"我们的女歌手"约瑟芬的歌声实在迷人，卡夫卡写道，"如果她死了，音乐也会随之从我们的生活中消失"……围在约瑟芬身边听她唱歌的"我们"是谁？是某个"古老的民族"……
>
> 这个"古老的民族"有一种传统的艺术本领：全民都会吹口哨，但人民并不晓得吹口哨也可以是一种高级艺术……
>
> 可是，善于迷宫叙事的卡夫卡接下来说……约瑟芬从"开始艺术生涯那天起"，就要人民照顾她……人民与歌手的关系是：人民照顾她，"耗子式的民族"因她的歌声"出类拔萃"。

……麻烦的事情是，卡夫卡讲的故事结局让人更加感到困惑：

约瑟芬自动放弃歌唱，自动破坏了她征服民心而到手的权力。真不知她怎么会获得这种权力的，其实她很少了解民心。现在她躲起来，不再唱了，而这个民族却那么平静，看不出任何失望的表情，镇定自若，真是四平八稳的群众，尽管外表给人以假象……①

这里，我们得到一个很有意思的启示：在20世纪80年代的诗歌启蒙后，人们进入了"日常生活"的大众社会，人人都会吹口哨了，这就是"日常生活审美化"，因而，不需要"约瑟芬"的歌唱——诗歌了。失去了"唱歌"的合法性后，诗人与大众"两行平行"，仿佛"并肩走在街上"。沉默，是新世纪中国当代诗歌的存在方式。这是诗人的伤感，是对往日激情的召唤。在这种时代背景下，如果"今天，我们有一个明确的目的／你领我去一个地方"，"我选择了跟随"，那么，"我"必须跟随，因为"我不再沉默，我需要一个出口"。这是"约瑟芬"的生存突破，也是"我"在"慢"之后的一种"开花"行动。在这个意义上，周瓒呼应了对中国当代诗歌的悲情呼唤。"就算我们进入的，是那先行者们都曾领受过的炼狱"。不是吗，上述每一种文本不都在书写中国当代诗歌的炼狱史吗？！

当然，如此分析周瓒的文本有点矫情，但也想证明中国当代诗歌文本的丰富和成熟，以及与现代性的纠结。最主要的是想说明中国当代诗歌的研究者、批评者们也是参与者、写作者，有着优秀的诗歌文本。

---

① 刘小枫：《施特劳斯的路标》，北京：华夏出版社，2013，第86-91页。

5.4 结语

在本章我们处理的是中国当代诗歌审美精神中显现的虚无概念。在对这一概念的处置中，中国当代诗歌文本美学含义具有了典范性，表达了现代中国社会转型中的民族心灵状态及对生命意义的思考。哈贝马斯引述海德格尔的话说："如果任务是阐释存在的意义，那么此在不仅是首先要问及的存在者；更进一步，此在还是在其存在中向来已经对这个问题所追问的那一东西有所作为的存在者。于是乎存在的问题不是别的，只不过是把此在本身所包含的存在倾向极端化，把先于存在论的存在领悟极端化罢了。"① 中国当代诗歌文本是在这种存在阐释的意义上生成的，通过生命体验及对命运的追问，作为"救赎"工具的中国当代诗歌在对启蒙现代性的批判审美中，既是中国现代化进程的"同盟"，又是文化精神的阐释者。在中国的现代性成为世界的现代性的当下，中国当代诗歌也在寻找一条回到精神世界的通道。

顾城于1979年5月写了一首诗《眼睛》，我们以此作结尾语：

眼睛②

打开一顶浅蓝的伞

打开一片晴彻的天

微风吹起一丝微笑

---

① ［德］于尔根·哈贝马斯：《现代性的哲学话语》，曹卫东译，南京：译林出版社，2011，第169页。
② 顾城：《顾城的诗》，北京：人民文学出版社，1998，第31页。

又悄悄汇入泪的海湾

在黄金的沙滩上
安息着远古的悲剧

在深绿的波涌中
停着灵魂的船

以此向顾城表示敬意！为了他那黑夜的眼睛！

/ 第六章 /

结语：可写的现代化与可写的文本及可写的乌托邦——通过新浪漫主义

中国当代诗歌自 20 世纪 80 年代以来，伴随着中国的现代化进程生成，有强烈的时代特征和内涵。中国当代诗歌在生成过程中，对西方文化理论采取了开放态度。这与现代性在中国的地域化有关联，也反映和指涉了世界的现代性变为中国的现代性，中国的现代性又成为世界的现代性的人类历史现象。在这样的意义上，中国的审美现代性与启蒙现代性的关联具有了互文性，而不是简单的批判与被批判的关系。中国当代诗歌的审美精神亦是由虚无主义显现、突破升华为"开花"的精神建构行动，使中国当代诗歌的文本获得了解放，突破了地域性、民族—国家性及传统性，具有了诗歌史上少有的生成史学现象。可以说，在下一个四十年的生成中，中国当代诗歌，不是不可能参与构建 21 世纪人类的文化精神脸谱行动。在这个论点基础上，中国当代诗歌应该是现代性历史中的"人"的精神史、文化史文本。

6.1 可写的现代化

自 1840 年鸦片战争以来，中国进入现代性进程，体现为对现代化的追求，现代社会的转型也极速推进。根据全球化和现代化的指标体系，中国在短短四十多年的改革开放中，有着奇迹性的历史成果。这是一种重要的文本分析模式：本书以现代化进程为中国当代诗歌的生成背景，勾勒出中国当代诗歌在中国的现代化进程方兴未艾的前提下的可写性及未来性。多次提醒关注中国的现代化进程的指标，目的是说明中国现代化在今后发展的可写性。

在这个意义上，中国的现代化是一种可写的现代化，是人类历史进程的重要阶段。这种可写的现代化需求和召唤文化的可写文本，因而，中国当代诗歌应当生成也可能生成为现代世界题阈内的可写文化及诗歌文本，具备可写的审美现代性。

6.2 可写的文本

这里提及可写的文本之说只是试图提出中国当代诗歌下一步能否有序生成的问题来。这里有两个观点。

1. 批评理论的"终结"与"弑父"打开了文本的桎梏

随着现代性而来到中国文学领域的西方批评理论深深影响了中国当代诗歌的文本生成。自 20 世纪 80 年代以来，近代兴起的各种西方批评理论差不多都涌入中国，在争论中，影响着中国当代诗歌的批评及写作。20 世纪 90 年代的"民间写作"和"知识分子写作"之大争论凸显了面对西方批评理论的不同态度。在不同主张下，写

/ 第六章 / 结语:可写的现代化与可写的文本及可写的乌托邦——通过新浪漫主义

作具有了冒险性,以及试验性,但反过来,也形成了中国当代诗歌的丰富性。好处是形成了"千高原"现象,我们由此得到了"个人叙事"的"块茎"成果,从本书的分析中可以得到明证。这是中国当代诗歌四十年的大丰收。另外一面,由于现代化的时代背景,以及西方批评理论正反面的影响,尤其是现代性文化危机虚无主义的盛行,中国当代诗歌的写作有了内在的同质题阈,表现出突破的"开花"的现代主义特征,从而,也具有了个人写作史意义上的"家族相似"及中国当代诗歌整体的文本的"家族相似"。由此,在中国当代诗歌文本的内部,不同文本具有互文性,产生家族特征。与外部——世界诗歌相对,也具有了时代的全球化背景下的互文性,形成了中国当代诗歌的中国特质及世界气质。在对西方批评理论一知半解、争论不休的情况下,实际上中国当代诗歌文本快速完成了"弑父"过程。在后现代主义的"日常生活审美化"的今天,中国当代诗歌面临的挑战已是全球化的,再无问题可以向"父亲"提问了。当然,文本因此而"解放"了,具有无限的可写性,再当然,也许因此也极有可能具有了无限的不可写性。

此外,在全球化时代,"后理论时代"来临,以现代主义为特征的西方批评理论被讨论是否进入"理论的死亡"期。任何一个熟悉当代文学和文化理论的学者都清醒地意识到,"2003—2004 年,在西方乃至国际文化理论和文学批评界发生了三件对其后的理论思潮走向有着直接影响的事件,其一是后殖民理论大师爱德华·萨义德与世长辞,给了全球化时代以来再度兴盛的后殖民批评理论以沉重的打击;其二是曾以《文学理论导论》一书蜚声欧美的英国马克思主义理论家和文化批评家特里·伊格尔顿出版了颇具冲击力的《理论之后》(*After Theory*),为'理论的终结'或'理论的死亡'之噪音推波助澜；其三是当代解构主义大师雅克·德里达的去世"①。毫无疑问，德里达的去世是后结构主义理论思潮在经历了福柯、拉康、德勒兹、利奥塔等大师辞世以来西方思想界和理论界的又一次重大的损失。如果说，上述"各位大师级人物的相继去世标志着后结构主义盛极致衰的话，那么德里达的去世则标志着解构主义的终结，也就是说，当代哲学和人文思想已经进入了一个'后德里达时代'（Post-Derridian Era），或者说'后理论时代'（Post-Theoretic Era）"②。这是一种"范式"转换的"预肯定"或是"延异"。哈金在《科学革命的结构（第四版）》导读中这样解释库恩所说的"范式"成立的条件："1.'空前地吸引一批坚定的拥护者'，使他们脱离科学活动的其他竞争模式；2. 它们必须是开放性的，具有许多的问题，以留待'重新组成的一批实践者去解决'"，凡是共有这两点特征的成就，便被称为"范式"。③ 我们在享用了现代主义西方批评理论大餐后，现在面临着新的食料补充，那种盛宴也许永不重现了。王宁在他的《全球化、文化研究和当代批评理论的走向》一文中接着指出："理论的昌盛期确实已过。一方面是由于大师们的辞世，另一方面则是由于文化全球化的进程打破了固有的民族—国家及文化传统的疆界，使得本来被认为具有'普遍价值'的可以解释西方世界以外的社会文化现象的理论面对新的现实无法加以解释。因此，在伊格尔顿看来，'文化理论的黄金时代早已过去。雅克·拉康、路易·阿尔都塞、罗兰·巴特和米歇尔·福柯的开拓性著述已

---

① 王宁：《全球化、文化研究和当代批评理论的走向》，《天津社会科学》2005年第5期。
② 同上。
③ ［美］托马斯·库恩：《科学革命的结构（第四版）》，金吾伦、胡新和译，北京：北京大学出版社，2003，"导读"第15-16页。

经远离我们几十年了。甚至雷蒙·威廉斯、露丝·伊瑞格里、皮埃尔·布尔迪厄、朱莉娅·克里斯蒂娃、雅克·德里达、爱莱娜·西克苏、于尔根·哈贝马斯、弗雷德里克·詹姆逊和爱德华·萨义德早期的那些具有开拓意义的著述也远离我们多年了'。"①这确实是一种历史范式转换的挑战。在文化全球化的时代,"坚定的拥护者们"烟消云散了,后现代主义把"问题"也全部"消灭"了,"实践者"去解决什么呢?

从积极的一面来看,批评理论范式的衰微,是不是也"放生"了文本呢?中国当代诗歌文本一直处于西方批评理论趾高气扬的压抑下,争论和否定的工具性使文本和写作被拘禁在西方批评理论的"铁笼"中,"诗到语言为止""纯诗""零度写作"及"下半身写作"的对抗性和"翻译体"等,莫不让文本与写作充满矛盾和困惑。也许,幸好文本和写作只有快餐式的一知半解的消化能力,我们的文本和写作才具有了开放性,如果"很懂"或是"太懂了",我们的文本和写作会不会倾向西方化,也就是说艾略特化、波德莱尔化、里尔克化呢?

范式转换的革命遥遥无期,又身陷后现代主义的"日常生活审美化"的境地,中国当代诗歌文本的可写性是一个有挑战的问题。当"为你读诗"网络诗歌平台微信注册账号超过150万人、听众达3亿人以上时,中国当代诗歌的题阈会发生什么呢?

在这个意义上,在西方批评理论面临范式革命的背景下,"弑父"之后的、进入"日常生活审美化"的大众诗歌时代的中国当代诗歌面临的是"终结"的危机,还是文本的可写性机遇?

---

① 王宁:《全球化、文化研究和当代批评理论的走向》,《天津社会科学》2005年第5期。

2. 诗人的在场与自信催生文本的可写性

现在不是卡里斯玛时代了，也许，这正是诗人们的好时代。因为没有"英雄"的压迫，没有"影响的焦虑"，写作更从容了。尤其是不需要承担宏大叙事的阐释任务，以及被时代边缘化，写作成了一种风格：生存的风格。文本开始有机会生成，在后现代主义的"日常生活"中，每个人都必须到场，而且也乐在其中。关于虚无主义，那是我们已经熟悉的敌人和朋友，因为在后现代主义社会，是不分敌我的。关于虚无，那是一种"日常生活审美"的资源，具有无限的可写性。这就是我们要爱的和恨的后现代主义时代。詹姆逊在《后现代主义，或晚期资本主义的文化逻辑》开篇说："世纪将尽，而历史的发展却似倒行逆施，近几年来，我们目睹一个世代的千秋大业逐步向历史的尽头迈进。岁月将尽，历史却未见前景。我们固然缺乏一种大祸临头的末日情怀，也未曾寄望神迹，产生任何对新生纪元的无端憧憬。面向未来，我们无法产生任何未来感，却沉迷于议论有关这个思想的完结和那个主义的消逝（在此前路未明之际，寿终正寝的包括了'意识形态''文学艺术''社会阶段'，陷入了'危机'的更有列宁主义、社会民主及福利国家等）。凡斯种种，总合起来，或许就构成了那日渐让人津津乐道的'后现代主义'了。"① 詹姆逊的话似有批评指正先前关于西方批评理论终结的话语之意。但无论如何，尽管我们曾经大吵大闹过关于后现代主义的问题，但现在我们不得不津津乐道了。这证明了詹姆逊的"预感快感"的先锋性。

---

① ［美］詹明信（弗雷德里克·詹姆逊）著、张旭东编：《晚期资本主义的文化逻辑：詹明信批评理论文选》，陈清侨等译，北京：生活·读书·新知三联书店，1997，第 420 页。

/第六章/ 结语:可写的现代化与可写的文本及可写的乌托邦——通过新浪漫主义

中国当代诗歌文本是从现代主义中诞生的,却是在后现代主义中成熟的。这与现代性刚在中国达到盛期就面临后现代性袭扰有关。现代主义在诗人写作史中没有得到完整移植,多种主义混杂让诗人的作品花里胡哨。我们可以从他们的文本中找到生成痕迹,或者是什么都看不出来。这导致文本风格的变异,没有被现代主义推进死胡同。因为对理论的一知半解和应接不暇,中国当代诗歌文本具有开放性,结果,我们得到了本书所涉及、所分析的如此之多的优秀文本。在这些文本中,因为背景是一个历史性急速进步的发展的中国现代化进程,满足了作为知识阶层的诗人的写作的未来期待,所以,文本的美学核心趋向明朗、健壮,对虚无主义采取了显现、抵制、批判、突破和"开花"的姿态。这样,我们也得到了一批优秀的诗人和文本,而这些诗人和文本正在走向世界。

根据文本分析和审美精神透视的需要,我认为优秀的中国当代诗歌文本要具有可写性,需具有以下两个特征:

(1) 文本的可多层次拆解性;

(2) 文本的可多重进入性。

因为本书目的不在于理论的探讨,因此,只对上述两个概念略作探究,以供本书结语使用。

(1) 文本的可多层次拆解性

指的是在不同层次上对文本结构进行拆解,弄清文本的构成材料是什么,考察作者的文本建筑设计理念的功力,例如对哲学、宗教、历史、经济及诗学理论等的掌握程度。可拆解的层次越多,说明作者对材料的知识运用越有数,文本也就由此透显出丰富性、美学性,是一座典范"建筑"。大多数文本其实就是一块砖,也有质地,只不过它就是一块砖,可能是天才之作,也可能是过眼浮云。

陈晓明从"变调和声里的二维生命进向"角度拆解张承志的《金牧场》。他这样观摩:

> 现在,我们又在他的第一部长篇《金牧场》里更为完整、更为强烈地感觉到。生命意向从草原伸越到现代都市,……因而,所有的矛盾——关于过去与现在的矛盾,观念与现实的矛盾,抽象与具体的矛盾,存在与经验的矛盾,生命进向的无限伸越与生命始源的矛盾等,都在这个"基本图像"里显示出来。……例如,第一章:
>
> 叙述意念:经验适应进入新的世间(存在空间):
>
> J部分 叙述主题:我来到发达的现代世界,是我以前曾经那样幻想过的世界,我和它相遇了,我终于来了。
>
> M部分 叙述主题:我来到草原,草原母亲猛然在我二十岁的身心里埋进了一个幽灵,我变成了一个牧人。
>
> 潜经验心理流层:现在的我从过去伸越而来。[1]

在这里,我们遇到了两种材料——现代世界与草原,可以拆解出两个层次——过去和现在。作者用此对比鲜明的层次和材料来设计作品结构是要彰显冲突,表明:"两个不同的存在空间,因为经验的伸越力量汇合成生命的同一进向,从过去到现在,它标明了生命的正价值进向。"[2]

---

[1] 陈晓明:《当代文学与文化批评书系·陈晓明卷》,北京:北京师范大学出版社,2011,第344-345页。
[2] 同上书,第345页。

同样，西川的《醒在南京》的材料也使用了过去和当下的概念，只不过在这两个层次中，他使用了大量的基础词语，词语跳跃之大，令人眼花目眩，足以摆弄够他的搭建手艺，设计理念之复古、之现代，透射出的高光是怅然，是虚无，是存在的反讽性。依此类推，西川的大部分作品都具有丰富的层次、质地，都可拆解，找到多样性的显白。

欧阳江河的《凤凰》的拆解可以从他的"脚手架"开始，层次之丰富、材料之不同，是这一文本的生成关键。

臧棣的诗学秘密其实也在于他使用的文本材质被巧妙地互相隐蔽搭建，你得找到拆解的关键部位，否则，下错了手，就会拆坍了。这也许就是臧棣文本的神秘玄妙之处。

我们来看看他的《时间的力量丛书》（未公开发表作品）：

时间的力量丛书

现在你终于可以有机会感谢
时间的力量了。你曾经不相信
时间会给生命带来力量。无情的时间
曾制造过多少生命的漩涡。哦，湍急的流逝。
来自长江边上的最新消息是：我们不打捞活的，
只打捞尸体。年轻时，我曾在金沙江下过水，
接受过湍急的教训。我想我知道
那不被打捞的滋味。我有过一具秘密的尸体
永远地留在了湍急的江水中。
哦，一日千里。你理解的不错，
我的确曾用这样激烈的方式压低过
时间的声音。我在时间的声音里感受到

时间的力量。我经受过全部的痛苦,但没有负担,

我不在乎你比我更像我本人,

我在意的是,时间的力量中好像存有

——一种特殊的友谊。生命的野兽已被驯服,

影子是缰绳,秋天的柿子树投下的影子

是甜蜜的铁链,但你已不再需要

缰绳或铁链。时间的力量在你身上施展的

那些魔法,甚至能被喜鹊认出——

感谢时间的力量允许这首诗录下

这些出没在未名湖边的喜鹊发出的声音。

臧棣在这首诗中使用了许多普通的或被普遍使用的"建材"。但最有用的是"尸体",这个材料意味着生,也表示了死,这就是时间的力量。记得很清楚:我在河西走廊的嘉峪关古城堡参观时,看见城墙的檐垛处扔着一块多余的没有被砌进去的砖。导游很神秘地说那是当年建造城堡时,计算错了、多出来的一块砖,搁置至今。真假不论,但这个传说使用了历史的材质,也传达着时间的力量。此前,我应邀去北京东二环的华润大厦赴宴。席间,我告诉邻座:当年建造此大厦时,向设计师提出了30年不过时的要求。建筑设计师的办法是在大厅的中间,竖放了几根粗壮高长的花岗岩原石。果然,在今天的建筑材质中,这样的原石几乎已成绝迹。席毕,邻座和客人纷纷下到大厅在原石前照相留念。这就是材料的力量,好的材料具有时间表现性。在好诗里,更是如此。这也许就是臧棣的不可言说之秘密吧。

谷川俊太郎是日本著名诗人,家喻户晓,也受到中国及世界诗

/第六章/ 结语:可写的现代化与可写的文本及可写的乌托邦——通过新浪漫主义

歌界的敬重。他的诗《诗人的亡灵》令人沉思,究其原因,还是他有点石成金之术,把词语安置的座架设计得精巧唯美:

诗人的亡灵①

诗人的亡灵伫立着
面向旧房子雨滴涟涟的玻璃窗外
不满于自己的名字只是留在文学史的一角
不满于只是把女人逼到了绝路
以及在来世安居的清高廉节

虽然已不能再发出声音
但化成文字的他却存在着
在新旧图书馆的地下书架上
仍与挚友争夺着名声
终于无法再回答诗的问题

他相信自己读过蓝天的心
也相信懂得小鸟啾鸣的理由
像锅灶一样与人们一起生活
相信已领会了隐藏在叫喊和细语里的静穆
不流一滴血汗地

诗人的亡灵旁边是犀牛的亡灵
诗人纳闷地看着邻人犀牛的脸
不知道与诗人同是哺乳动物的犀牛说

---

① [日]谷川俊太郎:《春的临终》,田原译,南京:译林出版社,2017,第183—185页。

人啊，给我唱一首摇篮曲吧
请不要区分亲密的死者与诗人

田原译

这首诗的词语质地平实，讲述了两种层次的想象：当下被隐蔽住，召唤死亡，传达媒介是亡灵。通过相互依存的层次递进，我们得知生存的无意义，因此，"请不要区分亲密的死者与诗人"。

搭建可多层次拆解的文本，可保护文本的生成和生长性，一个可写的文本是诗人手艺的功力见证。

（2）文本的可多重进入性

对文本的分析阅读是一种进入行为，单调的、缺材质的文本没有通道，没有影壁，没有女儿墙，一开门就一览无余，审美就此结束。具有可多重进入性的文本每一次进入都透射出不同的美学张力，依读者的心境、阅历、知识结构而变动、对话、生长。

陈晓明说："《金牧场》里的双向叙述结构呈示出并置参照的时空，它们各自有自己的主题、形态、展开速度和方式，二者平行地进行。它们在叙述模式、叙述语义上互不相干，但它们在叙述意念指导下，共同创造特定的'叙述语境'，它们的本质关系就是'互为语境'。"[1] 这种"互为语境"为多重进入提供了可能性，构成了作品的美学张力。

欧阳江河的《凤凰》是部长诗文本，使用了大量现代材质，是一个现代主义词语大工地，什么都被征用，构成一个以"凤凰"为标志的"仿真"世界景象。我们随意指出一个词，即可打开一页审

---

[1] 陈晓明：《当代文学与文化批评书系·陈晓明卷》，北京：北京师范大学出版社，2011，第346页。

美意象。比如：

> 那些夜里归来的民工，
> 倒在单据和车票上，沉沉睡去。
> 造房者和居住者，彼此没有看见。
> 地产商站在星空深处，把星星
> 像烟头一样掐灭。他们用吸星大法
> 把地火点燃的烟花盛世
> 吸进肺腑，然后，优雅地吐出印花税。①

在这样的诗句中，材质是"造房者""居住者""地产商""民工""星空""地火""烟花盛世"以及"印花税"。从这些词语进入，我们可以体会到文本的"阶级情绪"和"左派"态度。这可以放到现代性的中国或是中国的现代化中去审美，可以放到我们一直使用的启蒙反启蒙的各种围绕改革开放的大争论中去审美，可以得到一个大的美学的历史场景。比如从地产商入手，一般在文学文本中，地产商是与民工、居住者相对立而存在的，他们都有"吸星大法"，能"站在星空深处，把星星／像烟头一样掐灭"。从另一重审美角度进入：地产商是现代性的新人，是现代化的执行者，是企业家，具有"破坏性创新"精神——因而是现代中国的进步推动者。

企业家这一术语是由18世纪康替龙（Richard Cantillon）引入经济学理论的，他在《一般商业之性质》（1755）一书中，将从事经济活动的人，如商人、农民、手工艺者等都称为企业家。他认为，企业家是一个风险承担者，是以确定的价格购买并以不确定的

---

① 欧阳江河：《凤凰》，北京：中信出版社，2014，第29页。

价格卖出的人。

……"企业家精神"这一名词是英文"entrepreneurship"的中文译法，……企业家精神是指人们竞相成为企业家的一种行为，它是由法文"entreprendre"引申而来，其意思是"着手工作，寻求机会，通过创新和开办企业实现个人目标，并满足社会需求"。

美国管理大师、经济学家德鲁克把企业家精神明确界定为社会创新精神，并把这种精神系统地提高到社会进步的杠杆作用的地位。

熊彼特认为，企业家的职能就是创新。企业家是经济发展的推动者，而企业家精神就是一种不断创新的精神，是社会发展的策动力量。

桑巴特认为，企业家精神是一种不可遏止的、动态的力量，是一种世界性的追求和积极的精神，包括重视核算、注重效益。[①]

所以，我们可以认为，作为中国现代化进程的"新人"企业家是社会进步的推动者，在欧阳江河的《凤凰》中被负面化、"阶级斗争化"是有悖公平、公正的。

上面的辩解可以说明，从《凤凰》文本中关于"地产商"的材质介入，我们可以展开另一种审美可能。我们会碰到现代性的基本问题：启蒙现代性与审美现代性的互文。这样的文本因而具有了历史性和社会批判理论性，成为一种文本的典范。

顺便说，前文提及有人撰文说"诗人，你为什么不愤怒"，文中为自杀的诗人惋惜。我想说的是：地产商、企业家也跳楼，也

[①] 鲁传一、李子奈：《企业家精神与经济增长理论》，《清华大学学报（哲学社会科学版）》2000年第3期。

/第六章／ 结语:可写的现代化与可写的文本及可写的乌托邦——通过新浪漫主义

自杀,而且更多,因为他们要为失败担责。当20世纪80年代诗人们忙着启蒙时,他们已经开始创业了。当20世纪90年代诗人们相互怨恨、打嘴架、争得你死我活地排名次,纷纷进入"个人叙事"时,企业家们正在推进现代中国的改革开放。21世纪以来,中国的企业家完成了市场经济的"弑父",站在了世界经济的前列。以这样的怨气对应欧阳江河的怨恨恰恰证明他的文本的有效性,他以审美的方式提出了问题;而这正是他的文本的可多重进入审美的魅力所在。

西川的《潘家园旧货市场玄思录》是一个典范的可多层次拆解及可多重进入的文本。

从文本中的"真"与"假"的修辞进入,我们看希望拆去的是哪一个词。拆去了"真",证明这个世界是"真"的"仿真"的,是"真"的虚假的。拆去了"假",则说明我们以"假"乱"真"了,我们还是在一个"仿真"社会。文本里边的人物众多,从"国家主席"到"皇帝",从"盗墓贼"到"圣人",从"知心姐姐"到"土匪兵",从"军阀"到"伟人"。这些人物是他的"仿真"社会的文本建筑材料。如此丰富,敬请随意拆解。每一个"材料"被拆解出来,都可以延展一个叙事。在这样的叙事中,有一样现代社会的重要"物件"被抹去了,这就是社会的契约精神。

霍布斯在他的《利维坦》中这样形容:"我承认这个人或这个集体,并放弃我管理自己的权利,把它授予这人或这个集体,但条件是你也把自己的权利拿出来授予他,并以同样的方式承认他的一切行为。这一点办到之后,像这样统一在一个人格之中的一群人就称为国家,在拉丁文中称为城邦。这就是伟大的利维坦(Leviathan)的诞生,……用一个定义来说,这就是一大群人相互订立信约、每人都对它的行为授权，以便使它能按其认为有利于大家的和平与共同防卫的方式运用全体的力量和手段的一个人格。"[1] 这是一种契约行为，前提是假定人性是合理的，人性中有自我保护和趋利避害本能。以此理论作为参考，我们再回到西川的潘家园旧货市场。这里的契约是不存在的契约。"认出那垃圾价值的人一口咬定那就是垃圾嗯那就是垃圾：/ 他貌似不在乎才有可能付出一个垃圾价。"这让我们明白一个事实，在"仿真"社会中我们不必在乎真假：这倒是成了一个契约。所以，在霍布斯那里，这样的契约是不能成立的，从这个意义看，他的《利维坦》只能是一个乌托邦指向。从西川的文本中可以拆解出如此多的"材料"，也就意味着可以多重进入找到不同的审美材质来。这也是西川的文本给人以深厚的美学张力的原因。

以上说清了文本的可写性的突破意义和审美价值，仅仅是管见，有待生成完善。

6.3 可写的乌托邦

列斐伏尔认为，要走出现代性，就必须解决"他者"的可替代性选择，来冲淡人类对现代性价值的固执迷恋。詹姆逊则宣称，我们真正需要的是以称作乌托邦的欲望全面代替现代性的主题。"什么是乌托邦？詹姆逊既从本体论上把它定义为'生命和文化中万事万物具有的未来取向'，又从政治上把它定义为一种欲望满足的社

---

[1] ［英］霍布斯：《利维坦》，黎思复、黎廷弼译，北京：商务印书馆，1985，第131-132页。

/第六章/ 结语:可写的现代化与可写的文本及可写的乌托邦——通过新浪漫主义

会想象形式,一种批判地与现实保持距离的思想形式。"① 这是我们在本书中讨论的现代性所遭遇的历史困境。"纵观 20 世纪以来的哲学思想,对现代性的'解放逻辑'及其内在悖论进行深入的反思,成为最为重大的课题之一。作为对这一时代问题的反思,乌托邦被置于一个新的理论平台上。……作为对未来社会的预见以及解放道路的探索,法兰克福学派在批判西方理性的工具化和自毁性、希求建一个合乎人道的社会主义时,几乎无人不谈乌托邦的问题,强调乌托邦维度对于人之存在和人类命运前景的至关重要性。"② 这是一种问题意识,在我们反对现代性文化危机虚无主义的时候,其实,我们也是从反对虚无主义文化危机来审美现代性。现代性通过在中国的生成而入盛期,必将随中国现代化进一步推进而变异。可惜的是,这并未引起我们的高度警觉,比如我们对于当下社会的虚无主义价值观念泛滥,犬儒主义或是智识犬儒主义弥漫,抑或是透过"精致的利己主义"而印证的价值坍塌现象熟视无睹。这也是中国当代诗歌表现出来的与虚无主义对抗姿态的可贵之处和难得之处。

陈晓明评论张承志的《金牧场》体现了一种英雄主义。我想,这种英雄主义应该不仅是对当下的社会存在的一种解决方案,更可能是在召唤未出场的关于未来的英雄乌托邦主义。在这个意义上,《金牧场》是一部充满新浪漫主义气息的小说文本。

中国当代诗歌也需要这种新浪漫主义的乌托邦指向。

---

① 汪行福:《乌托邦精神的复兴——西方马克思主义对乌托邦的新反思》,《复旦学报(社会科学版)》2009 年第 6 期。
② 谢玉亮:《现代性论域中的乌托邦重构》,《理论与现代化》2012 年第 2 期。

1. 后浪漫主义的乌托邦指向是克服虚无主义文化危机的可能途径

后现代主义的"日常生活审美化"把中国带入了世俗社会、大众社会,"物"的"仿真"世界把一切都"符号"化、"消费"化了。而且,这似乎是条不归路。哈贝马斯说现代性是个未竟的工程,那么,还可以套用,后现代性是个"未竟的开始"。王岳川在批判的意义上严厉指责了"消解价值"的"后乌托邦"时代,我们引用一下他的观点来解析"此乌托邦"非"彼乌托邦",也证明新浪漫主义倾向下的乌托邦的必要性:"在我看来,后现代文化的到来,在思维论层面打破了传统中心论而开拓出新境界,但在价值论层面上却带给整个文化美学以虚无主义的色彩;而且更为严重的是,作为社会独立阶层的知识分子的地位和价值也随之发生了重大偏转,知识分子的价值追求和理想信仰与大众的价值信仰日益分离。这表现为,知识分子开始透过后现代之镜,看到终极理想的乌托邦性,而自诩为大众代言人的心态乃是一个幻象,负载民族使命只不过是一种民族主义的话语承诺。价值信仰发生了蜕变,由一元走向多元,由群体性走向个体性,由对精神理想的追求走向对当下肉身感官的享乐。这种新的历史图景,显示出后现代式的思维转型的正面效应不可避免地带来其价值逆转的负面效应,即在消费主义时代放弃价值重建的承诺,消解精英文化的向度而与大众传媒结合,使人类生活走向精神平面化和价值论的'后乌托邦'时代。"① 王岳川的批评有其深刻性,但有两点需讨论。一是后现代主义的大众社会大众的价值信仰同样面临整理重建。这是为后现代主义"日常生活审美化"所证明了的,比如说出现横贯

---

① 王岳川:《后现代主义与中国当代文化》,《中国社会科学》1996 年第 3 期。

社会的道德虚无主义、文化虚无主义、人生价值虚无主义,等等。二是文中所定义的"后乌托邦"是一种空间的封闭的终极理想的"乌托邦",不具未来指向意义。

在文本中,"乌托邦冲动是推动人类文明发展的重要动力。乔多柯夫说:'乌托邦冲动是对现存社会状态的反应并试图超越和改变那些状态以达到理想状态的尝试。它总是包含着两个相互关联的因素:对现存状态的批判与一个新社会的远景或更新的方案。'……雅各比认为,'一个丧失了乌托邦渴望的世界是绝望的。无论是对个体或对社会来说,没有乌托邦理想就像旅行中没有指南针'。詹姆逊也认为,乌托邦不是生活中可有可无的调味品,痛苦中寻找自我解脱的补偿意识,而是人类历史和政治生活不可或缺的维度"[①]。我们可以考虑,在当下的审美现代性题阈中,需要有一种刺透虚无主义之后的进一步行动,需要有什么东西被召唤、被指涉,应该就是一种与当下社会有所区别的新的社会进步。在这里,我们否定的是当下社会中所体现的现代性文化危机——虚无主义,我们指望的是一种明朗的新浪漫主义,这种新浪漫主义给我们承诺光明而不是黑暗,踏实而不是虚无。大卫·哈维在他的《希望的空间》中说:"无论如何,乌托邦梦想都不会完全消失。它们会作为我们欲望的隐蔽能指而无处不在。从我们思想的幽深处提取它们,并把它们变成政治变革力量,这可能会招致那些欲望最终被挫败的危险。但那无疑好过屈服于新自由主义的退步乌托邦理想(以及那些给予可能性如此一种不良压力的所有利益集团)、胜过生活在畏缩和消极的忧虑之中以及根本不敢表达和追求替代欲

[①] 汪行福:《乌托邦精神的复兴——西方马克思主义对乌托邦的新反思》,《复旦学报(社会科学版)》2009年第6期。

望。"① 不知是否可以把王岳川所指的"后乌托邦"等同于大卫·哈维的"退步乌托邦"理想,但无论如何,我们必须认识到:"当代马克思主义和新左派面临的困境是:一方面我们比任何时代都需要乌托邦,需要乌托邦为我们提供超越新自由主义全球化的希望空间和未来远景,另一方面我们看到乌托邦传统已经衰落。在这样的困境中,我们需要拯救乌托邦冲动,擦拭乌托邦之镜,使之重新焕发光彩。"② 说实话,在这个意义上,我站在了新左派的立场,因为我们需要中国当代诗歌的文本来穿越现代性的迷雾,从虚无主义文化危机中"开花"。

> 开花就是解放开花就是革命
> 一个宇宙的诞生不始于一次爆炸而始于一次花开

这是西川的诗句,这是中国诗人的乌托邦冲动!

2. 乌托邦冲动会带来"新诗""现代汉诗""中国当代诗歌"的形式突破?!

21世纪以来,围绕"新诗"有很多有益的讨论,这些讨论是在肯定的前提下在研究界展开的。臧棣在他的《现代性与新诗的评价》一文中说:"如何评价新诗始终是20世纪中国文学批评中的一个难题。从1917年胡适尝试新诗创作迄今,已有整整八十载;但新诗所取得的成就与实绩到底有多大,却从未有过令人信服的评价。更让人难堪的是,迄今连从事这种评价所依傍的文学标准都没有达

---

① [美]大卫·哈维:《希望的空间》,胡大平译,南京:南京大学出版社,2006,第191页。
② 汪行福:《乌托邦精神的复兴——西方马克思主义对乌托邦的新反思》,《复旦学报(社会科学版)》2009年第6期。

成过共识，取得过一致意见。"①这带有一种问题意识，一直到现在，这些问题都是开放的，等待破题。但我更欣赏的是他文中的结语："尽管如此，我想在新诗的评价与新诗的现代性之间强调一种价值同构关系，应该说是合乎情理的。至少，现代性应该既是这种评价的出发点，又是它的归宿。"②据此，我们就可以理解新诗后来的命运：在现代主义游戏中，走向了程式化、封闭。与此相对应的是姜涛从新诗研究方面也提到了问题：经过20多年的研究，"虽然在某些问题、某些环节上尚存争议，但从总体上看，对于'新诗'的历史图景，我们似乎已拥有了确定的'知识'，那些曾经令人耳目一新的思路，也在学术生产的流程中，逐渐制度化、常识化，失去了与周遭学术、思想对话的活力。视角单一、方法陈旧、材料重复造成的'拥挤'，更是当前新诗研究中一个不容忽视的问题。一个可能的印象是，'新诗'研究已经饱和，相关的话题也被'穷尽'了"③。这样的观察有尖锐的切入点，一方面是21世纪以来的中国当代诗歌的现代主义之路走入迷蒙，一方面是研究方法的知识结构不开放，呈单一的学科性，活力不再。观点很多，但需要文本及研究方法的突破性，需要"范式革命"，需要深入到现代性理论体系中寻找刺激和资源。这不是本书的任务，我们不再多言。只介绍一个故事：十几年前，做一个人的人类基因分析需要几百万美元，分析2—3年；当与计算机互联网技术结合后，现在只需几百美元，2—3天。这是跨学科的成果。本书分析文本时尝试使用社会批判理

---

① 臧棣：《现代性与新诗的评价》，《文艺争鸣》1998年第3期。
② 同上。
③ 姜涛：《开放问题空间之后：从"新诗"到"现代汉诗"——评王光明〈现代汉诗的百年演变〉》，《文艺研究》2005年第3期。

论，找到了很舒服的分析工具和角度。所以，在这个意义上，我们是不是也提出一种面向未来的乌托邦指向的诗歌研究批评模式呢？我们不一定能到达那里，但我们动了念头，要有所改变。

中国当代诗歌的写作已经具有了这种改变。一是从西川等人的文本可以看到，审美是积极的，是要"开花"的，是要从"仿真"世界找到本真的。二是写作实践上，中国当代诗歌以长诗写作的形式开始回到历史叙事，开始具有人类存在意义的审美行动。我们可以从欧阳江河的《凤凰》、翟永明的《桃花扇》、西川的《醒在南京》《潘家园旧货市场玄思录》《开花》中找到新的现象。这应该是中国当代诗歌的可喜可贺的收获。

之所以提出新浪漫主义写作，是因为要提醒中国当代诗歌写作实践要与审美精神趋向乌托邦同向，从现代主义手法中作出改变。陈晓明有过"新新浪漫主义"的提法："'新新浪漫主义'这一概念可以从以下几方面来理解：1. 写作主体具有新新人类的特征，或者与之相近的年轻一代的作者。他们没有过重的历史记忆，也没有更强烈的现实批判精神。2. 新新浪漫主义以消费社会的生活状态为其表现资源，反映当代中国正在兴起的城市化的生活现实。3. 它是中产阶级或小资产阶级的，与流行文化和时尚潮流如出一辙。4. 它倾向于表达一种温和感伤的浪漫情调，其审美趣味经常有一种唯美主义，甚至有一种颓废主义的特点。"[①] 这是很有新意的文学批评观点，对当下的文化理论批评具有现实关照价值。"新新浪漫主义"概念是对当代现象的归纳，是一个批判性概念。"新浪漫主义"诗学精神是一个具有未来面向的建设性概念。这也是中国当代诗歌从

---

① 陈晓明：《新新浪漫主义：后现代的变形记》，《长城》2002 年第 5 期。

/第六章/ 结语:可写的现代化与可写的文本及可写的乌托邦——通过新浪漫主义

现代主义突破的参照版本。现代性的困境解决方案未见有实效性，而以中国的现代化为代表的第三次现代化浪潮把发展中国家深深卷入，现代性则因此达到盛期，但现代社会的风险有增无减。"日常生活审美化"让现代主义艺术失效，不再具有"救赎"功能，通过"新浪漫主义"找寻一条回归之路，也许，是重建乌托邦指向的途径。

试着讨论一下新浪漫主义。

作为法国大革命的回声，19世纪20—30年代欧洲出现了浪漫主义运动，从德国开始，在英国发展，在法国达到高潮。实际上，作为现代主义鼻祖的波德莱尔亦可看成是浪漫主义的结束者。法国大革命时期颁布的《人权宣言》解放了个体的人，使人意识到自己的自由与权利。但法国大革命之后，宏大叙事所许诺的自由、平等、博爱并未兑现，代之以人性解放后的人欲横流、道德沦丧。尤其是雅各宾党人的残暴行为让人们认识到革命的残暴，人们感到幻灭。这时，自我崇拜、怜悯、感伤的情绪爆发出来，汇成了浪漫主义潮流。实际上，这是一次革命后遗症的发作，是一种暗指乌托邦的想象。在当下的现代性困境中，该如何从现代主义的陈规陋习中走出来，且不陷入后现代主义的解构，是一个重要的文化挑战。陈晓明对新新浪漫主义作了构思，指向了一种新的审美可能性。根据他的思路，首先，新新浪漫主义是年轻一代的新人的文学审美，其次，是日常生活化的，最后，是伤感的、唯美的，甚至是颓废的。我想，这种颓废应该是积极的，因为这是一种对当下失望的艺术感受，在颓废背后有一种超越欲望。在法国大革命之后的浪漫主义召唤中，我们可以看到一种十分突出的审美倾向：这就是人的个体化，或是主体化的最小值的存在。阿格妮丝·赫勒在她的《日常生活》

一书中讨论了现代社会中日常人的存在模式。她说:"异化的日常生活是'自在'的领域。在这一领域中,'个人'为'自在的'类本质对象化所引导,对这一对象化,他只能简单屈从。而非异化的日常生活是'为我们的'领域,然而,必须重复指出,这并不意味着'为我们的'领域容许向类的跃迁。"① 这是一种似乎无法逆转的态势。我们再也不能"为我们的"了,因为这里已经是日常生活世界。在失去了"为我们的"签订契约的机会后,"个人"是一个"自在的"存在,某种意义上不能回到"为我们的"主体。

海子有一种重建文本的欲望,主体是一种乌托邦想象。当他在呼唤家园、海子、村庄时,他是在作为"个人"的"自在的"存在而寻找温暖、安全的主体(母体)归宿。我们可以读读他的《重建家园》:

重建家园 ②

在水上 放弃智慧

停止仰望长空

为了生存你要流下屈辱的泪水

来浇灌家园

生存无须洞察

大地自己呈现

用幸福也用痛苦

来重建家乡的屋顶

---

① [匈]阿格妮丝·赫勒:《日常生活》,衣俊卿译,哈尔滨:黑龙江大学出版社,2010,第117页。
② 海子:《海子的诗》,北京:人民文学出版社,1995,第107页。

/第六章/　结语:可写的现代化与可写的文本及可写的乌托邦——通过新浪漫主义

> 放弃沉思和智慧
> 如果不能带来麦粒
> 请对诚实的大地
> 保持缄默　和你那幽暗的本性
>
> 风吹炊烟
> 果园就在我身旁静静叫喊
> "双手劳动
> 慰藉心灵"

在这里，我们得到的审美感受是对家园重建的渴望，背后是失望，是遗失，是屈辱。现代社会的风险是理性的主体的黄昏，它既是结果也是灾难。后现代性迅速解构了主体，作为"个人""自在的"最小值也被类本质对象化。向往安宁、幸福就成为乌托邦依据。

> 有两种类型表现于日常生活之中的"为我们存在"：一种是幸福，另一种是有意义的生活。
> 幸福是日常生活中"有限的成就"意义上的"为我们存在"。即是说，它是有限的和完成的"为我们存在"，它原则上不能够发展与拓宽，它是自身的终极目标和极限。①

这是赫勒对幸福的日常生活的表白，这也是我们当下的日常生活社会中普遍的"消费需求"。如果我们并不能达到幸福，我们就没有达到"有限的成就"，我们就会颓废、痛苦，指望"重建家

---

① ［匈］阿格妮丝·赫勒：《日常生活》，衣俊卿译，哈尔滨：黑龙江大学出版社，2010，第255-256页。

园","双手劳动/慰藉心灵"。"有意义的生活是一个以通过持续的新挑战和冲突的发展前景为特征的开放世界中日常生活的'为我们存在'。如果我们能把我们的世界建成'为我们存在',以便这一世界和我们自身都能持续地得到更新,我们是在过着有意义的生活。"①这是乌托邦建构的途径,是海子"重建家园"的目的,是"双手劳动/慰藉心灵"的任务。因此,我们可以认为一种指向未来的乌托邦有现实意义。也因此,新浪漫主义的建构有可能性。因为这种新浪漫主义的建构途径之一,就是从法国大革命之后人的自由、平等承诺兑现需求的浪漫主义,过渡到当下的日常生活世界的对"个人"的"自在的"存在上升到"为我们存在"的结局:也就是主体性的再召回。如陈晓明所主张:这个时代依然要寻求主体的肯定性,这就是在现代以来的浪漫主义精神中提取建构主体的肯定性价值,并把它保持在最小值范围内,以求诗学中能建立起主体与他者的恰当联系通道。这是与海子、赫勒的对话:我们可以从诗歌文本中找到新浪漫主义的主体召唤——家园,也可以从赫勒的幸福的"有限成就"追求到"为我们存在"的乌托邦的有意义的生活。此外,我们可以从陈晓明这里得到新浪漫主义诗学建构的一条美学原则:主体性的召唤。

现代性的局限在于他者的缺失,民族—国家的建立获得了个体的自由的让渡。本我在理性中消失后成为可交换的"消费品","日常生活"中每一个人都只是象征交换的交换物。在新浪漫主义的构想下,一种从哈贝马斯那里发展而来的公共交往应该存在。个体应该回到霍布斯所说的合理的人的位置,遵从公共交往的契约:这就

---

① [匈]阿格妮丝·赫勒:《日常生活》,衣俊卿译,哈尔滨:黑龙江大学出版社,2010,第257页。

是赫勒所谓的追求有意义的生活。新浪漫主义诗学从来不乏创世而出的材质,海子的诗歌文本中,充满这种对人类之善的追求,既是一种对未来生活的想象,又是一种人与人之间友爱的表征——伤感而郁美,心灵净化如冰雪:

日记①

姐姐,今夜我在德令哈,夜色笼罩
姐姐,今夜我只有戈壁

草原尽头我两手空空
悲痛时握不住一颗泪滴
姐姐,今夜我在德令哈
这是雨水中一座荒凉的城

除了那些路过的和居住的
德令哈……今夜
这是唯一的,最后的,抒情。
这是唯一的,最后的,草原。

我把石头还给石头
让胜利的胜利
今夜青稞只属于她自己
一切都在生长

今夜我只有美丽的戈壁 空空
姐姐,今夜我不关心人类,我只想你

---

① 海子:《海子的诗》,北京:人民文学出版社,1995,第206-207页。

在这里，我们感受到伤感，这种伤感是一切都握不住的感觉，是寻求爱的欲望，是人的主体感受。在日常生活世界，人与人失去了通约的可能。艺术的救赎的可能性就在于建造一种公共空间的唯美。那些被现代主义拒绝的也许该寻找回来，应该有一种与"上帝"和解的审美行动。所以，陈晓明相信：现代以来的新诗追求人类的福祉，尽管它表述过悲观，表达过虚无，但它始终没有忘记重塑信心，始终追求人类共同理解的共通性。诗性的精神，开花的精神，将超越一切狭隘的个人私利、局部利益、集团利益，而趋向于人类和平共同的理想。这确是浪漫理想，但这正是历经漫长的虚无之后的开花必将结出的果实。这样的理论建构应该成为新浪漫主义诗学建构的第二种可能性。臧棣在他的文章《海子：寻找中国诗歌的自新之路——纪念海子仙逝20周年》中的观点是对陈晓明的一种补充："海子真正萦怀的是一种无畏的且勇于担当的诗歌行动。这种诗歌行动的核心是复活。即通过诗歌的行动，从生命主体和生存情景两方面复活我们的生命形象……他尤其不甘愿当代诗歌只建筑在现代主义的地基上，他更愿看到当代诗歌能对人类的创造力作出一种积极的回应；按海子的理解，这就是对价值的回应。这种回应既指涉我们对生命本体的领悟，也涉及我们对人类的生存图景的总体关怀。"[①]这是海子真正的诗学遗产，它使我们有了建设对人类生存图景有总体关怀的新浪漫主义诗学的信心。陈晓明在这一层面也提出了建设性构想：新浪漫主义诗学精神就其美学理念而言，是一种具有未来理想价值追求的美学建构倾向，总是蕴含对历史废墟的超越，对现实肯定性的召唤。这种召唤一定是开放的、重构的、不断

[①] 臧棣：《海子：寻找中国诗歌的自新之路——纪念海子仙逝20周年》，《诗选刊》2009年第4期。

异质化地创新的。这是我们综合得到的第三条新浪漫主义诗学建构的美学原则。这也可以从臧棣的诗歌文本(未公开发表作品)获得佐证:

渡口丛书

这地方好像从前在哪里见过?
五百年前,蝴蝶让开关变轻。不用按,
时间就会在你身上配合春秋。
斜坡上的草有半人高,身子稍一蹲下,
你就会从视野里彻底消失。
刺很多,而且不仅仅是很多。带钩的刺
也带来了另一种语言的锋利。
表面的伤痕几乎无法避免。
这里,又被刮破了。那里,又多出了
一道血痕。但是,和阴暗的表情相比,
伟大的平静最终占据了上风。伟大的平静
除了包含内心的平静之外,也包括了
你意想不到的一些事情。于是,你开始注意到
假如天赋是一种比例,那么确实就会有一样东西,
是你从诡异的命运中无法赎回的。

到此为止,我们从诗句中找到的是一种与日常生活世界的纠结和关联。"这地方好像从前在哪里见过?"是的,你肯定见过,恰恰是差不多五百年前的莫尔的"乌托邦",以及代代相传的陶渊明的"桃花源"。在那里,你不会感叹命运诡异,也不会血痕不断,你只是真的拥有"伟大的平静"。

> 你想过,你付出的努力有可能是神秘的吗?
> 水流的声音越来越响。脚下的沙子
> 开始发烫,石头因长年的冲刷而形状圆滑,
> 这也许是宇宙的原话的一部分。
> 要不然怎么每一次口福里都会有口信——
> 那些在石缝里交配的螃蟹验证了
> 这样的判断。你要渡的河尽管有些抽象,
> 从不同的角度看,一会儿比爱河要宽,
> 一会儿比冥河要汹涌;但这里,确实是个渡口。
> 像这样的地方,即使没来过,你也不会感到陌生。

你肯定不会感到陌生,因为,我们曾经都来过这样的地方——我们的"乌托邦",我们的"桃花源"。那些河流、沙子、螃蟹都是我们似曾相见的,也是我们的新浪漫主义诗学所要召唤的。

从海子、臧棣的文本可以总结,中国当代诗歌的新浪漫主义一直都在萌发、生成。这是因为中国当代诗歌从一开始就与中国的现代化进程保持同向,诗学目的是指向一种人类的和谐的乌托邦社会。这使得中国当代诗歌突破了虚无主义,在现代主义的地基上指涉了未来。

赫勒是一个乌托邦构筑者,她的贡献在于从日常生活世界中寻找所有人的真正家园。在此,以她的一段话来作结语:"那些今天过着有意义生活的个体自觉选择和接受的任务,是创造一个异化在其中成为过去的社会:一个人人都有机会获得使他能够过上有意义生活的'天赋'的社会。并非是'幸福的'生活——因为不会出现向有限成就的世界的复归。真正的历史充满着冲突和对自己给定状

态的不断超越。正是历史——人们自觉选择的和按人们的设计铸造的历史——可以使所有人都把自己的日常生活变成'为他们自己的存在',并且把地球变成所有人的真正家园。"①

6.4 结语

20世纪80年代,中国当代诗歌从《今天》开始,参与到启蒙运动中。这期间,以朦胧诗为代表的诗歌文本,呼唤"人"的确定。谢冕先生《在新的崛起面前》一文引起巨大反响和争论,奠定了中国当代诗歌的发展基础。整个20世纪80年代,中国当代诗歌与中国的现代化步伐保持了同步,对于过去的暗夜导致的历史虚无主义及价值体系崩塌予以显现并以否定的姿态进行抵抗。

20世纪90年代,随着中国社会的转型,中国当代诗歌写作从"集体叙事"转向了"个人叙事"。在改革开放的大潮中,中国当代诗歌文本体现了面对现代性及市场经济的困惑。这一时期的虚无主义体现为现代性的文化危机,诗人和文本表现出不甘于此的突破心态。在现代主义艺术流派影响下,写作和文本趋向自我。之后,出现了"民间写作"与"知识分子写作"的大争论。这场争论,不具多少理论意义,使中国当代诗歌写作更加远离社会和大众。这一阶段的虚无主义文化表征主要为对现代性的存疑及信仰的迷茫。

21世纪以来,后现代主义的"日常生活"社会到来。一方面是

---

① [匈]阿格妮丝·赫勒:《日常生活》,衣俊卿译,哈尔滨:黑龙江大学出版社,2010,第258页。

"日常生活审美化"的大众狂欢，一方面是中国发生了"三千年未有之巨变"。物欲横行，市场经济影响了整个社会。此时，虚无主义文化危机全面爆发。贪腐、犬儒主义弥漫，"小时代"到来，中国当代诗歌彻底被边缘化。另一面，经过现代主义洗礼，所谓的"为艺术而艺术""纯诗""零度写作"等艺术主张使中国当代诗歌与社会渐行渐远。但值得庆幸的是诗人们依然在坚守。经过写作行动和理论滋养后，一批优秀诗人"弑父"而生，创作了一批有质量的作品。他们大都经20世纪80年代朦胧诗运动而来，与时代保持了亲近距离。经过现代性的考验，他们对中国的现代化进程持正面态度。写作的成熟让他们已经不受制于西方理论和传统的束缚，成就了本我风格。文本的特征为从个人化叙事又回到了历史叙事，是一种审美现代性的文本，具有精神史意义。长诗写作成为追求，哲学、历史、社会含义丰富，超越了虚无主义以及虚无追问的色彩。这是一种"开花"行为，具有世界性。他们是指向未来的文本创造者，具有构筑精神意义的乌托邦的积极性和可期望性。这既是现代性的下一步突破走向，也是中国当代诗歌成熟于世界的可写性未来。

其中，本书还分析了诗歌研究学者及批评家的诗歌文本，着重探讨他们思考存在意义的生命追问，以及其文本体现出的古典美学的心灵净化作用。

本书用"日常生活"批判理论分析了可用于"大众审美"的诗歌现象，找到了感伤犹疑的命运发问痛点，揭示现代社会的"物"的现象对人的侵害，对人的"日常生活"中的痛苦悲伤表示了同情。可以看到，在后现代主义社会，虚无主义必须引起高度警醒，否则，将会成为现代社会的一场全面的文化危机与精神危机。

"日常生活"诗歌写作在网络时代越来越与中国当代诗歌主潮渐行渐远。

最后,本书概念性地提出构建未来意义,否定当下现代性文化危机的乌托邦想象,主要是试图在无路可走的情况下,为中国当代诗歌的审美精神寻找一条通道。我们认为,新浪漫主义写作可以代替现代主义写作,可以避开"日常生活审美化"的彻底颠覆。

总的来说,我们认为,现代性将随现代化在中国度过盛期,中国当代诗歌将面临更大的虚无主义文化危机,是挑战,也是张力。最后,还是以谢冕先生的研究文章作本书的结束语:

"1919年(也就是五四新文化运动兴起的那一年)2月15日出版的第六卷第二号《新青年》,以没有先例的'头版头条'的方式,刊登了周作人的《小河》:

> 一条小河,稳稳的向前流动。
> 经过的地方,两面全是乌黑的土,
> 生满了红的花,碧绿的叶,黄的实。

这首被称为标志着新诗成立的作品,本身具有鲜明的象征意义。那小河的水被堰拦住了,既不能前进又不能后退。拥有生命的水要流动,于是'便只在堰前乱转'。

> 水也不怨这堰——便只是想流动,
> 想同从前一般,稳稳的向前流动。

这就是中国新诗的形象。它充盈着生命的活力,不管是土堰还是石堰,都要冲决,向前。它要发展自己的生命,它只求缓缓地向前流动。在它经过的地方，两边是红花、绿叶和丰满的果实。"①

这就是百年新诗的开始！

这就是谢冕先生对中国当代诗歌的祝福与期望！

---

① 谢冕：《回望百年——论中国新诗的历史经验》，《北京大学学报（哲学社会科学版）》2005年第6期。

后　记

终于定稿了，举目四望，桃花烂漫，落英缤纷。

此时已是清明，遥望西北家乡的贺兰山脉，心生伤感。我的母亲、父亲葬在那片荒凉的山岗上，此书应算是给他们的答卷。

书稿撰写期间，我完成了全世界七大洲高峰的登顶，徒步到达了南极点、北极点，其中一次从珠峰南坡登顶，两次从珠峰北坡登顶。历经艰险，几次与死神擦肩而过，有一些山友永远留在了冰雪之中、高峰之上。我向他们献过哈达，现在奉上这部作品，以作心愿的了结。因为他们，我知道了活着的幸福，有了完成这部作品的动力。这些都是我在冰雪中、高山上思索过的书稿撰写的意义。其中许多章节是在与绝望、痛苦以及死神搏斗的时候考虑形成的。可以说这是一部用生命写成的书，庆幸的是我在此期间创作了诗集《7+2登山日记》，这是人类第一部在世界巅峰朗诵过的诗集。

因此，我希望通过关于诗歌的论述找到生命向上的力量，借以看到光明，看到未来。这是我对我的父亲、母亲以及那些死去的山友的一段表白。

我的大哥黄玉葆、姐姐黄玉瑛、二哥黄玉弟，受尽磨难，谨以此书向他们致谢，感谢他们从小为我遮挡风雨，抵挡黑暗。

我还要向我的外婆致敬，她在邛崃的老院子里度过一生。她永远以疼爱和严厉的目光盯着我不放。现在我可以说，请您安心。我为她写过一首诗,诗题就叫"外婆",每次朗诵必有人泪下。

一定要感谢我的初中老师秦克温,他操着一口宁夏话,教我怎样写诗。13岁时,因为他,我在《宁夏日报》发表了第一组诗,从此我走上了诗歌写作道路。遗憾的是,因为我当时是"现行反革命分子"子女,所以学校在展览成就时,把我的名字抠掉了。如今秦老师已仙逝,我以此书告慰于他。

真的万分感谢我的恩师谢冕先生,从近四十年前蒙他授课校改诗稿至今,终有一部作品交卷。这些年,我已出版个人诗集、散文集13部,被译为9种语言出版——其中包括法国的伽利玛出版社出版的法译本。这一切均与谢冕先生多年指导有关。在本书的撰写过程中,他不顾高龄一次次亲自讨论点拨,给我莫大信心和重要指导。陈晓明是我敬重的学者,他在现代性知识理论方面学养深厚,指点我如何在当代中国学术研究的基础上运用现代性理论进行研究,不顾沉重的学术研究负担一次次为我指点迷津。没有谢冕先生和陈晓明我肯定无法完成本书写作。

我要感谢我的企业团队。正值企业转型的困难时期,他们齐心协力工作打拼,让我有一个安心的写作环境,没有他们,我也肯定不会有这样的收获。他们是:焦青、赵迪、胡明、徐红、李红英、饶文侠、袁德津、黄河、池淑涛、渠爱玲、辛睿、海亚兰、王京辉、朱志远、赵伟、谭静、李莉、郭佳义、钟海萍、郭晓华、许芳、王燕、安娜、钱池、刘建强、于冰哲、王浩、郝德光、李安、潘海民、尚建英、王朝霞、张秉合、赵波、吴刚生、李玥、张雪涛等。

还有黄山团队的余治淮、黄志民、黄洁、汪国平、舒阳、杨乐、操基枝、汪向红、汪晓强、张国荣、杨瑞霞、邹智敏、汪勇强、张胜林、程作伟等。

新疆团队的艾尔肯·亚库甫、赵子颜、徐琳、刘新平、徐小燕、热孜万古丽·乌拉音等。

在本职工作外，谢勇、李红雨两位直接协助我查找资料、安排整理，付出了巨大努力，在此对他们表示深深的感谢。在完成本职工作的同时，白霄宇、张冬梅投入大量精力查找资料、录入校稿，马瑾、潘姝羽前期协助查找资料，赵振广、郑捷、赵虹娟、姚晨、黎黎等人参与录入工作，实为不易，一并感谢。

丛治辰、彭超、何瑛在本书撰写初期协助查找资料，沈秀英协助校对，在此表示感谢。

在此，我还要向我的发小、同桌们致谢。首先是辛飞，从小我们在一个被窝里幻想未来，现在我的未来变成了现实；然后是何丽丽，她跟我初中时坐在一张课桌。在数十年后的今天，我们依然是发小、是朋友，我们依然讨论梦想，这部书稿就是在与他们共同议论、回顾的背景下写成的。

我的家人为我提供了生活写作的便利条件，使我无后顾之忧，写好这部作品是我表示心中情意的最好方式。

要深深感谢邓娅老师及耿姝学妹，她们一直关心我的写作进展，让我体会到温暖。

还要向文中的诗人作者表示感谢，承蒙他们及时提供作品资料。

最后，要万分感谢我的母校——北京大学，它让我骄傲，激励我的斗志，让我用最大的努力写出好的作品。

2015 年 4 月

修订于 2021 年 4 月